사라진 것들의 미래

한진오 희곡집

작가의 말

파도를 넘을 엄두를 내지 못했고, 바람을 타고 날아오를 용기는 더더욱 없었다. 밀물져 오는 파도와 쉼 없이 불어오는 바람의 발원지를 상상하는 것으로 만족했다. 제주, 섬에서 태어나 물 밖 세상은 겪어보지 못한 채 머리가 굵었다. 그 덕분인지 바다는 널따란 종이가 되고, 바람은 보드라운 붓이 되어 상상의 노트를 선물해줬다. 문학 소년을 꿈꾸던 사춘기의 열망을 오래도록 이어갈 수 있었던 것은 전적으로 섬에서 태어났기 때문이다.

민주화운동이 한창이던 80년대 끝물에 대학에 들어가서는 탈춤반 활동을 하며 장구채를 손에 쥔 것이 졸업 후로도 이어져 30대 중반까지 마당판을 전전하는 광대로 살았다. 광대의 삶은 자연히 고향에 대한 탐문으로 나를 이끌었다. 70여 년 전 다섯 살 어린 나이에 혈혈단신 고아가 된 어머니의 이력 속에 4·3이 잠복해 있었고, 그 아픔을 달래는 것이 하루도 그치지 않은 이 섬의 굿판인 사실도 광대의 삶 속에서 알게 되었다.

마당판에서 몸짓을 펼치는 광대에서 연출가로, 다시 희곡을 쓰는 작가로 걸음을 옮기게 된 계기는 2001년 제주의 공연예술인들이 의기투합해 만들었던 4·3 대서사극 <애기동백꽃의 노래>가 만들어줬다. 김수열, 김경훈 등 문인이며 광대인 쟁쟁한 선배들과 공동 극본 작업을 하는 사이 깊숙이 묻어뒀던 글짓기의 욕망이 되살아났다. <애기동백꽃의 노래> 이후로 크고 작은 공연의 대본을 맡아 작가의 길을 걷는 사이 공모전에 연거푸 당선되는 기쁨을 맛보기도 했다. 거기에다 때때로 좋은 작품 만들었다는 칭찬을 듣다 보니 겁도 없이 스스로를 극작가라고 들먹이는 허세를 부리는 데까지 이르렀다. 그 허세가 쌓이고 쌓이다 보니 이 극본 꾸러미를 낳았으니 감개가 무량하다는 상투적인 경구에 고개를 끄덕이게 된다.

이 책에 실린 다섯 편의 희곡은 십여 년간 극작가라는 이름표를 달고 작업해온 여러 결과물 중에서 추려낸 것이다. 무대 위의 오르는 기쁨을 누린 작업도 있고 미공개작도 있다.

먼저 「이제 와서」는 50대 초반의 여성들이 겪는 삶의 애환을 다룬 것으로, 2017년 「선물, 이제 와서」라는 이름으로 무대에 선보였다. 「광해, 빛의 바다로 가다」는 제주에 유배당해 죽음을 맞이했던 비운의 왕 광해군을 다룬 창작음악극이다. 지난 2013년 제주에서 활동하는 유수의 성악가들을 통해 관객들과 만났다. 「사라진 것들의 미래」는 어디에도 공개한 적 없는 작업이다. 이 작업에서는 2000년대 들어서서 급속한 난개발로 큰 위기에 처한 제주의 사정을 신화적인 비유의 방식으로 고발했다. 「실명풀이-꽃사월 순임이」는 70여 년이 지나도 아물지 않는 제주 4·3의 아픔을 다룬 작업인데 2014년에 「꽃사월 순임이」라는 이름으로 마당판에 선보였다. 「숨을 잃은 섬」은 음악극의 형식을 빌린 오디오드라마이다. 제주도의 창조설화인 '설문대할망' 전설을 토대로 오늘날의 극심한 환경 파괴를 고발한 작업으로 2016년 유튜브를 통해 공개했다.

다섯 편의 극본에는 내게 주어진 광대로서의 소명이 관통하고 있다. 광대로서의 소명이며 제주 사람의 숙명이기도 한 나의 모든 작업은 '주술적 사실주의(Magical Realism)'에 뿌리를 둔다. 척박한 자연환경과

정치적 변방이라는 삶의 조건은 제주 사람들로 하여금 고통스런 현실의 돌파구를 주술에서 찾게 했다. 제주를 일러 1만8천 신들의 고향이라고 부르다시피 섬사람들은 곳곳에 신성을 부여해 삶의 의지처로 삼았다. 수많은 신들은 저마다의 신화를 지녔다. 신화는 다시 의례의 극본 노릇을 하며 세상 어느 것에도 견줄 바 없는 제주 특유의 굿을 탄생시켰다. 제주 사람들의 세계관은 물론 그들의 역사에 이르기까지 모든 것이 굿판에 녹아들었다. 굿판에 흐르는 비유와 비약의 문법이 비현실적인 환상이 아니라 적실한 현실의 포착이라는 것도 이 때문이다.

이렇게 내 작업의 원천은 오롯이 제주의 굿 속에 있으며 앞으로도 여전히 굿판에 머무를 듯하다. 아직은 예술적 소양이 턱없이 부족한 탓에 작정한 만큼 스스로의 기대에 답하는 작품을 만들어내지는 못했지만 소중한 기회를 만들어준 도서출판 '걷는사람'에 답례하는 마음으로 게으름 없이 걸어가야겠다.

굿처럼 아름답게….

2020년 1월

한진오

차례

한진오 희곡집
사라진 것들의 미래

이제 와서

……(허공에 대고) 오만 가지 병은 잇는 대로 걸리고 거기다 우울증까지 걸렁 그렇게 허망허게 갈 거멍 무사 경 모질게 사십디가? 어무니 경 만든 인간이 이녁 아팡 죽을 때 뒈니까 날 찾암수다. 양심이 없는 건지 비위가 좋은 건지 모르쿠다. 찾아가라고? 싫수다. 절대 안 갈 거우다. 난 어무니허고 다릅니다. 어무니처럼 살지도 안 헐 거우다. 경 궁상스럽게 산 게 그거꽈? 나한테 그런 거 물려줄 생각이랑 일절 허지 맙써. 난 이제부터 나 마음대로 살쿠다.……

이제 와서

해설

극의 시공간적 배경인 시장판은 많은 사람들이 북새통을
이루는 곳이다. 수많은 사연과 감정이 뒤섞이는 곳이지만
일순간 오로지 생물학적 생존의 각축장으로 느껴지게 만
드는 곳이기도 하다. 다시 말하면 '생존'과 '존재'가 헷갈리
는 현대사회의 정점에 선 공간처럼 느껴진다.

그래서일까? 떡집과 할망은 제각기 '진짜 나'라는 존재를
찾는 여정을 꾀하고 있다. 떡집은 자신을 찾아 떠나려고 마
음을 다잡는 중이고, 할망은 자신을 찾아 여행을 시작했다.
다른 듯 같은 목적으로 자신의 실존을 찾아 나선 두 사람의
여정은 소원나무 앞에서 비로소 하나가 된다.

이 극은 두 사람의 배우가 중심 인물인 떡집과 할망 역할을
하며 다양한 서브 캐릭터를 소화하는 일인다역의 작품이
다. 극중의 떡집과 할망은 현재와 미래가 만난 동일 인물이
며 어떻게 보면 많은 서브 캐릭터들도 떡집과 할망이 지닌
인간 내면의 다양한 존재들이다. 그 다양한 존재들 모두 자
그마한 소원부터 커다란 꿈까지 가슴에 무언가를 품고 산
다. 언젠가 이루고 싶지만 언제나 뒷전으로 밀려난 꿈, 어쩌
면 그들의 꿈은 사회로부터 결정지어진 '나'가 아닌 마음의
심연 깊은 곳에 잠복한 진짜 '나'라는 존재의 모습일지도
모른다.

때와 곳

제주 시내 번잡한 시장 안 수영의 떡집과 친구의 장례식장
을 오가며 과거의 시공간과 뒤섞인다.

나오는 사람들

떡집(수영)

50대, 여.

상설시장 떡집 주인이다.

남편과 시어머니, 말썽쟁이 여고생 딸아이가 가족이다.

할망

70대, 여.

치매기가 있는 노인이다.

어디서 살고 어디서 왔는지 모르는 정체불명의 노인이다.

그 밖의 사람들

커피장수, 남편, 친구, 손님 등등 수많은 인물이 등장한다.

#프롤로그

음악이 흐르고 사방이 서서히 밝아진다.

손가방 하나를 든 할망이 등장해 천천히 움직이며 사방을 느릿느릿 둘러본다.

할망 아이고, 지치다. 원, 어제가 오늘이고 내일이 어제 같아 정신이 어지럽다. 호호백발이라도 마음은 청춘이라. 나 허는 짓이 경 철딱서니 엇인가.[1] 나만 남겨둿[2] 먼저 간 하르방은 나한테 머리도 희고 검버섯이 피어도 마음은 천상[3] 사춘기 닮덴 허멍[4] '흰머리 소녀'렌 놀려낫주.[5] 그 흰머리 소녀가 이젠 진짜 소녀가 되고 싶어젼.[6] 경 헹 그걸 촞앙[7] 이 먼 질을 왓주.[8] 근데 어디가 어딘지 알아질 말이라[9].

손가방에서 보약 팩과 빨대를 꺼낸다.

할망 (보약을 내밀며) 이거 머리 좋아지는 약. 자꾸 깜빡깜빡 허

---

1 엇인가? : 없을까?
2 남겨 : 남겨두고
3 천상 : 천생
4 닮덴 허멍 : 같다며
5 놀려낫주 : 놀렸었지
6 싫어젼 : 싫어졌어
7 경 헹 그걸 앙 : 그래서 그걸 찾으려고
8 이 먼 질을 왓주 : 이 먼 길을 왔네
9 알아질 말이라 : 알 도리가 있나

멍 잊어부는 게 많덴[10] 우리 딸이 지어다준 거. (관객에게) 하나 주카?[11] 말아? 맞다. 약은 아무거나 먹으민 안 뒌다.[12] (손가방을 뒤지며) 게문 이거 먹젠?[13]

할망은 땅콩과 아몬드 몇 알을 꺼내 관객에게 준다.

할망　(아몬드를 받은 관객에게) 먹으라. 요 할망 성의를 생각헹. 혼져.[14]

관객이 아몬드를 먹는다.

할망　(손가방에서 사탕 하나를 꺼내며) 이거 뽈아먹당 보민[15] 무슨 콩방울 닮은 게 나와. 겐디[16] 난 이빨이 엇어부난 씹질 못 허주[17].(사탕을 입에 물며) 게난 사탕 영 뽈아먹당[18] (아몬드를 내보이며) 이런 게 나오민 모돳당 사름덜신디 노나주는 거라.[19] (아몬드를 먹는 관객에게) 맛 좋으냐? 이 할망은 돌도

10　잊어부는 게 많덴 : 잊어버리는 게 많다고
11　하나 주카? : 하나 줄까?
12　먹으민 안 뒌다 : 먹으면 안 된다
13　게문 이거 먹젠? : 그럼 이거 먹을래?
14　성의를 생각헹. 혼져 : 성의를 봐서. 얼른
15　뽈아먹당 보민 : 빨아먹다 보면
16　겐디 : 근데
17　엇어부난 씹질 못허주 : 없어서 씹지 못하지
18　게난 사탕 영 뽈아먹당 : 그래서 사탕 이렇게 빨아먹다
19　나오민 모돳당 사름덜신디 노나주는 거라 : 나오면 모아뒀다 사람들한테 나눠주곤 하지

씹어 먹을 니 청춘이 부럽다. 가만잇자. 그거 어딧더라?
관객은 묵묵부답이거나 뭐냐고 묻는다.

할망   그거게 그거. 완전 큰 거. 얼마나? 이 동네서 제일 큰 거. 아
니, 이 세상에서 젤로 큰 거주. 몰라? 콩방울은 잘 먹언게만
은[20] 아는 건 엇구나.[21] 어디레 가민 그걸 촟아지코.[22] 어떵?
할망 혼자 뎅기당 길 일러먹어?[23] 야야, 사름 인생이 어디 아
는 질만 가는 거가.[24] 가당보민 펀펀 모르는 질도 잇고,[25] 잘
알아정 들어산 질이주만[26] 도중에 캄캄헤부는 질도 잇잖
아. 난 이.[27] 이제 곧 49일을 허허벌판 미여지벵뒤[28] 걸엉 염
라대왕님 만나레 저승질 갈 거여. 저승질은 누게 알앙 가는
것가?[29] 사름은 이.[30] 이녁이 알아지는 첵혜도 몰라지곡[31] 영

---

20   잘 먹언게만은 : 잘 먹더니
21   엇구나 : 없구나
22   어디레 가민 그걸 촟아지코 : 어디로 가면 그걸 찾을까
23   어떵? 할망 혼자 뎅기당 길 일러먹어? : 뭐라고? 할머니 혼자 다니
    다 길 잃는다고?
24   사름 인생이 어디 아는 질만 가는 거가 : 사람 인생이 어디 아는 길
    만 간다든
25   가당보민 펀펀 모르는 질도 잇고 : 가다보면 영판 모르는 길도 있
    고
26   잘 알아정 들어산 질이주만 : 잘 알고 들어선 길이지만
27   난 이 : 난 말이야
28   미여지벵뒤 : 망자가 저승 문턱에 다다를 때까지 거쳐 가는 제주도
    신화 속의 벌판
29   저승질은 누게 알앙 가는 것가? : 저승길은 누군들 알고 가겠니?
30   사름은 이 : 사람은 말이다
31   알아지는 첵혜도 몰라지곡 : 아는 듯해도 모르고

허명 살켜 헤도[32] 경 못 살앙 무사 살암신고 허멍[33] 아흔아홉
갈림질만 헤매당 늙는 거여. 경 허당보민[34] 어느 저를에 나
고찌[35] 흰머리 소녀 뒌다. 세월이 그런 거고 인생이 그런 거
여. 게난 요 할망은 저승질에다 나 산 때 다 못 풀어 맺힌 매
듭 풀어뒁 가젠 이 질을 나산 거여.[36] 그걸 촛앙 풀어뒁 가젠.
아이고아이고, 말만 많이 허난 입도 지치다. (노래조로) 어
디레 가오리오. 어딜 가사 그걸 촛이카.[37]

다시 음악이 흐르고 할망이 느릿느릿 길을 더듬듯이 퇴장
한다.

#1. 떡집의 일상

새벽녘 부산한 떡집이다.
캄캄하지만 시끄럽다.
그 한쪽에 평상이 놓여 있다.
떡을 찌는 스팀에서 김빠지는 소리, 물 쏟는 소리, 쌀 씻는
소리, 떡메 치는 소리가 뒤죽박죽 뒤섞인다.
무대가 밝아진다.

---

32 영 허멍 살켜 헤도 : 이렇게 살겠다고 해도
33 경 못 살앙 무사 살암신고 허멍 : 그렇게 못 살고 왜 사는가 하면서
34 경 허당보민 : 그러다보면
35 어느 저를에 나고찌 : 어느 틈에 나처럼
36 풀어 가젠 이 질을 나산 거여 : 풀고 가려고 이 길을 나선 거야
37 어디레 가오리오. 어딜 가사 그걸 촛이카 : 어디로 가오리오. 어딜
    가야 그걸 찾을까

조리사 복장 위에 앞치마를 두른 떡집이 등장한다.

떡집 (무거운 대야를 들고 나오며 뒤를 향해 뒤따르는 사람들이
있는 것처럼) 언니, 팥고물이랑 이레 놓고예.[38] 예예, 거기.
김군아, 넌 찹쌀가루 반죽허라. 물 조절 잘 허라이. 어제같
이 물 부족헹 떡 갈라지게 허지 말앙 이.[39] (웃으며) 세상에
찰떡을 갈라지게 허는 재주 부리는 건 너벳기 엇일 거여.[40]
양, 삼춘,[41] 그거 경 허민 안 됩니다.[42] 집이서[43] 먹을 만큼만
헐 땐 경 혜도 뒈주만[44] 멧백 개씩 맨들 땐[45] 이렇게 허민 감
당이 안 됩니다게. 가만 있자. 기정편은 어떵 다 뒌 거 닮고,
송편에 들어갈 깨영 꿀은 어디시니.[46] 김군아, 꿀 어디레 가
부런?[47] 뭐? 다 써부러서? 아, 그걸 이제사 말허민 어떵허나.
너 요 앞에 강… 아니여. 요것만 혜뒹 나가 직접 갓다오켜.

그사이 할망이 남모르게 등장해 평상에 걸터앉는다.
할망이 한숨을 내쉬듯이 바튼 숨을 내뱉는다.
그것은 마치 찜기에서 김빠지는 소리처럼 들리고 아닌 게

---

38 이레 놓고예 : 여기다 놓고요
39 허지 말앙 이 : 하지 말고
40 너벳기 엇일 거여 : 너밖에 없을걸
41 양, 삼춘 : 저기, 이모
42 경 허민 안 됩니다 : 그러면 안 돼요
43 집이서 : 집에서
44 경 혜도 뒈주만 : 그래도 되지만
45 멧백 개씩 맨들 땐 : 몇백 개씩 만들 땐
46 깨영 꿀은 어디시니 : 깨랑 꿀은 어디 있니
47 꿀 어디레 가부런? : 꿀 어디 갔어?

아니라 떡집은 스팀 소리로 듣는다.

떡집   아이고, 시리떡 다 뒛져.[48] 찜기 김빠지는 소리만큼 시원헌
것도 엇어예. 삼춘, 경 안 허꽈? 나 인생도 저렇게 시원허게
뚫려시문 좋으켜만은[49]. 예? 복에 겨운 소리? 삼춘이야말로
사름 속 모른 소리 허지 맙써. 이 추석 대목에 삼춘네영 알
바 불러가멍 눈코 뜰 새 엇이 바쁜디 코빼기도 안 비치는 서
방 생각만 허민 터져분 송편 속만큼이나 복통 터졈수다. 요
대목에 솔짝 도망가수게.[50] 나가 맨날 웃으멍 일허난 살만
헌 거 닮지예? 말도 맙써.[51] 놈덜은 꿀떡같이 사는디 나 인생
은 완전 개떡이우다. 개떡.(뒤돌아보며) 야, 김군아. 송편 담
을 박스에 채울 솔잎 시치라.[52] 시리떡은 나가 꺼내켜.

떡집이 떡을 꺼내려고 퇴장했다가 다시 등장해 부산하게
일을 한다.
떡집의 눈에는 할망이 전혀 들어오지 않는다.

할망   멩질[53] 대목이로구나게. 젤로 바쁜 때주. 일당벌이 일꾼덜
도 하영 써사 뒈고.[54] 에이구. 저 할망 쌀가루 반죽이 영 서툴

---

48   시리떡 다 뒛져 : 시루떡 다 됐다
49   시원허게 뚫려시문 좋으켜만은 : 시원하게 뚫렸으면 좋겠는데
50   솔짝 도망가수게 : 살짝 도망갔잖아요
51   말도 맙써 : 말도 마세요
52   시치라 : 씻어라
53   멩질 : 명절
54   하영 써사 뒈고 : 많이 써야 하고

다.

떡집은 여전히 주위에 함께 일하는 사람들이 있는 것처럼
분주하다.
할망이 수돗물이 콸콸 쏟아지는 소리를 낸다.

떡집 삼춘, 이치룩 물을 하영 놔불민[55] 안 됩니다게. 아, 쌀가룰 이
치룩 손으로 조물조물 쥐엿당 딱 펴서 반죽이 갈라지민 물
을 좀 더 놓곡 헤가멍 조절을 헤사주. 반죽 질엉 떡이 되쿠
과.

할망 그럼 그렇지. 쌀가룰 더 놔사컨게.[56] 떡 맨드는 거 쉬운 거 아
니주. 반죽 하나만 헤도 맨쏠은 춥쏠보단[57] 두어 시간 더 불
려사 뒈고. 다 처냥 뜸 들이는 것도 맨쏠이냐 춥쏠이냐 보리
쏠이냐에 따랑 가지가지주. 그리고 보민 떡도 사름 닮은 거
라.

떡집 삼춘, 이 박슨 뭐꽈?[58] 아, 삼춘네 차례 지낼 명절 떡. 근데 어
땅헹 박스가 두 개꽈? 예? 조카네 꺼? 삼춘이 조카가 어디
잇우과. 혹시? (발끈하며) 이거 저레 치웁써.[59] 너네 친정?
나 친정 생각헐 겨를 잇이민 삼춘 친정이나 신경 씁써. 아
방? 불쌍허여?[60] 난 안 불쌍허우꽈? 나 경 헤도 미우나 고우

---

55 이치룩 물을 하영 놔불민 : 이렇게 물을 많이 넣으면
56 놔사컨게 : 넣어야겠네.
57 맨쏠은 춥쏠보단 : 멥쌀은 찹쌀보다
58 이 박슨 뭐꽈? : 이 박스는 뭐죠?
59 이거 저레 치웁써 : 이거 저리 치우세요
60 아방? 불쌍허여? : 아버지? 불쌍하다고?

16

나 날 낳아준 아방이렌 생각허연 그 어른 환갑날 잇인 떡 엇인 떡 만들곡 잔치 벌여나수다. 그날 나가 따르는 술 혼 잔 받아먹고 허는 말이 '아방 뒈긴 쉬운디 아방 노릇은 힘들어라.' 영 말헙디다. 그 순간엔 나도 가슴에 맺힌 게 스르르 녹읍디다. 이젠 우리 아부지도 정신 차리젠 헴구나.[61] 생각혜십주. 생각이 아니라 착각입디다 착각. 남편 노릇 아방 노릇 못 헌건 고사허고 오늘 이때까지 족족 사름 속을 뒤집어수가. 아니, 그 알랑방구 뀌멍 애간장 녹여난 첩 여편네는 명절 안 차린덴 마씀? 우리 어멍이 어떵 죽어수과? 경 허고 난 출가외인이우다. 나 목에 칼이 들어와도 그 어른 다시 만날 날은 엇일 거우다. 나 꿀 사레 갓다 오쿠다.[62]

떡집이 퇴장한다.
물끄러미 바라보던 할망이 천천히 일어선다.

할망   어느 집은 어떵.[63] 쉐로 못 나민 똘로[64] 나서 일만 일만 허당 죽은덴 헨게.[65] 이 집안은 일도 일만이고[66] 시커멍케 탄 속도 속만일세. 가만잇자. 근데 나가 어떵허연 이 집일 와신고.[67] 그걸 찾아사 뒈는디 오랜만에 떡 맨드는 거 보난 옛날 생각

---

61   정신 차리젠 헴구나 : 정신 차리려나 보다
62   꿀 사레 갓다 오쿠다 : 꿀 사러 갔다 올게요
63   어느 집은 어떵 : 어느 집인들 어련할까
64   쉐로 못 나민 똘로 : 소로 못 태어나면 딸로
65   일만 일만 허당 죽은덴 헨게 : 일만 일만 하다가 죽는다더군
66   일도 일만이고 : 일도 일만큼이고
67   어떵허연 이 집일 와신고 : 어쩌려고 이 집엘 왔을까

낭 영 물끄러미 앚앙[68] 삼천포로 빠젓구나게. 어디레 가살
줄은 모르주만 기어봐사켜.[69] (관객들에게) 어딘 어디게. 그
거 찾으레 가사주.

할망이 퇴장하는 사이 떡집이 전화를 받으며 등장한다.

떡집   (전화기에 대고) 뭐라고? 어떵 마씀?[70] 얼른 와? 무사 나가
위독헌 거꽈.[71] 난 안 가니까 그렇게 아십써. 끊엄수다. (전화
를 끊고) 딱 바빵 죽을 판인디 무시거 어떵?[72] 난 서러웡도
안 가고 억울헹도 안 가커라. 나한테나 식구덜한테 헤준 게
뭐라. 잇이민[73] 말….

다시 전화가 울리자 떡집이 신경질적으로 받는다.

떡집   (전화를 받으며) 자꾸 영헐 거꽈? 안 간덴 헤수게.[74]

전화를 끊는다.

---

68   옛날 생각낭 영 물끄러미 앚앙 : 옛날 생각나니까 물끄러미 앉아서
69   어디레 가살 줄은 모르주만 기어봐사켜 : 어디로 갈진 모르겠지만
      움직여봐야겠네
70   어떵 마씀? : 어쩐다고요?
71   무사 나가 위독헌 거꽈 : 어디 내가 위독한 거예요
72   무시거 어떵? : 뭐라고요?
73   잇이민 : 있으면
74   자꾸 영헐 거꽈? 안 간덴 헤수게 : 자꾸 이럴 거예요? 안 간다잖아
      요

18

떡집　전화길 부숴불든가 혜사주. 날 이렇게 만든 게 누게라. 이제
사 얻은 딸이라? 사름이 염치가 잇어사 델 거 아니….

다시 전화가 울린다.

떡집　(전화를 받자마자 새된 소리로) 아, 안 가켄허난.[75] (금세 표
정이 변하며) 뭐? 덕순이. 아니 그게 아니라… 미안허다. 다
른 전환 줄 알안.[76] 미안. 뭐? 현숙이! 가만, 현숙이? 아, 새침
데기 현숙이. 걔가? 알앗져. 금방 가켜. 끊으라. (전화를 끊고
주위를 둘러보며) 아, 일이 태산인디 어떵허지. 에, 모르켜.
지금 그거보다 중요헌 일이 어딧나.

바쁜 걸음으로 퇴장한다.

#2. 여고 시절

김세환의 '토요일 밤에'가 경쾌하게 흘러나온다.
교복을 입은 덕순(할망)이 춤추며 등장한다.
노래 중간에 교복을 입은 떡집도 등장해 덕순의 춤을 어설
프게 따라한다.

75　안 가켄허난 : 안 간다니깐
76　다른 전환 줄 알안 : 다른 전화로 알고

노래가 끝나면 덕순의 춤도 잦아든다.

덕순 이년들이 언니가 먼저 나왕 기다리게 헤? 다 죽어쓰. 토요일 밤을 뼈와 살이 불타는 화장터의 밤으로 바꽈불라문[77]. (주먹을 쥐어 뼈 소리를 내며) 아, 진짜 나 신앙 생활 오래 헷네. 야, 아이덜 다 어디 갓나?

떡집 담 넘엉 빵집에 간. 먹을 거 사오켄[78].

덕순 이년덜이 미첫나.

떡집 왜?

덕순 야, 이 황금 같은 토요일 저녁을 자율학습으로 보낼 거냐? 벌써 여섯 시 넘엇져.

떡집 너 또. 그 아이덜 만나젠 허는 거?

덕순 그 하나고 쫌셍이덜? 것덜은[79] 진짜 꽉 막힌 샌님덜이라라. 오늘 음악다방은 심지여.

떡집 귀모아 말고? 아, 너 챙피헹 귀모아 안 가젠 허는 거지? 저번에 팝송 신청헷당 스펠링 틀렁 개망신 당허난 안 가젠 헴구나이.

덕순 야, 나가 썻나. 현숙이가 썻지. 그년 공부도 못허는 게 잘난 첵 영어로 쓰당 개망신 당헷주.

떡집 너나 현숙이나 거기서 거기 아냐?

덕순 너 공부 쫌 헌덴 경 놀릴 거냐. 그게 아니고 오늘 심지에 다

---

77 바꽈불라문 : 바꿔버릴까
78 담 넘엉 빵집에 간. 먹을 거 사오켄 : 담 넘어서 빵집에 갔어. 먹을 거 사온대
79 쫌셍이덜? 것덜은 : 쫌셍이들? 걔들은

섯고 웅원부 아이딜 올 거렌허난.[80] 너 저번 전도체전 개막식 때 개네 허쓸 추는 거 봣지?

떡집 어. 완전 멋진게. 특히 그 가운데 키 큰 아인 고교생 일기에 나오는 손창민 완전 닮안.

덕순 안 보는 첵 허멍 다 봐신게.[81] 임해훈련 땐 최재성 닮은 아이 잇덴 허멍 헤엄 못 치는 첵헷잖아.

떡집 나가 언제? 나가 그 순간에 발에 쥐나서 물 먹어가난 개네가 구해주젠 와서.

덕순 얼라리여. 누게 안 본 줄 아나.[82] 타이밍 한번 절묘헤라. 어떵 년 물에 들어가자마자 쥐가 나나?

이때 무대 밖에서 소리가 들린다.

소리 거기 음악실에 있는 놈들 누구냐? 자율학습 빼먹고 뭐하는 거야?

덕순 야, 숨어.

이때 조명이 갑자기 컷아웃된다.
사방이 어두운 사이 '해변으로 가요'가 흘러나온다.
검정 튜브(우끼)를 허리에 낀 덕순과 꽃 달린 수영모를 쓴 떡집이 나타난다.
음악이 잦아든다.

---

80 올 거렌허난 : 올 거라니깐
81 안 보는 첵허멍 다 봐신게 : 안 보는 척하면서 다 봤네
82 누게 안 본 줄 아나 : 누가 안 본 줄 아니

떡집   수영아, 우리 저쪽으로 가게. 여긴 사름 너미 많앙 못 놀켜.[83]

덕순   어,

덕순이 튜브를 낀 채 헤엄치듯 팔을 내젓고 떡집은 튜브를 잡고 물장구를 치며 휘저어 다닌다.

덕순   야야, 수영아. 저기 봐봐. 쟤네 다섯고생덜 아니? 쟤네도 임해훈련 왔나봐. 이야! 저 가슴팍 보라. 갑빠 완전 우락부락.

떡집   (살짝 보는 척하다 고개를 돌리며) 넌 챙피허지도 안 허냐. 어떵 경 남자아이덜 가슴팍을 빤히 쳐다봐지냐? 딴 쪽으로 가게.

덕순   (떡집이 튜브를 미는 사이) 야야, 그만 밀려. 이쪽으로 오멘.[84]

떡집   몰라.

떡집이 튜브를 막 밀다 잠깐 뒤돌아본 뒤 갑자기 엄살을 한다.

떡집   (엄살을 떨며) 아아. 쥐….

덕순   수영아, 괜찮아. 어떵헤. 난 헤엄도 못 치는디. 야, 튜브 꽉 잡으라.

---

83 사름 너미 많앙 못 놀켜 : 사람 너무 많아서 못 놀겠다
84 오멘 : 오잖아

22

떡집이 허우적거리는 척하며 덕순의 튜브를 힘껏 밀어버린다.

덕순이 물결에 떠밀려가듯 퇴장하며 악다구니를 쓴다.

덕순 수영아, 수영아!

다시 '해변으로 가요'가 흘러나오며 사방이 어두워진다.

덕순이 퇴장하는 사이 떡집이 수영모와 교복을 벗고 현재의 모습으로 되돌아온다.

다시 사방이 밝아오면 장례식장 앞이다.

떡집 (회한 서린 듯) 엊그제 일만 같은디 벌써 영 뒛구나. 친구 하난 영원히 못 돌아올 길 떠나고. 경 헤도 오래 살앗주. (하늘을 보며) 현숙아, 그 정도민 너 헐 만이 헷져.[85] 그 힘든 암수술 받앙 멧 넌을 버텨시니.[86] 좋은 데 가라이. 다시 만나민 우리 옛날처럼 음악다방도 가고 성인영화도 보레 가게이. 가만 잇자. 덕순이 올 때 뒈신디? 입구에서 만나기로 헤신디. 주차장에 잇인가?

떡집이 주차장으로 향하며 퇴장한다.

---

85 그 정도민 너 헐 만이 헷져 : 그 정도면 너 할 만큼 했다
86 수술 받앙 멧 넌을 버텨시니 : 수술 받고 몇 년을 버텼니

#3. 장례식장-친구의 죽음

3-1

떡집의 친구 진희가 선글라스를 끼고 등장한다.
맞은편에서 떡집이 등장해 사방을 두리번거린다.

진희	수영아.
떡집	(몰라보며) 누구…?
진희	(선글라스를 벗어 멍든 눈을 내보이며) 나여. 진희.
떡집	메께라. 너 눈은 무사?[87]
진희	(다시 선글라스를 쓰며) 왜는 왜.
떡집	야, 너 또? 아니 요즘 세상에도 그런 인간이 잇나. 너 바보냐?
진희	나가 먼저 때렷져게.
떡집	너가 때려봣자 그 황소 닮은 떡대가 아프덴이나 허나.[88]
진희	갈비뼈 금 가서.[89]
떡집	(놀라며 진희의 손을 잡고) 어? 설마 이 손으로?
진희	(고개를 내저으며) 안마기로. 아니, 그 인간이 술 처먹엉 주정 부리난 홧김에 그만.
떡집	어이구, 너넨 참 대단헌 부부여. 무신 이종격투기 선수덜이

---

87 메께라. 너 눈은 무사? : 어머나, 너 눈은 뭐니?
88 아프덴이나 허나 : 아프다고는 하니
89 금 가서 : 금 갔어

냐. 허구헌날 싸움바락덜이니 원.[90]

진희   (짜증을 내며) 내 이번엔 결딴낼 거여. 서류 다 준비헤서.

떡집   제발 경 허라. 그놈의 이혼서류 골동품 뒈껴.

진희   근데 덕순인 안 완?[91]

떡집   우리 먼저 들어강 기다리카?[92]

진희   그러자.

진희가 돌아서려고 하자 떡집이 붙잡는다.

떡집   너 장례식장에 선글라스 끼고 들어갈 거냐?

진희   게민 어떵헤?[93]

떡집   이레 와봐.

떡집이 핸드백에 파운데이션을 꺼내 진희의 눈가에 찍어 바른다.

떡집   험도 헷져.[94] 어떵허민 안마기로 사름을 때려지나?

진희   살살. 남들 듣는다.

떡집   (진희의 눈가를 살피며) 아무튼 너네 부분 천생연분이여. 천생연분. 뒛져. 들어가자.

---

90   싸움바락덜이니 원 : 싸움질들이니 원
91   안 완? : 안 왔어?
92   들어강 기다리카? : 들어가서 기다릴까?
93   게민 어떵헤 : 그럼 어떡해
94   험도 헷져 : 대단하다

25

두 사람은 주위를 한 바퀴 돌며 의자 네 개와 탁자 하나를 배치한 뒤 의자에 앉는다.

진희 아직은 손님 별로 엇인게. 덕순이영 미영인 언제 올 건고?[95]

떡집 미영이사 맨날 꾸물대다 늦는 지각대장 아니. 덕순인 늦을 아이가 아닌디. 좀 잇이민 염헐 건디.[96] 영 허당 우리 현숙이 마지막 가는 얼굴도 못 보는 거 아니가.

진희 곧 올 거여게. 그나저나 현숙이 보기 닮지 안 허게 독헌 아이라이.[97] 남편 사고로 죽어도 헤삭헤삭 웃으멍[98] 딱 부러지게 살던 아이가 그 몹쓸 병에 걸령 오락가락헤시니. 할 말은 아니여만은 어떵 보민 경 못 견디게 사느니 영 뒌 게 나은 듯도 허다.

떡집 게메게. 겐디[99] 우리 동창덜 중에 현숙이가 네 번짼가? 사고로 가고, 병으로 가고. 우리도 적은 나인 아니여. 남 일 같지가 않다. 여고 때가 엊그제만 같은디.

진희 야야, 난 코 홀쩍홀쩍허멍 어멍 아방 손심엉[100] 국민학교 문턱에 들어간 게 오늘 아침만 같다.

떡집 넌 국민학교 입학식 때 어멍 아방 둘 다 가나샤?[101]

진희 우리 친정 식구덜이 워낙 요란허잖아게. 할망이영 동생까

---

95 올 건고? : 올까?
96 좀 잇이민 염헐 건디 : 좀 있으면 염하는데
97 보기 닮 안 허게 독헌 아이라이 : 보기와 다르게 독한 애라니까
98 헤삭헤삭 웃으멍 : 방긋방긋 웃으며
99 게메게. 겐디 : 그러게. 근데
100 어멍 아방 손심엉 : 엄마 아빠 손잡고
101 가나샤? : 갔었어?

지 식구덜이 우르르 몰려갓주. 입학식 끝나난 단체로 중국
집 강 짜장면도 먹고. 졸업식 때도 경 헷져. 나나 동생이 학
교 들어갈 때나 졸업헐 때마다 중국집 가는 전통이 우리 집
스타일이라서.

떡집 아따, 살 만큼 살앗구나. 그 시절에 가족 외식도 다 허고.

진희 너넨 경 안 헤나샤?

떡집 말도 마라. 국민학교 졸업식 때 어멍 한 번 왕 기념사진 찍
은 거 말곤 없다. 그것도 어멍이 졸업식 때문에 온 것도 아
니고 잠깐 본 척만 헌거.

진희 그건 무슨 말?

3-2

떡집이 말하는 사이 졸업식 노래가 잔잔히 흘러나온다.
그 사이 진희가 일어나 앞치마를 두르고 떡바구니를 챙기
며 떡집의 어멍으로 변신한다.

떡집 왜 그 시절엔 시내 학교들은 제주시 학생회관에서 졸업식
헤낫잖아. 이 학교 저 학교 시간 나눠가멍. 그때 우리 어멍
이 떡이영 꽃다발 장사허멍 학생회관 마당에서 살다시피
헤서. 경 허당 나신디 잠깐 들린 거주.

어멍이 사방을 두리번거리며 객석을 살피는 사이 떡집은

초등학생 시절로 돌아간 듯이 한쪽 구석으로 가서 졸업장을 껴안은 채 침울하게 쪼그려 앉는다.

어멍   (관객에게) 얘야, 여기 6학년 2반 아이덜은 어디 잇이니? 너 혹시 한수영이 알아지느냐? 몰라? (사방을 살피며) 수영아! 수영아!

떡집은 자신을 부르는 어멍의 목소리가 반가운 듯 벌떡 일어나서 어멍이 있는 곳을 살핀다.
그러나 앞치마 차림의 어멍을 보고 실망한 듯 뒷걸음질쳐서 더더욱 깊숙한 구석으로 물러난다.
사방을 살피던 어멍이 마침내 떡집을 찾는다.

어멍   수영아, 거기 잇어나샤. 이레 오라. 나 똘.[102]

어멍이 떡집의 어깨를 감싸며 다독인다.

어멍   우리 수영이가 벌써 국민학꼴 졸업헴구나게. 이젠 다 컷져. 시집가도 뒈커라.
떡집   혼자 완?[103]
어멍   어, 왜?
떡집   아니….

---

102   거기 잇어나샤. 이레 오라. 나 똘 : 거기 있었구나. 이리 온. 내 딸
103   혼자 완? : 혼자 왔어?

어멍　(눈치를 채고) 아부진 막 바빳져게.

떡집　거짓말. 나도 다 알아. 또 집 나갔잖아.

어멍　아니여게. (떡바구니에서 두꺼운 공책과 볼펜 세트를 꺼내며) 이거 보라. 이거 우리 수영이 이제 중학교 가민 쓰렌 허멍 아부지가 상 보낸 거여.[104] 보라. 이 공책 너가 좋아허는 색깔 아니가.

떡집　필요 없어. (큰소리로) 집에도 안 들어오고 어무니 이렇게 고생만 시키는 그런 아부지 싫어!

어멍　(저도 몰래 수영의 등허리를 때리며) 너 이놈의 새끼 거 어디서 배운 말버릇이냐. 보는 눈덜 영 많은 데서.

떡집　왜 때려? 나가 무슨 잘못을 헤수가. 어무니도 미워.

떡집이 도망치듯 퇴장한다.

어멍　수영아, 수영아!

어멍도 수영의 꽁무니를 쫓아 달려 나간다.
대입 원서를 든 떡집이 터벅터벅 다시 등장해 의자에 앉는다.
탁자 위에 원서를 올려놓고 시름에 잠긴다.
품에서 볼펜을 꺼내 뭔가를 적으려다 말고 고민에 잠긴다.
쓰려다 멈추기를 반복한다.

104　중학교 가민 쓰렌 허멍 아부지가 상 보낸 거여 : 중학교 가면 쓰라며 아버지가 사서 보낸 거야

떡집   아, 미치겟다. 에이.

원서를 구겨서 내던진다.
내던진 원서를 물끄러미 바라보다 다시 주워서 구김을 펴
고 탁자로 간다.
이때 교복을 입은 덕순이는 원서를 펼쳐 살펴보며 희희낙
락 등장한다.

덕순   (떡집을 발견하고) 야, 수업 다 끝낫져. 집이 안 갈 꺼? (떡집
의 표정을 살피며) 땅 꺼지켜. 무사? 뭔 일 이샤?[105] 이 언니
한테 말해 봐봐.

떡집   덕순아, 넌 원서 썬?[106]

덕순   어, 이거 보라. 3지망까지 꽉 체왓져.

떡집   (덕순의 원서를 보고 놀라며) 너, 지금?

덕순   뭐 경 놀렘나.[107] 난 학력고사도 개판 내신도 개판, 꼴등이잖
아. 어차피 대학은 떨어질 건디 이왕이민 서울 구경도 헐 겸
명문 대학만 다 골랏지. (살짝 짜증을 내며) 아니 뭐, 전문대
라도 가민 될 거 아니. 넌 어디 썬?

떡집이 고개를 가로젓는다.

덕순   너가 무신 고민이냐. 넌 성적 좋잖아.

---

105   무사? 뭔 일 이샤? : 왜? 무슨 일 있니?
106   넌 원서 썬? : 넌 원서 썼니?
107   뭐 경 놀렘나 : 뭘 그렇게 놀래

떡집   우리 집 형편에 딸까지 대학 보내지 못해. 경 허난 나가 고민 고민허당 담임안티[108] 전문대 강 장학금 받고 확 졸업행 취업허켄 허난 부모님 모셩 오렌.[109]

덕순   그렇지. 담임 말이 맞지. 넌 제주대학도 충분히 장학생으로 들어갈 건디. 아무튼 고민 뒈켓다. 에이, 너영 나영 바꿔서 태어나시민 좋아실걸.[110] 우리 아방은 나 4년제 합격만 허민 헤주렌 헌 건 다 헤주켄 허는디. 이제 어떵헐 꺼? 부모님 모셩 올 꺼?

떡집   우리 아방은 딸이 멧 학년인지도 모르고 집이 어떵 돌아가는지도 모르는 사람이라.

덕순   (조심스레) 그럼 어머니라도 어떵 모셩 오민….

떡집   우리 어머닌 악착같이 일만 허는 사람이여. 바빠서도 못 오고 몰라서도 못 온다. 쫌 부끄러운 얘기여만은 우리 어멍 옛날 43사건 때 고아 뒈서 친척집 업저지로 살멍 야학에서 공민독본이란 책 한 보름 배운 거 말곤 없는 사람이라. 이녁 이름도 제대로 못 쓴덴 허멍[111] 학교에 오라 가라 허게 말고 전부 나가 알앙허렌 헌다. 나 국민학교 졸업식 때 말곤 일절 학교 와 본 적 없어.

덕순   에이, 미치겟네. 야, 여기 앉앙 경 고민만 허지 말앙 가자. 이 언니가 떡볶이 사켜. 매운 떡볶이 먹으멍 기분이라도 풀게.

---

108   고민 고민허당 담임안티 : 고민 고민하다 담임한테
109   모셩 오렌 : 모셔 오래
110   태어나시민 좋아실걸 : 태어났으면 좋았을걸
111   제대로 못 쓴덴 허멍 : 제대로 못 쓴다며

순대 간이영 내장 떡볶이 국물 듬뿍 적정 먹당 보민[112] 뭔 수가 생겨도 생길 거여. 가자.

떡집   (못 이겨서 일어나며) 어, 근데 나 돼지고기 알레르기 잇인디. 냄새만 맡아도 막 구역질 나메.

덕순   알아. 일단 가자고.

두 사람이 퇴장한다.

사방이 서서히 어두워진다.

#4. 뭔가를 찾는 할망

'회심곡'이 흘러나오며 사방이 서서히 밝아온다.

떡집이 등장해 탁자 위에 향을 피우고 촛불을 밝힌 뒤 절한다.

떡집이 절을 하는 사이 할망이 등장해 떡집의 거동을 보는가 하면 객석을 둘러본다.

떡집이 퇴장한다.

할망   여긴 어디라? 향탕수가 더운 김 내고 곡소리가 절절헌 게 여기가 저승인가? 나가 벌써 여길 오민 안 되는디. 그걸 찾기 전에 올 데가 아닌디. (관객에게) 여기가 어느 지경이꽈? 설마 저승은 아니꽈양?[113] 먹을 것도 하영 잇인 거 보난 잔

---

112   적정 먹당 보민 : 적셔서 먹다 보면
113   여기가 어느 지경이꽈? 설마 저승은 아니꽈양? : 여기가 어딘가요? 설마 저승은 아니죠?

칫집인가? 나가 어떵허당 여길 오라져신고양?[114] 누게 아는 사름 엇우과?[115] 눈 떠서 본 사름 잇고 귀 담앙 들은 사름 잇이민 어떵 말해봅써덜.[116] 이거 원 눈앞이 캄캄헌 게 천지분간을 못 헐로고.[117] 영 허난 살아도 산 게 아닌 귀신이주게. (웃으며) 사나 죽으나 매일반이주만은 나 아직 꽃상여도 못 탓어. 누게가 꽃상여 메줄 꺼? 행상도 차리젠 허민 동심결도 맺어야 되고 빨간 명정포도 따뜻허게 덮어줘살 건디.[118] 아니주. 그보다 먼저 그걸 촟아사주.[119]

할망은 말을 하는 사이 자꾸 몸을 긁적거린다.

할망   (관객 한 사람을 보며) 아이고, 차사님, 나 아직 안 죽언마씀.[120] 잠깐만 기다려줍써. 저기 큰 상에 차사님네 몫으로 사잣밥도 차려놔수게. 그거라도 잡수멍 놀암십써.[121] 난 아까 잇어난 데레 다시 가사쿠다.[122] 어딘 어디게. 송편도 맨들곡 시리도 맨들곡 오만 떡 다 맨드는데 마씀. 희한허게 그디 강 앚이난[123] 그냥 마음이 확 풀리멍 게 막 펜안헙디다. 여긴 나

---

114   오라져신고양? : 왔을까요?
115   누게 아는 사름 엇우과? : 누구 아는 사람 없어요?
116   사름 잇이민 어떵 말해봅써덜 : 사람 있으면 어떻게 말 좀 해주세요.
117   못 헐로고 : 못 하겠네
118   덮어줘살 건디 : 덮어줘야 할 텐데
119   촟아사주 : 찾아야지
120   안 죽언마씀 : 안 죽었어요
121   잡수멍 놀암십써 : 잡수며 놀고 계세요
122   잇어난 데레 다시 가사쿠다 : 있었던 데 다시 가야겠어요
123   그디 강 앚이난 : 거기 가서 앉으니까

가 올 디가 아니여. 계십써양.(걸음을 옮기다 돌아서서) 가만잇자.(다시 몸을 긁으며) 어디 돼지 삶암신가?[124] 무사 영 몸이[125] 근질근질 가려우니게. 난 네 발 돋은 궤기영 완전 원수지간이라. 우리 어멍이 나 커올 때 맨날 노몰 반찬만 혜줫주.[126] 형편이 너무 가난헌 집이난 나더러 효녀렌 혜난. 궤기 반찬 달라고 칭얼대지 안 허난게. 에에, 딱 바쁜디 주첵엇이 옛말만 혜점쪄.[127] 그걸 얼른 촛아사 뒈는디. 도통 어디 신지 모르커라.[128] 나신디[129] 그건 세상에서 젤로 큰 건디. 그거 엇이민 저승차사가 아니라 염라대왕님이 와도 난 아니 갈 꺼. 옛날 강님[130]이렌 헌 사름이 저승 가젠 미여지벵디 딱 들어사난 아흔아홉 갈림길이 잇언 이레 들엇닥 저레 들엇닥 허명[131] 한 49일은 걸려낫덴. 나도 그렇게 저승 촛아가는 동안 이승에서 맺힌 거 하나하나 풀어내고 너르닥헌[132] 미여지벵디에 다 뿌리고 가젠. 그거 저승까지 지고 강 뭐헐 거라. 산 때 못 푼 거 어디 저승서 풀어질 거라. 차사님네, 오널랑은[133] 다른 영혼이나 거두왕 가십써양.[134] 나 그거 촛아지민 꽃상여 타고 소리도 허곡 춤도 추멍 두 말 없이 차사님네 꽁

---

124 어디 돼지 삶암신가? : 어디서 돼지 삶나?
125 무사 영 몸이 : 어째 몸이 이렇게
126 노몰 반찬만 혜줫주 : 나물 반찬만 해줬어
127 주첵엇이 옛말만 혜점쪄 : 주책없이 옛말만 하고 있네
128 도통 어디 신지 모르커라 : 도통 어디 있는지 모르겠네
129 나신디 : 나한테
130 강님 : 제주도 신화 속의 저승차사
131 이레 들엇닥 저레 들엇닥 허명 : 이리 갔다 저리 갔다 하며
132 너르닥헌 : 널따란
133 오널랑은 : 오늘은
134 거두왕 가십써양 : 거두고 가세요

무니 바짝 쫓아가케메.[135]

할망이 행상소리를 하며 흥겹게 춤을 춘다.
소리와 춤을 섞어가며 느릿느릿 퇴장한다.
사방이 어두워진다.

#5. 다시 장례식장

5-1

주위가 다시 밝아지면 탁자가 술상으로 뒤바뀌어 있다.
떡집과 덕순이 술잔을 기울이며 이런저런 이야기를 풀어
낸다.

떡집 성복제도 오래 걸렴쪄.[136] 우리도 진희같이 아픈 핑계허영
집이 갓당오카?[137]

덕순 야, 진희 진짜 아픈 거 닮아라. 서방 갈비뼈 뽀사부는 년이
엄살 피울 리가 잇나. 우리까지 가불민 뒐로고.[138]

떡집 맞다. 가만잇자. 근데 현숙이 신랑 죽은 지가 멧 년이나 뒈
샤?[139] 칠 년? 팔 년?

---

135 쫓아가케메 : 쫓아갈 테니
136 걸렴쪄 : 걸리네
137 아픈 핑계허영 집이 갓당오카? : 아프다고 핑계 대서 집에 갔다올
    까?
138 가불민 뒐로고 : 가버리면 되겠어.
139 멧 년이나 뒈샤? : 몇 년이나 됐니?

덕순   그때 사고만 안 낫으면 이런 일도 엇일 건디, 사름 팔자 알 다가도 모르는 거라이.

떡집   병원 상대로 의료소송 이기기가 경 쉬와게.[140] 재판 멧 년 질 기게 끌어오멍 겨우 이겨신디. 끝내 이녁은 이 사달이 낫으 니.

덕순   경 헤도 소송 이긴 건 불행 중 다행이여. 어떵 보민 현숙이 도 한시라도 빨리 서방 만낭 기쁜 소식 알리젠[141] 영 헌 건지 도 모르주. 홀몸으로 얼마나 힘들어실 거라.

떡집   넌 시집도 안 간 년이 어떵 경 잘 알암나?

덕순   나이가 멧 개냐. 안 가도 알 건 다 안다. 웨딩드레스 입고 딴 딴따단 헐 때 설렘이야 잘 모르주만.

떡집   설렘? 웃기시네. 넌 죽어당 깨나도 그 심정 모를 거여. 면사 포가 곱게만 보이지이? 천근만근이여.

덕순   뻥 치시네. 에이, 웨딩드레스가 아무리 무거와봤자 옷이지.

떡집   누가 옷 말허는 거냐?

이때 비발디 '사계' 중 '봄'이 흘러나오며 사방에 화사한 빛 이 흐른다.

5-2

떡집이 면사포를 쓰고 꽃다발을 든 새 신부로 변신하고 덕

---

140   경 쉬와게 : 그렇게 쉽겠니
141   서방 만낭 기쁜 소식 알리젠 : 서방 만나서 기쁜 소식 알리려고

순도 들러리로 변신한다.

음악이 잦아든다.

덕순   (놀라며) 우와! 이거 누게?[142] 수영이 맞아? 너 영 이뻐난? 역
시 옷이 날개다 이.[143] 농담이여, 농담. 너 진짜 이쁘다. 신랑
이 너 보민 기절헤불 거 닮다.

떡집   진짜? 나 막 이상헌 건 아니지이? 가슴 너무 파졍 야허지 안
허냐?[144]

덕순   뭐가? 너가 파질 가슴이 어딨나.

떡집   뭐? 너 진짜.

덕순   새 신부가 인상 쓰민 화장 망가지지롱. 걱정 말라. 오늘 밤,
그 황홀한 첫날밤이 딱 되민 가슴도 풍선처럼 부풀어 오를
거난.

떡집   넌 시집도 안 가고 연애도 안 허는 년이 어떵 경 잘 아나?

덕순   야, 이 언니 모르나. 너네 여고 때 성인영화, 성인잡지, 성인
소설, 성인만화, 거기다 킨제이보고서까지 아무튼 너네 성
교육을 누가 시켰나? 신세계로 널 이끌어준 이 언니 아니
냐.

떡집   어이구, 자랑이여. 여자가 챙피헌 줄도 몰랑.

덕순   뭐가 챙피허나. 너 이제 아줌마 뒈민 나보다 더헐걸. 너 지
금 얼굴 벌겋게 달아오른 것도 다 그 생각허난 경 헌 거잖
아.

---

142   이거 누게? : 이게 누구야?
143   날개다 이 : 날개다 그치
144   너무 파졍 야허지 안 허냐? : 너무 파여서 야하지 않니?

떡집	얘가. 아니라. 마음이 싱숭생숭헹 그거라. 메칠 전에 신혼살

떡집 얘가. 아니라. 마음이 싱숭생숭헹 그거라. 메칠 전에 신혼살 림 이것저것 사러 다니당 그릇집이 가나신디이.[145] 알록달 록 예쁜 그릇 세트 고르당 스뎅 국사발 보이는 거 아니. 그 때부터 가슴이 먹먹헨 게만은 아직까지 묵직허다.

덕순 무사? 아부지 때문에?

떡집 아방 얘긴 허지 말라. 나 아방 엇인 사람이여. 나 예단 값허 렌 시집이서 준 돈[146] 냄새 귀신같이 맡앗져. 멧 년만이 집이 처들어왕 어멍신디[147] 그 돈 뺏앙 벌써 먹엉 조젓저. 결혼은 끝까지 반대허고 그 돈은 가정 도망가고. 야, 딸 하나 잇인 거[148] 결혼식 시작허기도 전에 벌써 고주망태 뒈는 게 아방 이냐. 사둔 앞에서 주정부려가난 우리 외삼춘이 집이 데령 갓져.

덕순 그럼 왜?

떡집 엄마 생각나서. 맨날 녹내 나는 스뎅 그릇에 밥 먹고, 무릎 튀어나온 바지 입엉 일만 일만 허는 우리 어멍, 지금까진 나 가 이런 거 저런 거 챙겨 드려신디 내일부턴 못 허잖아. 엄 마한티 욕도 하영 듣고, 대들기도 하영 대들엇주만 이젠 그 잔소리도 더 못 듣게 뒛잖아. 우리 엄마 요새 홧병 더 심헤 정 어떤 때 정신 나간 사람처럼 이상헐 때도 잇어. 영 헌디 나가 웃어지커냐.

---

145 그릇집이 가나신디이 : 그릇집에 갔었는데
146 예단 값허렌 시집이서 준 돈 : 예단 값이라며 시집에서 준 돈
147 집이 처들어왕 어멍신디 : 집에 처들어와서 엄마한테
148 딸 하나 잇인 거 : 딸 하나 있는 거

덕순	미안헤이.[149] 난 그런 줄도 모르고.
떡집	너가 무사 미안허나.[150] 근데 시간 얼마나 남안?[151]
덕순	(손목시계를 보며) 어, 십오 분 전. 아, 맞다. 빤쓰 뽀짝!
떡집	빤쓰 뽀짝?
덕순	야, 벌써 잊어부럿나. 우리 고3 때 담임.
떡집	선생님이 어떵?
덕순	예식장 로비에서 만나기로 헨. 지금 오셧을걸. 나가 모시기로 헨. 오늘은 어떤 차림으로 와실 건고이?[152] 우리 학교 때 바짝 끼는 바지 입엉 빤쓰 자국 보이면서 오실 건가.
떡집	에이, 설마.
덕순	말 말라. 요새도 여대생 차림으로 다념서라.[153] 나 내려갓당 오켜.[154]
떡집	어.

덕순이 퇴장하고 떡집 혼자 남는다.

떡집은 불안한 듯 옷매무새를 다듬으며 서성거리다 거울을 보며 화장한 얼굴을 살피다 갑자기 얼음처럼 굳는다.

아련한 음악이 흘러나오고 떡집의 노래가 이어진다.

노래가 나오는 사이 눈물 고인 떡집의 눈망울처럼 사방에 흐릿한 어둠이 깔린다.

---

149 미안헤이 : 미안해
150 무사 미안허나 : 왜 미안해 해
151 남안? : 남았니?
152 와실 건고이? : 오셨을까?
153 다념서라 : 다니더라
154 내려갓당 오켜 : 내려갔다 올게

떡집　　　그 한마디 때문일까
　　　　　　가슴 타고 온몸을 휘감던
　　　　　　물기는 모두 사라졌는데
　　　　　　눈물은 왜 마르지 않는 걸까

　　　　　　꿈꾸며 걸어온 기억의 날들이
　　　　　　짙은 어둠에 갇힌 그림자처럼
　　　　　　뿌옇게 사라지는 이유가
　　　　　　그 한마디 때문일까

　　　　　　어둠을 거두고 다가올 내일이
　　　　　　또 다른 그림자를 드리워도
　　　　　　빛이 낳았노라 믿게 된다면
　　　　　　그 한마디 때문일까

　　　　　　가슴에 품은 그 한마디가
　　　　　　길었던 그림자를 지우고
　　　　　　다시 그림자를 그리고
　　　　　　빛을 새겨줄까 어둠을 지워줄까

　　　　　　사랑, 그 한마디면 지울 수 있을까
　　　　　　사랑, 그 한마디면 새길 수 있을까
　　　　　　사랑, 그 한마디로

음악이 사라지는 사이 떡집이 면사포를 벗는다.

5-3

사방이 다시 밝아지며 장례식장으로 되돌아온다.
떡집의 친구 진희가 선글라스를 낀 채 투덜거리며 등장한
다.

진희 수영아, 집에 갔다완?
떡집 어, 잠깐 갔다왔져. 야, 너 그거 좀 벗으라. 오늘 일포제라. 조
금 잇으면 조문 온 손님덜 와글와글헐 건디.

진희가 선글라스를 벗자 양쪽 모두 퍼렇게 멍든 눈가가 드
러난다.

떡집 (놀라며) 아이고.
진희 나 진짜 이혼허켜. 어젠 왼쪽 눈, 오늘은 오른쪽 눈. 이대론
못 살켜.
떡집 또 왜.
진희 그 인간이 잇잖아이.

이때 와장창창 물건 부서지는 소리가 들리며 번개가 내리
치듯 주위가 어두워졌다 밝아지기를 반복한다.
떡집이 신파극 배우로 변신하고 진희가 변사로 변신한다.

진희-변사	아, 때는 어느 때뇨. 유사 이래 민족 최대의 금융위기 아이, 엠, 에프 사태의 서슬 퍼런 광풍이 몰아치던 일천구백구십구년. 박진희의 남편 오경훈은 도탄에 빠진 가정경제를 일으키겠노라 야심찬 결단을 내리고 사업에 뛰어들고야 말았으니 이름하야 다, 단, 계!
떡집-진희	(립싱크로) 난 어떻게든 살아보젠 이런 일 저런 일 궂은 일 다 허명 죽기 살기로 이리 벌떡 저리 벌떡 허는디 직장 짤리고 벌린 일이 다, 단, 계. 야! 이 똥물에 튀겨 죽일 인간아. 하나 남은 아파트 저당 잡혀 벌린 일이 그거냐. 어떻헐 거냐. 이제 길바닥에 나앉으믄 누게가 우릴 책임질 거냐. 너 오늘 나 손에 죽어봐라.

진희가 휘두르는 주먹을 남편은 요리조리 피한다.

떡집-남편	여보, 흥분을 가라앉히고 나 말 좀 들어보십시. 사업이란 건 흥망성쇄가 잇고 타이밍이 있단 말입니. 다, 단, 계야말로 이 엄혹한 경제위기를 극복해낼 최고의 벤처사업입니. 쬐끔만 기다리믄 우리 아파트는 물론 팬트하우스가 생길 거란 말입니.
떡집-진희	팬트하우스고 빤스하우스고 헛소리 그만허여. 이 화상아. 나가 어떻허당 이런 인간신디 홀딱 반했을까. 흑. 흑. 흑.
진희-변사	아, 이토록 눈물겨운 사랑과 전쟁의 나날을 보내는 이 커플의 첫 만남은 언제였던가. 민주화의 열망이 허리 잘린 반도의 남단을 뜨겁게 달구던 이른바 유, 월, 항, 쟁! 그 자랑찬 역

사의 광장에서 두 사람의 투쟁을 넘어선 러브스토리가 펼쳐졌던 거디었다.

떡집은 경찰과 시위 군중의 역할을 이어 간다.

진희-변사 폭력경찰의 마수에 질질질 끌려가는 이 땅의 청년 학생들이 '호헌철폐! 독재타도!'를 외치는 가운데 우리의 민주투사 오경훈은 어찌나 절절했던지 이렇게 외쳤던 거디었다.

떡집-남편 대한독립만세! 대한독립만세!

진희-변사 우리의 여성 전사 박진희는 어떠했는가. 경찰서에 연행된 채 겁박과 엄포로 무장한 정보과 형사 나부랭이와 맞닥뜨린 우리의 박진희.

떡집-형사 너 어떤 구호 외쳤어?

진희-변사 이에 박진희는 결연한 눈빛으로 두 손에 몸과 마음의 기운을 모으고 박수를 치며 비장한 목소리를 토해쎄니.

떡집-진희 (김빠지는 목소리로) 질서유지, 질서유지!

진희-변사 이리하야 두 사람은 일약 '독립과 질서'라는 영광된 타이틀을 얻으며 운동권 최고의 커플로 떠올랐던 거디었다. 그리하야 기나긴 열애 끝에 마침내 결혼으로 골인한 두 사람의 인생은 해피엔딩의 드라마가 되는 듯하얐던 거디었다. 아, 그러나 이 얼마나 비통하고 애통하고 절통한 운명의 장난이었던가. 순탄할 것만 같았든 결혼 생활이건만 직장 생활은 구조조정 퇴사, 감자 농사는 감자 파동, 밀감 농사는 수입 오렌지 파동, 벤처 사업은 파산. 벌이는 일마다 쪽박으로 파국을 맞는 오경훈으로 인해 두 사람은 하루에도 수십 번씩 세계타이틀매치를 벌여야 하는 용쟁호투의 나날이었던 거디었다. 급기야 오날날 이 비정한 시각에 이르러 눈탱이가 밤탱이가 되는 사태를 맞이한 우리의 박진희는 이혼 서류에 도장을 꾹 누르리란 결심을 세워씨니 아, 이들의 앞날은 과연 어찌될 거딘가. 기대하시라. 개봉박두~~!

애수에 젖은 음악이 흘러나오며 사방이 서서히 어두워진다.

#6. 떡집 사고-결혼 생활의 고락

6-1

주위가 밝아지면 경쾌한 음악이 흐르고 분주한 떡집 풍경이 펼쳐진다.
할망이 평상에 앉아 있다.
떡집이 대야를 나르고, 됫박으로 쌀을 푸는 등 부산하게 움직인다.

떡집 장례식장에서 한 사흘 살당 보난 밀린 일이 태산이여. 이 많은 주문량을 어떵 다 채울 거니. 누게 도와줄 사름도 엇고.

할망 경 혜도 떡 사는 사름이 많은 건 좋은 일. 왜 떡을 아무 일 없이 장만허는 거 아니잖아. 옛날 생각해봐. 제사 때 친척들한테 떡반 돌리고, 이사라도 하면 주위에 이사떡 돌릴 때. 떡을 나눙 먹는 게 마음을 나누는 거 아니라. 경 허고 떡이렌 헌 건[155] 좀 못 생겨도 큼직하고 두툼해야 인심이 후허덴 칭찬 받는디 점점 그런 떡이 없어졌서. 안 팔리는 거주. 떡 크기가 사람 마음 크긴디. 근데 잘 생각해봐봐. 요즘은 거 뭣고. 쿠킨지 과잔지 허는 거 모냥으로 족고 예쁜 떡만 인기 잇지 안 허여. 그거 사름덜 마음 씀씀이가 그만큼 작아졌덴 헌 징거주.[156] 경 허고 맛보단 모냥을 더 따지는 거 봐봐. 사름 겉모습만 멋지고 잘생기면 그만이엔 생각허는 거영 뭐가 달라? 그러니 떡집이 바쁜 건 떡으로 나누던 사름덜 인심이 살앙잇인 거난[157] 좋은 일이주.

할망이 있는 줄 모르고 부산하게 움직이던 떡집이 도리짓을 한다.

떡집 서방이렌 헌 건 손 하나 까딱 안헹 홀쩍 기어나가 술 처먹으레 가불고[158] 개딸년은 공부 핑계허멍 방콕이고. 요 노릇을 어떵헐 거니.[159] 이거 도저히 안 뒈켜. 나가 사명감을 가정 이제까지 친환경 수제떡을 고집헤와신디 오늘은 진짜 감당 안 뒌다. 웬만허민 안 쓰젠 헤신디 기계 살려야켜. (객

---

155 경 허고 떡이렌 헌 건 : 그리고 떡이라는 건.
156 작아졌덴헌 징거주 : 작아졌다는 증거지
157 인심이 살앙잇인 거난 : 인심이 살아 있는 거니까
158 술 처먹으레 가불고 : 술 마시러 가버리고
159 요 노릇을 어떵헐 거니 : 이 일을 어쩐다니

석을 살펴 관객을 하나둘 끌어내며) 어디 보자. 요건 좀 녹슬엇져만은 돌아갈 테주. 아이고, 이거 너무 삭앗네. 제대로 돌아갈 건가? 떡이나 뽑아질 건가이.

관객 세 명을 일으켜 일렬로 세워놓고 쳐다본다.

떡집 이 기계덜이 아무리 볼품없어도 보통 기계가 아니라 4차산업혁명시대를 맞이헹 특별허게 주문제작헌 인공지능 딥러닝을 자랑허는 알파고의 방앗간 삼단합체 버전. 일명 '떡찌고.' (차례로 살펴보며) 일번. 가루를 뽑는 기계, '뽀시고.' 모타 돌아가멍 쌀을 좀질게 뽀사주는 기계주. 인공지능은 한 번만 가르쳐주민 줄창 알아서 허메. (몸을 흔들며 관객1에게) 모타 영 돌리라. (관객이 따라하자) 모타가 돌아가민 소리도 나사주게.

평상에 앉은 할망이 소리를 낸다.

할망 탈탈탈탈탈 탈탈탈탈탈.
떡집 (관객1에게) 어떵?

관객이 몸을 흔들며 탈탈거리는 소리를 낸다.

떡집 정지. (관객2에게) 이번. 불 때영 떡 찌는 기계, '불 때고.' (모락모락 김이 피어오르는 동작을 하며) 이렇게 움직이주.

관객2가 따라한다.

할망   부스스스스 부스스스스.

떡집   (관객2에게) 소리?

관객2가 할망의 소리를 흉내 낸다.

떡집   (관객3에게) 마지막으로 이건 가래떡을 뽑아내는 '떡 뽑고.' (웨이브를 하며 꿈틀거리는 가래떡 흉내를 내고) 삼번 작동.

관객3이 동작을 따라한다.

떡집   소리?

할망은 침묵한다.

떡집   소리?

관객3이 머뭇거리며 할망을 바라본다.

떡집   어디 봐? 거기 누게 잇어? 떡 뽑고는 원래 무음 모드라. 심심 허민 몸을 막 뒤틀어가멍 영 허여이. 쭈~욱 쭈~욱.

관객3이 따라한다.

떡집 정지.(관객들이 멈추면) 자, 음악에 맞청 한꺼번에 작동해
보카.

경쾌한 음악이 흘러나오고 떡집의 지휘에 맞춰 관객 셋이
제각기 몸을 움직이며 소리를 낸다.
음악이 잦아들면 떡집의 지휘가 끝난다.

떡집 아이고, 떡 한번 잘 뒷져. 자, 이제랑 저리 나르게.

떡집이 보이지도 않는 떡을 나르는 흉내를 내고 관객들이
따라한다.
그 사이 할망이 천천히 일어선다.

할망 참새가 방앗간 못 지나간덴 헹게[160] 나가 꼭 그 꼴이로고. 또
샛길로 빠졌네. 이럴 때라. 무시걸 찾젠 나선 질인디[161] 이젠
그것도 잊어부럿져. 잊어분 걸 또 잊어부러시니 요 노릇을
어떵허민 좋으리요.(천천히 일어서며) 아이고아이고, 어디
레 어떵 가사 뒐 건고.[162]

할망이 퇴장한다.

---

160 못 지나간덴 헹게 : 못 지나간다더니
161 무시걸 찾젠 나선 질인디 : 뭘 찾는다고 나선 길인데
162 어디레 어떵 가사 뒐 건고 : 어디로 어떻게 가야 할지

떡집   (기계 노릇을 한 관객들에게) 고생덜 헷고. 이젠 들어강 관객 모드.

관객들이 제자리로 돌아간다.

6-2

떡집   떡은 어떻어떻 다 맨들아졌고. 포장을 헤살 건디. 이놈의 인간은 어디레 기어낭 함흥차사니게.[163] 아방 복 어신 년이 서방 복도 어시니 나 팔잔 어떤 팔잔고. 우리 어멍 산 때 맨날 '살암시민 살아진다.'[164] 허는 말 입에 달앙 뎅겨나신디 그 말만큼 복통 터지는 말도 없어. 어디 이게 사는 거라. 헐 말은 아니주만 현숙이처럼 깔끔허게 가는 게 낫일지도 몰라.

이때 커피장수가 손수레를 밀며 등장한다.

커피   커피요. 커피! 아메리카노, 마끼야또, 카푸치노까지 다 이수다. 시원한 레몬에이드도 이수다. 커피요. 커피! 커피 드세요! (떡집을 발견하고) 미애 엄마. 오랜만.

떡집   형님, 오랜만이우다예. 나도 돌돌헌[165] 아메리카노 한 잔 줍써.

커피   오케이. 돌돌헌 아메리카노. (커피를 타며) 막 바쁜 모양인게.

---

163   어디레 기어낭 함흥차사니게 : 어디로 사라져서 함흥차산 거야
164   살암시민 살아진다 : 살다보면 살게 된다
165   돌돌헌 : 달달한

떡집	눈코 뜰 새가 어수다.
커피	미애 아빠?
떡집	보민 모르쿠가?
커피	어딘 어떵. 나나 이녁이나 완전 생과부지 뭐.
떡집	그 말 맞수다. 손 하나 까딱 안 헙니다.
커피	그거뿐이문. 아이구, 나가 오늘 아침에 목욕 갓당 무신 말 들은 줄 알아.
떡집	무사 마씸?[166]
커피	무사 요 시장 동쪽에 목욕탕 잇잖아. 거기 주인 아줌마가 때도 밀어주곡 스포츠 마사지렌 허멍 뼈도 교정해주는디 나신디 뭐라고 헌 줄 알아?
떡집	(노래하며) 내 속엔 때가 너무도 많아서, 내 속엔 나보다 더 큰 때가 잇고~ 영이라도 헙디가?[167]
커피	그게 아니고이.

요란한 뽕짝이 흘러나오고 순식간에 목욕탕으로 바뀐다.
떡집이 커피장수로 바뀌어 드러눕고 커피장수는 목욕탕
아줌마로 변신한다.

커피	때 많지예? 어떤 때 근지러웡 긁당 보민 몰른 때도[168] 막 일어납니다게.
목욕탕	(떡집의 등을 밀며) 더 늙으민 때도 안 나오메. 젊으난 그거

---

166 무사 마씸? : 왜요?
167 영이라도 헙디가? : 이렇게라도 하던가요?
168 근지러웡 긁당보민 몰른 때도 : 근지러워서 긁다 보면 마른 때도

라. 자, 돌아누워.

커피   (힘겹게 움직이며) 으랏차차차.

떡집이 간신히 돌아눕는다.

목욕탕   아이고, 이 아지망 엉치꽝이[169] 완전 내려앉앗구나게. 아직
          육십도 안 난 사름이 이거 뭐라?

커피   좌골신경통인가예? 언니 뼈 잘 보지예? 좀 봐줍써.

목욕탕   영 헤보심.[170]

목욕탕이 커피장수의 몸을 마사지하며 이리저리 비튼다.
그때마다 커피장수는 죽겠다는 듯이 비명을 지른다.

목욕탕   아이고, 이거 뭐라. 저 사름 서방 뭐 허는 사름이라?

커피   서방은 무사 마씀?

목욕탕   일 독으로 아픈 것도 잇지만은 이건 다른 원인도 잇어.

커피   다른 원인?

목욕탕   저 사름 허리로 엉치까지 그걸 못 헹 얻은 병이라.

커피   그거?

목욕탕   서방이영 단 둘이 헐 게 무시거라.[171] 그거 말고 뭐 잇어? 한
          이십 년은 서방이영 그걸 안 헤신게. 아, 그걸 자주 헤사 허

---

169   이 아지망 엉치꽝이 : 이 아줌마 엉덩이뼈가
170   영 헤보심 : 이렇게 해봐
171   헐 게 무시거라 : 할 게 뭐 있어

리도 막 뒤틀고 엉치도 들럿다 낫다 허멍[172] 운동이 뒐 거 아니. 이거 어디 사름 꽝이라.[173] 이런 병을 엔드리스 섹스리스 증후군이렌 허매.

커피 그거 안 헤도 영 아픕니까? 이십 년까진 아닌디 한 삼 년 넘어신가?

목욕탕 삼 년? 경 허민 서방이 완전 부실헌 모양인게. 아, 다른 걸로 속 쎅여도[174] 그걸로 풀민 금슬이라도 생기는디 어떵 헐 거라. 아무 소리 말고 오늘 밤부턴 사흘에 한 번씩 이. 알아들엇지이?

커피 아이고, 말도 맙써. 허리 막 뒤틀고 엉치 들럿닥 낫닥? 그 인간 나가 비비 꼴 만이[175] 힘이 잇어시민 좋으쿠다.[176] 나가 요 며칠 전에 산부인과 검진 받으레 갓당 무신 말을 들은 줄 알암수가?[177] 부인과 의사 선생이 허는 말이 세균성 곰팡이에 감염될지도 모른덴 마씀.[178]

목욕탕 곰팡이? 아이고, 그거 안 허민 곰팡이 생긴덴 말이라?

커피 그런 바이러슨지 뭐시긴지가 잇덴 마씀. 그거 때문만은 아니주만 잘 관리 안 허민 큰일난덴 헙디다. 에에, 곰팡이에 썩으민 어떵.[179] 어차피 써 먹지도 못허는디 관리허민 뭐 헐

---

172 엉치도 들럿다 낫다 허멍 : 엉덩이도 들었다 놨다 하면서
173 이거 어디 사름 꽝이라 : 이게 어디 사람 뼈야
174 속 쎅여도 : 속 썩여도
175 비비 꼴 만이 : 비비 꼴 만큼
176 잇어시민 좋으쿠다 : 있으면 좋겠네요
177 알암수가? : 아세요?
178 모른덴 마씀 : 모른대요
179 썩으민 어떵 : 썩으면 어때

거라. 어디 군서방 잇는 것도 아니고.

목욕탕 군서방질 허고 싶어?

커피 (벌떡 일어서며) 이 언니가 날 뭘로 보고 그딴 소리꽈.[180]

목욕탕 이디서 손님 받당 보민[181] 서방 놔뒁 연애허는 사름덜 많아.
이런 말 저런 말 허당 연애 자랑덜 얼마나 헌다고.

커피 난 간뗑이 작아서 엄두도 못 내쿠다. 경 허고 우리 서방 아
멩[182] 제 구실 못 혜도 착헌 사름인디 나가 경 행 뒙니까게.[183]

목욕탕 경 허민 병원에나 열심히 다녀. 얼른 가. 때 다 밀었어.

다시 떡집과 커피장수가 제 모습으로 돌아온다.

떡집 남의 말 같지가 안 허우다. 나도 곰팡이 생길 지경이우다.
형님, 우리 팡이제로라도 하나씩 살까?

커피 어머나. 그거 뿌리젠?[184]

떡집 연애헐 용긴 엇고 어떵헐 말이꽈.

커피 그 말도 맞고. 커피값은 월말 결산허여. 나 감서.[185]

떡집 예, 살평 가십쎄.

커피 커피요. 커피! 시원헌 레몬에이드도 잇우다. 커피요. 커피!
커피 드세요!

커피장수가 퇴장하는 사이 사방이 어두워진다.

#7. 친구의 방문

다시 주위가 밝아지면 떡집을 찾아온 진희와 떡집이 나란히 서 있다.
진희는 여행용 캐리어를 갖고 있다.

떡집   (캐리어를 보며) 너 집 나와샤?[186] 쫓겨났나?

진희   (웃으며) 쫓겨나긴 나 발로 나왔져.

떡집   갈렷나? 이혼헨?[187]

진희   뭐, 이혼까진 아니고. 당분간 별거허기로 헷져. 나 원룸도 하나 빌렷져.

떡집   우와! 박진희 쎈데.

진희   수영아, 수영아. 나가 멧십 년 만에 혼자 자게 돼난 뭘 젤 처음 헌지 아나?

떡집   뭐 헤신디?

진희   식탁 위에 긴 유리병 하나 딱 놓고 거기다 보라색 장미 한 송이 가지 길게 잘랑 꽂앗지. 경 헤놓고 속옷 바람에 라면 두 개 끓연[188] 냄비째 받아 앉고 쏘맥 마시멍 이. 테레비 소리 잇는 대로 크게 헹 델마와 루이슬 밧다는 거 아니냐.

떡집   에계. 그 정도사 별거 안 허민 못 헐로고. 경 허고 델마와 루

---

186   나와샤? : 나왔어?
187   갈렷나? 이혼헨? : 갈라섰니? 이혼했어?
188   끓연 : 끓여서

이슨 다 죽는 영화잖아.

진희   죽든 살든 얼마나 통쾌허냐. 넌 빤스만 입엉 쏘맥에 라면 안
      주 먹는 맛 모를 거다. 캬~ 진보랏빛 장미 향의 황홀함….

떡집   야, 이년아. 나 놀리레 왔나. 그만 자랑허여.

진희   자랑 아직 안 끝낫져. (비행기표를 꺼내 보이며) 이거 뭔지
      아나?

떡집   뭐라? 비행기표네. 육지 감나? 서울? 부산?

진희   (코웃음 치며) 서울? 부산? 날 뭘로 보고. 이게 자그마치 페
      루 항공권이다. 너 마추피추라고 들어나 봤나? 부럽지?

떡집   하나도 안 부럽다. 얼어 죽을 마추피추. 야, 이년아. 너한테
      거기가 어울리나. 밤에 외로우민 피카추 인형이나 하나 장
      만해서 꺼안앙 자라.

진희   에에, 너 얼굴에 완전 부럽다이. 이렇게 써진 거 알아?[189]

떡집   내 참 기가 멕히네. 너 점쟁이 빤스라도 입었나? 너가 나 마
      음을 어떵 아나. 하나도 안 부럽다. 나 바빠. 일헤사 뒈여. 방
      해허지 말앙[190] 얼른 가. (관객에게 다가가서) 이놈의 기겐
      왜 또 안 돌아가? 야, '뽀시고' 너 농땡이 칠래. 인공지능 맞
      나? 탈탈탈탈 안 헐래?

진희   멀쩡헌 기계한테 화풀이냐. 기겐 무슨 죄냐.

떡집   (진희에게 다가와 큰소리로) 탈탈탈탈탈 탈탈탈탈탈.

떡집이 탈탈거리며 진희를 밀친다.

---

189   써진 거 알아?: 쓰여 있는 거 알아?
190   말앙 : 말고.

55

진희	알아서. 가커라.[191] 혹시 너도 같이 갈 생각 잇이민 연락허
	여. 덕순이도 잘허민 가켄 헴서.[192]
떡집	(계속 들이대며) 난 별거도 이혼도 안 헷져. 탈탈탈탈탈.
진희	(물러서며) 덕순인 이혼헷나. 한 보름 마음이라도 달래러
	가는 거주.
떡집	탈탈탈탈탈.

진희가 떡집을 피하며 퇴장한다.

진희	망헐 년. 생각해서 마음 쓰는 건디. 에라, 평생 떡 반죽이나
	치대당 죽으라.
떡집	뭐?
진희	아니, 갈 생각 잇건 전화 주라고. 비용은 나가 융통허여 주
	커라.[193]

떡집이 진희를 쫓지만 재빨리 퇴장한다.

떡집	(터벅거리며) 여행이라. 보름이 아니라 기약 엇이 떠돌당
	오고 싶다. 서방에 딸년 뒷바라지헤사지, 떡집 운영헤사지,
	시부모 봉양헤사지. 이대로민 너네영 여행 가도 마음은 고
	행일 거여. 나도 꿈이 잇고 허고픈 게 많앗엇는디 이젠 꿈도
	다 지워젓고, 나 이름도 나이도 다 지워젓져. 그냥 미애 엄

---

191 알아서. 가커라 : 알았어. 갈게.
192 잘허민 가켄 헴서 : 잘하면 간댔어.
193 융통허여 주커라 : 융통해 줄게.

마, 석범이 각시주. 서방이라도 잘 만나시민 호의호식허멍 살 건디. 그놈의 인간은 이녁 딸년보다 철딱서니 없이 막 나 돌아댕기는 한량인디 나가 뭘 바렐 거라. 나 신혼여행 돌아온 뒤에 결혼반지 빼고 이날 이때까지 떡만 맨든다고 구리 반지도 한 번을 안 끼워봐서. 반진 고사허고 요 매니큐어 한 번 못 칠헷주. 나 인생은 암만 봐도 개떡이여.

이때 떡집의 전화가 울린다.
떡집이 번호를 확인하고 끊어버린다.
다시 전화가 울린다.
떡집이 전화를 받는 사이 사방이 점점 어두워진다.

떡집   (전화를 받고는 새된 소리로) 어떵마씸? 위독허여?[194] 난 아 방 엇인 사름이우다. 경 허고 위독허뎬 허당 멀쩡헤지기가 이거 멧 번째꽈. 난 그 어른 죽엇뎬 헤도 눈 하나 깜짝 안허 쿠다. 그런 줄 아십써. 끊엄수다.[195]

전화를 끊은 떡집은 아무 말을 못 잇고 목석처럼 굳는다.
그 사이 사방은 칠흑같이 어두워진다.

---

194   어떵마씸? 위독허여? : 뭐라고요? 위독해?
195   끊엄수다 : 끊습니다

#8. 어머니의 임종

어둠이 깔린 가운데 박명 같은 빛줄기가 떡집의 얼굴을 밝힌다.

떡집 (허공에 대고) 양, 아부지렌 허민 아부지고[196] 남이라면 남 남인 어른. 우린 전생에 무신 철천지원수길래 부녀지간으로 난 거우꽈?[197] 나한테 뭐 혜준 거 잇냐고 원망허는 거 아니우다. 어무니한테 헌 거 생각허난 돌덩이같이 바싹 굳은 시루떡 먹엉 체한 거처럼 가슴이 막 멕현마씀.[198] 이녁 아파지난 이제사 딸이렌 허멍 찾암수과?[199] 어무니영 나영 어떵 산 지나 알암수과?[200] 난 예, 당신한테 더는 할 말도 들을 말도 엇우다.

이때 졸업식 노래가 흘러나오며 떡집 뒤로 또 다른 빛줄기가 드리운다.
3-2 장면에서처럼 어린 날 졸업식장의 떡집이 졸업장과 공책, 볼펜 세트를 껴안은 채 쪼그려 앉아 있다.
떡집이 어린 날의 자신을 망연하게 쳐다본다.

---

196 양, 아부지렌 허민 아부지고 : 저기, 아버지라면 아버지고
197 난 거우꽈? : 태어난 건가요?
198 멕현마씀 : 막혀서요
199 아파지난 이제사 딸이렌 허멍 찾암수과? : 아프니까 이제야 딸이라며 찾으세요?
200 어떵 산지나 알암수과? : 어떻게 산지 아세요?

어린 떡집 (허공에 대고) 어무니, 또 떡 팔레 갈 거? 아부진 진짜 안 올 거? 진짜 우리 아부지 맞아? 이 공책이영 볼펜 아부지가 사다 준 거 맞아? 어무니, 대답해봅써.

사라지는 빛줄기와 함께 어린 떡집도 어둠 속으로 사라진다.
음악이 바뀌며 다시 또 다른 빛줄기와 함께 떡집의 어머니가 나타난다.

어멍 (원서를 내보이며) 수영아, 너네 담임 선생님 만낫져. 이 원서 써줘라. 잘도 고마운 어른이더라. 난 우리 집안에선 딸이 아무리 공부 잘혜도 대학은 안 시킨덴[201] 둘러대는디 어떵헹이라도[202] 너 장학금 받으멍 대학 뎅기게 만들켄 헤라.[203] 이 못난 어멍도 마음 고쳐 먹엇져. 이놈의 새꺄. 나가 죽는 한이 잇어도 너 대학도 시키고 석사도 시키고 박사도 시키켜. 너 가슴에 못 박으민 이 어멍은 살아질 거 같으냐. 걱정 말라.

사라지는 빛줄기와 함께 어머니가 어둠 속으로 사라진다.
음악이 긴박하게 바뀌며 또 다른 빛줄기와 함께 다시 떡집의 어머니가 나타난다.
보따리를 든 어머니는 정신을 놓은 듯 몽유병 환자처럼 걷고 있다.
자동차 엔진 소리, 경적 소리가 뒤엉킨다.

---

201   안 시킨덴 : 안 시킨다고
202   어떵헹이라도 : 어떻게 해서라도
203   뎅기게 만들켄 헤라 : 다니게 만들겠다고 하더라

어멍   수영이영 우리 사위한테 이거 갖다 줘야 뒈는디. 신혼집에
          된장이영 김치영 갖다 줘야 뒈는디.

          초점 없는 눈으로 터벅터벅 걷는 어멍 주위로 자동차 소음
          이 점점 커진다.
          이때 호루라기 소리가 요란하게 들린다.
          떡집이 다급한 목소리로 어머니를 부른다.

떡집   어무니. 안 뒈! 어무니!

          강한 타격음이 들리고 떡집의 어머니를 비추던 빛줄기가
          뚝 끊기듯 사라진다.
          놀란 떡집의 숨결을 타고 잔잔한 음악이 흐른다.

떡집   (허공에 대고) 오만 가지 병은 잇는 대로 걸리고 거기다 우
          울증까지 걸령 그렇게 허망허게 갈 거멍 무사 경 모질게 사
          십디가?[204] 어무니 경 만든 인간이 이녁 아팡 죽을 때 뒈니
          까 날 찾암수다. 양심이 없는 건지 비위가 좋은 건지 모르쿠
          다. 찾아가라고? 싫수다. 절대 안 갈 거우다. 난 어무니허고
          다릅니다. 어무니처럼 살지도 안 헐 거우다. 경 궁상스럽게
          산 게 그거꽈? 나한테 그런 거 물려줄 생각이랑 일절 허지
          맙써. 난 이제부터 나 마음대로 살쿠다. 오늘 이때까지 영락

───
204   무사 경 모질게 사십디가? : 어떻게 그리 모질게 사셨어요?

없이 어무니처럼 살앗는디 이젠 경 안 살젠마씸.[205] 허고픈 거 마음대로 허고 먹고픈 거 마음대로 먹으멍 살쿠다.[206] 어릴 때예, 나 생일날에 미역국도 제대로 못 얻어먹고 어무니 심부름허멍 남의 생일떡 맨들 때 막 서러워나수다. 머리 굵고 결혼허민 달라질 줄 알아신디 서방에 딸년만 챙기멍 남의 생일떡 맨들긴 매일반입디다. 이젠 경 못 허쿠다. 나 인생에도 선물 하난 잇어야 될 거 아니꽈. 누가 챙겨주지 안 허민 나대로 나한테 주쿠다.[207]

음악이 흐르는 가운데 사방이 어두워진다.

#9. 뭔가를 찾는 할망

음악이 잦아들며 사방이 밝아진다.
할망이 느릿느릿 등장한다.

할망   여기가 바당[208]인가? 아니, 산인가? 원 참, 꿈만 닮아베다.[209] 옛날에 한번 구경 와난 디도 닮고.[210] 어무니영 와난 것도 닮고 친구덜이영 와난 것도 닮고. 이게 꿈인 것도 닮고 생신 것도 닮고. 이것도 닮고 저것도 닮고. 산 것도 닮고 죽은 것

---

205   이젠 경 안 살젠마씸 : 이젠 그렇게 안 살겠어요
206   먹으멍 살쿠다 : 먹어 가며 살래요
207   안 허민 나대로 나한테 주쿠다 : 않으면 나대로 나한테 줄래요
208   바당 : 바다
209   꿈만 닮아베다 : 꿈만 같네그려
210   구경 와난 디도 닮고 : 구경 왔던 곳도 같고

도 닮고. 나가 어멍 뒈고 나 똘이 어멍 뒈고. 똘이 어멍이고 어멍이 똘이고.[211] 세상이 영 다람쥐 쳇바퀴 도는 모냥으로 이레 빙빙 저레 빙빙 돌단보난 이 시절이 뒛구나게. 아침에 학교 나오고, 점심 때 시집가서 아기 낳고. 저녁은 뒈니 호호백발이로구나. 나 어떵 살아져신고.[212] 어릴 땐 엉덩이에 졸졸 쫓아오는 어린 동생덜 보살피고 철든 후엔 아기어멍 뒈영 이레 화륵 저레 화륵[213] 정신없이 살곡. 이렇게 늙다리 뒈다 보니 이제사 나가 이 세상에 왜 태어나신고, 아득바득 살멍 가슴속에 곰삭고 맺힌 건 어떵 풀멍 살아신고 곰곰이 생각허난 어느젠가 나도 이렇게만 살민 안 뒈겟다 싶엉 날 위해서 나가 나한테 선물을 하나 줘낫주. 이제 와서 그 시절 생각허난 그걸 한번 춫아네영 만져보구정 허여.[214] 나 인생이 전부 그거에 담아정 잇주.[215] 이 바당이며 저 산보담도[216] 그게 나한테 젤로 큰 거라. (허공을 보며) 아이고, 날이 흐려가는 게 비라도 한바탕허젠 헴신가. 저레나 가보카.[217]

할망이 느릿느릿 퇴장하는 사이 사방이 어두워진다.

---

211 똘이 어멍이고 어멍이 똘이고 : 딸이 엄마고 엄마가 딸이고

212 나 어떵 살아져신고 : 나 어떻게 살아왔을까

213 이레 화륵 저레 화륵 : 동에 번쩍 서에 번쩍

214 춫아네영 만져보구정 허여 : 찾아내서 만져보고 싶어

215 담아정 잇주 : 담겨 있지

216 이 바당이며 저 산보담도 : 이 바다며 저 산보다도

217 한바탕허젠 헴신가. 저레나 가보카 : 한바탕하려나. 저리나 가볼까

#에필로그

다시 사방이 밝아지면 떡집과 할망이 나타난다.
두 사람은 서로의 존재를 모른 채 제각기 자신에게 몰두한
다.
떡집은 빗자루를 들고 방앗간을 청소하고 할망은 한구석
에서 수건을 들고 비석을 닦고 있다.

떡집   (사방을 둘러보며) 이만허민 깨끗허다.(객석을 보며) 아, 기
      계덜도 좀 닦아사켜.

떡집이 걸레를 들고 관객들에게 다가가 닦는다.

할망   어무니, 아부지. 나 이제쯤 저승 가민 알아봐지쿠다.[218] 아이
      고, 나 똘 허멍 불끈 안아주쿠과?[219] 어무니사 날 모르쿠가
      만은 아부진 나허고 같이 살아난 적이 거의 없어서 어디 할
      망인가 허멍 고개만 가로저을 거 아니꽈? 가만잇자. 그게
      어디 묻어젓더라.[220]

할망이 퇴장한다.

떡집   오랜만에 청소허난 반짝반짝 광나는 게 완전 날아갈 거 닮

---

218   저승 가민 알아봐지쿠다 : 저승 가면 알아보시겠어요
219   나 똘 허멍 불끈 안아주쿠과? : 내 딸이라며 불끈 안아주실래요?
220   묻어젓더라 : 묻혔더라

다.(관객들을 보며) 어이, 인공지능 삼단합체 시스템, 나 돌아올 때까지 푹 쉬라이. 주인 잘못 만낭 맨날 돌아가노난 과부하 걸령 고생딜 하영 헷주이.[221] 너네도 오늘부턴 휴가여. 휴가.

이때 손님이 등장한다.

손님   미애 어멍.

떡집   예, 삼춘. 오십디가.

손님   어떵 아부지 장렌 잘 마무리헤서?

떡집   예, 우리 벗덜이 해외여행도 연기허멍 자기 아부지 장례처럼 살뜰허게 챙겨주난 잘 넘겨수다.

손님   잘헤서게.[222] 이제라도 매듭진 거 풀엇으니 뒛네. 저 사름 어멍도 아방 만나민 좋아헐 거라.[223]

떡집   경 막 시원허게 풀어지기사 허쿠과만은[224] 죽어가멍 나한테 아방 뒈긴 쉬와도 아방 노릇은 어려와렌 헌 말[225] 다시 허는디 응어리가 약간 풀리긴 헤수다. 그게 궁금헹 오십디가?

손님   어떵헴신고 헹[226] 겸사겸사 와서. 글피 제사라서 시루떡도 맞추고. 두 뒈만 허여줘.

---

221 하영 헷주이 : 많이 했지
222 잘헤서게 : 잘했어
223 만나민 좋아헐 거라 : 만나면 좋아할 거야
224 경 막 시원허게 풀어지기사 허쿠과만은 : 그렇게 시원하게 풀릴 수야 없지만
225 아방 노릇은 어려와렌 헌 말 : 애비 노릇은 어렵다는 말
226 어떵헴신고 헹 : 어떡하나 궁금해서

떡집	아이고, 어떵허코예. 오늘부터 한 스무 날 휴업헐 거우다.
손님	왜? 또 무신 일 생겨서?
떡집	아니 그냥 좀 쉬젠 마씀.[227] 미안허우다만은 요 아레 목욕탕 옆 방앗간에 강 맞추십써.
손님	알앗고. 쉬는 김에 어디 유람이라도 뎅기멍 시원허게 풀엉 와. 나 감서.
떡집	예, 들어가십써예.

손님이 퇴장하자 떡집이 여행용 캐리어와 초등학교 졸업
선물로 받은 공책과 볼펜을 챙긴다.
이때 전화가 울린다.
떡집이 전화를 받는 사이 떡집과 똑같은 공책을 든 할망이
등장한다.

떡집	(전화를 받고) 어, 덕순아. 그럼, 준비 다 헤서. (신이 난 듯한 말투로) 야야, 나 거기 가민 쓰젠 내 인생의 소원 일기장도 맨들앗저. (공책을 높이 들며) 그런 거 잇어. 어어, 나중에 보게이. 끊엄쩌.

떡집이 캐리어를 열어 이런저런 여행용품을 챙긴다.
그사이 할망이 공책을 펼쳐 들고 살펴본다.
떡집이 공책을 펼쳐 글을 쓰기 시작한다.

---

227 쉬젠 마씀 : 쉬려고요

할망   쉰한 살 내 인생은 이제부터 다시 시작이다. 부모님께 받은 내 인생 최초의 선물인 이 공책을 이제 와서 펼친다. 그리고 오늘 나는 나 스스로 나 자신에게 주는 최초의 선물을 준비한다.

할망이 잠시 허공을 보더니 공책을 덮는다.
그사이 음악이 흘러나온다.
할망의 노래가 이어진다.
노래가 이어지는 사이 떡집이 캐리어에서 옷을 하나둘씩 꺼내 펼쳤다 개고 다시 집어넣는다.
초등학교 때, 여고 시절, 결혼식 면사포, 떡집 앞치마 등등 떡집의 인생역정을 담은 옷가지들이다.

할망   잊어라 잊어라 잊으려 헌들
지워라 지워라 지우려 헌들
그 어느 하나도 지울 수 없는 게
춘색도 없이 한 번 붉어 툭 떨어지는
늘 붉은 단풍 같은 인생이랏주
살암시민 살아지는 게 인생이려니
나조차도 모르는 나의 길을 걸엇주
걷당 지치민 한 마루는 놀당도 가고
놀당 지치민 한 마루는 쉬당도 가고
남과 같은 청춘의 꿈 꾸면서 살걸
이내 인생은 누덕누덕 누더기로다

덧대고 누비고 여미고 기웠으니

누덕누덕 누더기가 이내 인생이로다

철을 몰라 어릴 땐 아방 품 그리멍

눈물수건 마를 날 단 하루 엇고

젊디젊어 청춘날도 늘상 붉은 단풍이라

어멍 잃고 캄캄헌 이 밤과 저 밤 사이엔

이불 섶 베갯잇이 마를 날 없엇주

서천에 꽃밭 생불꽃이 잇거들랑

날 닮은 인생에도 만발허게 피련만은

마른 땅 거친 돌 위에 핀 검뉴울꽃인가

신세 타령 팔자 타령에 긴 한숨만 쉬엇주

살암시민 살아진다 살암시민 살아진다

야속헌 그 말이 덧없고 허망허네

눈물수건 땀 든 의장일랑 훌훌 버려놓고

나비 나비 네 날개 활짝 펼친 꽃나비

청나비로 나빌레라 백나비로 노닐러라

나비 몸에 마음 실고 훨훨 날아오르리

나비 나비 훨훨 나비 나비 훨훨

할망의 노래가 끝나도 음악은 여전히 흐른다.

떡집과 할망이 천천히 서로에게 다가온다.

두 사람은 각자가 지닌 공책을 서로에게 건넨다.

-끝-

소재로 삼은 신화와 의례

제주도에서는 사람이 죽었을 때 망자를 천도하는 굿을 치르는데 장례식의 끝에 치르는 '귀양풀이'와 삼년상을 마친 뒤 치르는 '시왕맞이'가 있다. 「이제 와서」에는 친구의 장례식과 아버지의 임종 등의 사건이 벌어지는데 이럴 경우에는 귀양풀이를 치르는 것이 일반적이다.

망자를 천도할 때면 반드시 저승차사를 모셔들어 망자를 잘 인도해 주십사 하는 '차사영맞이'라는 과정을 진행한다. 망자는 저승으로 떠나기에 앞서 생전에 회한이 맺힌 장소를 둘러본 뒤 떠난다고 하는데, 이 작품에서는 '할망'이 저승으로 떠나기 전에 자신의 인생을 되짚어보는 이별 여행을 한다. 저승차사를 모시는 굿에 앞서서 이승의 회한을 스스로 풀어낼 작정이었던 셈이다. 아마도 이 작품이 완결된 이후 할망은 저승차사를 만났을 것이며 돌아올 수 없는 길을 영영 떠났을 것이다.

제주에는 망자를 저승으로 인도하는 저승차사의 사연을 담은 신화가 전해오는데 '차사본풀이'라는 기나긴 이야기다. 누구도 알 수 없는 옛날 동정국이라는 곳에 사는 버물왕이 아들 아홉을 낳으나 여섯 명이 종명하고 간신히 살아남은 나머지 삼 형제 또한 스님이 되지 않으면 죽을 운명이라는 말에 출가시킨다. 스님이 된 삼 형제가 열다섯 살에 이르러 집으로 돌아가겠다고 하자 대사는 3년만 더 머무르라며 만류하지만 고집을 꺾지 못한다. 절을 떠난 삼 형제는 짐치

골 과양 땅에 다다르게 되고 과양생이 각시라는 악녀의 계략에 빠져 끝내 죽임을 당한다.

과양생이 각시는 버물왕 아들 삼 형제의 시신을 유기한 연못에서 일찍이 본 적 없던 꽃 세 송이를 꺾어다 안방 벽에 매단다. 그런데 꽃이 살아 움직이며 달려들자 화로에 넣어 불태운다. 꽃은 잿더미 속에서 영롱한 구슬로 변하고, 과양생이 각시는 그것을 신기하게 여겨 가지고 놀다 저도 모르게 삼키고 만다. 그때부터 태기가 있어 아들 세 쌍둥이를 낳는다. 세월이 흘러 아이들이 과거에 장원급제하지만 한날한시에 죽는 일이 벌어진다. 격분한 과양생이 각시가 짐추판관에게 소지를 올려 염라대왕을 잡아들여 재판을 열어 달라고 악다구니를 쓴다. 마지못한 원님은 관아의 아전 중 강림이를 지목해 염라대왕을 잡아 오라고 명을 내린다.

여러 첩을 거느리던 강림이는 첩들에게 도움을 청하지만 모두 외면하고 조강지처인 큰각시만 도움을 준다. 큰각시와 자신의 집 조왕신의 도움으로 저승에 당도한 강림이는 염라대왕을 만난다. 염라대왕이 콧방귀를 뀌며 이승의 송사에 감히 저승의 왕을 부른다고 외면하자 강림이는 기지를 발휘해 마침내 약속을 받아낸다.

이승으로 돌아온 강림이가 짐추판관에게 사실을 고하니 짐추판관은 약속한 날에 과양생이 각시를 불러 재판을 연다. 이윽고 염라대왕이 동헌 마당에 현신해 과양생이 각시의 죄상을 밝히고 징치한 뒤 버물왕 아들 삼 형제를 되살려 낸다. 일을 마친 염라대왕은 강림이의 재주가 탐나 짐추판관에게 강림이를 나누어 갖자고 제안하니 짐추판관은 강림이의 몸을 갖겠다고 한다. 이에 염라대왕이 강림이의 혼을 취해버리니 강림이는 죽은 몸이 되어 저승차사가 된다. 이승과 저승을 오가는 인간차사가 된 강림차사가 명이 다한 사람을 저승으로 데려가기 위해 이승으로 나섰다가 자기 일을 대신 해주겠다는 까마귀에게 적패지를 잠시 맡겼다. 그러나 까마귀가 적패지를 떨어뜨리는 바람에 그 뒤부터 이승에서는 나이 순서로 죽는 법이 없어졌다.

광해, 빛의 바다로 가다

덧대어 누비고 여미어 기웠으니 이 옷이 내 마음을 닮아 누더기가 되었구나.

산은 첩첩 고개마다 시체의 산이로다.

물은 휘휘 굽이마다 핏물의 강이로다.

어린 자식 등에 업고 자란 자식은 손목을 잡고

늙은 양친을 앞에 모신 피난 행렬이 만 리를 이었구나.

이 나라 조선이 언제면 부강한 나라가 될 것인고.

하늘 가득 시커먼 먹장구름이 덮였으니 조선의 신세로다.

바람아 석 달 열흘만 불어라. 억수장마야 퍼붓거라.

하늘이 울고 땅이 울게 청천벽력이라도 쏟아지거라.

광해, 빛의 바다로 가다

해설

이 작품은 비운의 임금 광해군의 일대기를 다룬 음악극이다. 파란만장했던 삶의 궤적마다 맺혀 있는 그의 번민과 포한을 담아낸 이 드라마의 줄거리는 이러하다.

오랜 유배 생활 끝에 제주에 위리안치된 말년의 광해가 토하는 인생의 회한, 그리고 선조의 붕어 등 시공을 교차하는 도발적인 프롤로그로 '1막-왕과 왕자의 대무(對舞)'는 시작된다. 소년 시절 궁중의 나인 개똥이와 풋사랑을 싹틔우던 광해는 도성을 버리고 몽진을 시도한 선조와 달리 임진왜란의 격전장을 누비며 나라를 지켜내 조선의 백성들은 물론 명나라 조정에서도 신망을 얻게 된다.

전쟁의 와중에 왕위를 떠맡기듯 이루어진 세자 책봉, 전란 끝에 날아든 명황제의 칙서, 인목대비의 영창군 출산에 이르는 사건은 선조로 하여금 광해를 향한 들끓는 질투심을 낳게 한다. 결국 갈등이 극에 다다른 아비와 아들은 서로 칼을 들고 맞서는 지경에 이르니 광해의 번민은 오로지 개똥이만이 위로할 뿐이다.

왕과 왕자의 반목은 동인과 서인으로 갈라진 붕당정치로도 이어져 자신을 옥죄지만 선조 사후, 대북파의 지지 속에 마침내 광해는 만인지상의 자리에 올라 젊은 왕의 시대를 선언한다.

7년 전쟁 동안 삼천리를 무른 메주 밟듯 누비고 다니며 백성과 나라의 실상을 속속들이 헤아린 젊은 임금은 각종 폐단과 악습을 쓸어내는 개혁군주의 면모를 보인다. 그러나 여러 정파로 갈린 대신들은 서로 칼을 부딪치며 임금을 그대로 두지 않는다. 어린 아우 영창군 사사와 인목대비의 폐위, 잦은 역모와 그로 인한 옥사는 재위 기간 내내 이어졌다.

왕세자의 길보다 가파르고 숨 막혔던 광해 임금 시절의 끝자락, 1513년 3월 어느 새벽. 광해를 저주하며 복수를 꿈꿔온 인목대비는 서인과 손잡고 반정을 일으킨다. 하룻밤 사이에 모든 것을 잃은 광해는 재조지은, 폐모살제, 궁궐중창 등의 죄목을 받아 유배당한다. 부인, 아들과 며느리를 잃고 강화도에 위리안치당한 광해는 청나라의 침략으로 삼전도의 굴욕을 당하는 인조의 치정을 피눈물을 흘리며 바라봐야 했다. 절절히 꿈꿨던 자주적인 나라는 더 이상 어디에도 없었다.

절망과 회한의 가시 울타리에 갇힌 광해는 마침내 19년 유배의 종지부를 제주도에서 찍는다. 왕의 자리를 지키기 위해 칼을 뽑아야 했던 광해의 고통, 재위 기간보다 길었던 19년 유배 시절의 심경과 죽음에 이르러 망망한 바다 속으로 잠겨드는 왕, 이혼(李琿)의 마지막 모습으로 대미를 장식한다.

때와 곳

조선 중기 한양의 도성과 광해군의 제주도 유배지

나오는 사람들

광해(이혼)

선조(이연)

인목왕후

어처구니들(손행자, 저팔계)

개똥이(김개시)

유영경, 유성룡, 신립

허준, 내시1·2

이이첨, 이항복, 이귀

의병장들

대신1·2·3·4, 무녀

인조, 청황제

유효립, 이시방

해녀1·2·3·4

사령, 나인1·2, 주민1·2

코러스(병사들, 대신들, 남인들, 백성들)

#프롤로그

인트로1

음악과 함께 무대가 서서히 밝아진다.
계단 무대에 백발이 성성한 광해가 처량하게 앉아 있다.
광해 천천히 일어서며 노래를 시작한다.

1-허허바다

광해   물로야 뱅뱅 휘감아 도는 서글픈 섬은 이내 궁궐
　　　　가시나무 둘러친 울타리는 임금의 용상이라.
　　　　하늘을 이불 삼고 저 바다를 자리 삼아 누웠던 몸 일으켜
　　　　바람 불고 빗발 날리는 제주읍성 앞을 지나니
　　　　드높은 백 척 누각에 안개만 자욱하게 이는구나.
　　　　거친 바다 성난 파도 소리 어둠을 몰아오고
　　　　푸른 산 슬픈 빛은 싸늘한 가을을 재촉하네.
　　　　돌아가고 싶은 마음 봄풀처럼 사라지고
　　　　제주의 깊은 꿈은 한양 궁궐을 보고 깨이네.
　　　　나라의 존망은 소식조차 알 수 없으니
　　　　물안개 서린 바다 외로운 배처럼 쉬고 싶네.

노래와 함께 음악이 잦아들고 무대 또한 서서히 어두워진다.

인트로2

광해 맞은편이 밝아지며 허준의 무릎에 기대 누운 선조의
모습이 드러난다.
안절부절못하는 내시2가 선조의 적삼을 든 채 조아리고 서
있다.

허준   전하, 기운을 차리시오소서.

놀라며 선조 주위로 달려가 기웃거리는 손행자와 저팔계.
허준과 선조에겐 보이지 않는다.

선조   과인이 어좌에 오른 지 마흔 해가 넘었다. 그대가 해동 제일
의 명의 허준이라 한들 어찌 천명을 막을 수 있겠는가.

허준   그 무슨 말씀이시옵니까. 전하.

선조   천명을 받드는 것은 원통하지 않으나 영창을 두고 광해 그
놈에게 옥새를 넘겨야 하는 게 괴롭구나. 날 일으켜라. 지금
이라도 적통이 후사를 잇게 할 것이다. 어서.

선조가 몸을 일으키다 끝내 숨을 거둔다.
적삼을 들고 퇴장하는 내시2.

허준   전하!

극장 전체 밝아지며 객석 맨 뒤로 적삼을 든 내시1이 등장한다.

내시1　(적삼을 펼쳐들고) 무신년 이월 무오일 해동조선 대왕 이연 상위 복! 상위 복! 상위 복!

왕의 죽음을 알리는 엄숙한 음악이 흐르는 가운데 극장 전체 서서히 암전.

#1막-왕과 왕자의 대무(對舞)

1장

무대 밝아지면 영사막마다 궁궐의 후원이 나타난다.
온갖 꽃과 나무들이 싱그럽다.
후원으로 젊은 광해가 개똥이와 산책을 하며 등장한다.

2-한우지연(寒雨之戀)

광해　북천이 맑다커늘 우장 없이 길을 가니
　　　　산에난 눈이 오고 들에난 찬비로다
　　　　오날은 찬비 맞아시니 얼어 잘까 하노라.

개똥이　어이 얼어 자리 므스 일 얼어 자리
　　　　　원앙금 비단침을 어디 두고 얼어 자리

오늘은 찬비 맞아시니 녹아 잘까 하노라.

광해 하하하하. 내가 임제요, 네가 황진이로구나.

개똥이 빈께서 들으시면 어쩌시려구요.

광해 빈이 있다한들 마음 한 조각 털어놓을 수 없는 곳이 궁이다. 왕실과 척신들이 병풍처럼 둘러서서 칼을 벼르는 곳이 어디 사람이 살 곳이냐. 차라리 개똥이 너처럼 저자의 백성으로 태어났으면 좀 좋았겠느냐.

개똥이 그 무슨 망측한 말씀이셔요. 마마께선 이 나라의 지존이 되실 분이십니다.

광해 지존? 나 말고도 왕자가 열둘이다. 당치 않은 소리지.

개똥이 마마, 벌써 잊으셨나요?

광해 뭘?

개똥이 어린 무수리로 궁에 들어온 첫날부터 마마께선 저를 마음에 두셨다면서요. 마마, 지엄한 국법이 있어 이년이 왕자님을 얻을 순 없지만 이 나라 조선을 얻고 싶습니다.

광해 뭐라?

개똥이 마마께선 조선을 갖고 저는 마마의 마음을 가지면 그것이 조선을 얻는 것이지요. 왕이 되소서. 마마께서 보위에 오르시면 이년이 목숨을 다해 마마를 보필할게요.

광해 못 들은 것으로 하겠다.

개똥이 제가 원하는 거라면 빈의 자리 빼곤 뭐든 들어준다셨잖아요. 왜요? 제가 천한 노비의 딸이라 그러시나요?

광해 뜻이 있다 한들 내 맘대로 오를 수 있는 자리가 아니다.

개똥이 오를 수 있어요. 주상전하께서 열세 왕자님들을 차례로 불

러 세상에서 제일 맛있는 음식이 무엇이냐고 하문하신다
지요? 주상께서 세잣감을 고르시는 거예요. 마마 차례가 되
시면 소금이라 답하시오소서.

광해　　소금? 그 이유가 무엇이냐?

개똥이　그 이유는 마마께서도 이미 알고 계세요. 시각이 늦었습니
다. 이제 그만 돌아가시지요.

광해　　소금이라?

두 사람 퇴장하는 사이 암전.

2장

신비로운 선율이 흐르기 시작하면 서서히 밝아지는 무대.
파리한 빛줄기 사이로 춤을 추며 나타나는 손행자.

3-처용가

손행자　궁성 안 밝은 달 아래 밤드리 노니다가
　　　　　들어와 자리를 보니 다리가 넷이로다.
　　　　　본디 둘은 내 것인데 나머지 둘은 무엇인고.

저팔계　(우악스레 등장하며 큰소리로) 나머지 둘은 내 것이다. 예
끼 이놈아. 니가 무슨 처용랑이냐? 달밤에 낮술 먹는 소리
하고 자빠졌네. 임금님 침전 지붕이나 잘 지킬 것이지 여기
서 뭐 하는 짓이야?

손행자	오랜만에 인기척이 없어서 산책 나왔다. 그러는 넌 근정전 용마루 놔두고 여기서 뭐해?
저팔계	아니…….그게 그러니까…….실은 나도 좀이 쑤셔서 내려 와 봤어.
손행자	하기야 우리가 궁궐 수호신으로 저 지붕마루 지킨 지 이백 년이 됐으니 오금이 저릴 만도 하지. 근데 바다 건너 왜국 사신, 너 소문 들었어?
저팔계	왜국을 통일했다는 풍신수길인지 뭔지 하는 놈이 사신을 보냈다며? 조선국 대왕마마, 앞으로 잘 봐주십시오. 뭐 이 런 부탁 아니겠어?
손행자	그러니 돼지 소릴 듣지? 천기를 봐. 천기를. 동남쪽 바다에 살기가 가득하다고.
저팔계	그래? 어디. 정말이네.
손행자	느낌이 안 좋아. 그렇다고 우리가 나설 수도 없고. 어떡하 지?
저팔계	어떡하긴 뭘 어떡해. 우리야 옥황상제님 명대로 궁궐이나 잘 지켜야지. 내금위 순찰 시간이다. 얼른 돌아가자.

무대 암전되고 임금의 조회를 담은 근엄한 선율이 이어진 다.
무대 밝아지면 어좌에 앉은 선조와 유영경, 유성룡, 신립이 있다.

| 선조 | (교서를 펼쳐보며) 가도정명! |

세 사람	그러하옵니다.
선조	명나라를 정복할 테니 조선은 길을 빌려 달라?
세 사람	그러하옵니다.
선조	왜국의 오랑캐들이 미치지 않고서야 감히 이 나라 조선도 모자라 대명국까지 우습게 보는구나.
신립	북방의 오랑캐와 남해의 왜구 소탕으로 필생을 바친 소장 신립이 있사온대 풍신수길 그놈이 온다 한들 무슨 걱정이겠습니다.
유성룡	하오나 전하.
선조	하오나 전하?
유성룡	적경을 살펴 방비를 하시는 것이 옳은 줄 아옵니다. 만에 하나 이를 빌미로 침공을 해오면 어찌하시겠습니까?
선조	침공을 해오면?
유영경	하오나 전하.
선조	하오나 전하?
유영경	원숭이 같은 풍신수길의 허세를 어찌 모르십니까? 백전노장 신립 장군을 믿으시옵소서.
선조	믿으시옵소서?
유성룡	하오나 전하.
선조	하오나 전하, 그 소리 듣기 싫다. 누가 들으면 내 이름이 하오난 줄 알겠다. 내겐 신립이 있다. 풍신수길 하래비가 오면 어떠냐. (교서를 내던지며) 옜다. 무수리들 밑이나 닦으라고 내줘라. 유성룡, 그대는 그만 물러가라. 하오나 전하께선 할 일이 있다. 상선!

내시1　(등장하며) 예, 전하!

　　　　내시1 등장과 동시에 유성룡은 침통한 표정으로 퇴장한다.

선조　오늘은 누구 차례인고?

내시1　광해군 마마께서 이미 와 계시옵니다.

선조　광해라. 냉큼 들어오지 않고 뭘 하는 게냐?

광해　(등장하며) 불러 계시옵니까.

선조　답을 얻었느냐?

광해　예, 세상에서 가장 맛있는 음식은 소금이더이다.

선조　소금이라. 궁중의 산해진미를 놔두고? 이유가 무엇인고?

광해　모든 음식은 소금이 있어야 제 맛이 나옵니다. 소금은 음식의
　　　　맛을 높일 뿐 아니라 사람에겐 없어서는 안 될 물과 같은 것,
　　　　무릇 임금이란 만백성에게 소금처럼 드러나 보이지 않되 없
　　　　어선 안 되는 존재가 되어야 하는 줄 아뢰오.

선조　열두 왕자 모두 산해진미를 열명했거늘 유별나구나. 네 뜻은
　　　　알겠지만 고작 소금이라니. 소금. 하하하하하. 그만 나가 보
　　　　거라.

　　　　광해 퇴장한다.

신립　전하, 어찌하여 열세 분 왕자님들께 그런 하문을 하시옵니까?

선조　내 일찍이 이 나라 이백 년 왕실이 생겨난 이래 처음으로 적
　　　　통이 아닌 왕이다. 저잣거리 백성들로 치면 서자가 아닌가?

　　　　　　그런 주제가 어떻게 왕이 되었을꼬? 경들이 알 리가 없지. 오래전이었지. 선대왕께서 하루는 왕자들을 모아놓고 자신의 익선관을 벗어 써보라고 하더구나. 다들 써보며 크다 작다 하는데 나만 안 썼지 뭔가. 왜 그러냐고 하문하시니 이리 답했지. 역심을 품지 않고서야 어찌 감히 용상을 넘보겠습니까. 이 말 한마디가 나를 이 자리에 앉혔다. 중전에게 후사가 없으니 후궁의 자식 열셋 중 하나가 나와 같은 길을 갈 거 아닌가.

유영경　　아니 되옵니다. 전하께선 아직 기혈이 왕성하시오니 하루속히 중전마마에게서 적통을 얻어 국본을 세워야 하옵니다.

선조　　　기혈이 왕성하다. 하하하하. 내가 힘은 좋지. 헌데 국본? 그럼 서자 새끼인 나로 인해 이 나라의 국본이 무너졌단 말이냐?

유영경　　그런 뜻이 아니오라…….

선조　　　국본을 운운하기 전에 그대는 내가 하명한 저자 백성들의 이상한 노래를 조사해 오긴 했는가?

유영경　　예.

선조　　　읊어라.

유영경　　　살아자수 여인대화 인부지 병재기중
　　　　　　　(殺我者誰 女人戴禾 人不知 兵在其中)
　　　　　　　살아자수 우하횡산 천부지 리재기중
　　　　　　　(殺我者誰 雨下橫山 天不知 裏在其中)
　　　　　　　살아자수 소두무족 귀부지 화재기중
　　　　　　　(殺我者誰 小頭無足 鬼不知 化在其中)

선조　　　무슨 뜻이냐?

유영경	전란이 일어날 것이라는 예언입니다.
선조	뭐라?
유영경	어리석은 백성들이 지어낸 황당무계한 참언에 불과하옵니다. 그 요사스러운 노래를 부르는 자는 엄벌에 처한다는 어명 하나면 금세 잠잠해질 것입니다.
선조	가뜩이나 가도정명으로 뒤숭숭한데 백성들까지 황당한 소리를 해대니. 이내 심신이 어찌 아니 고단하겠는가.
유영경	하오시면 태평관으로 납시지요. 명나라 사신단과 동행한 기예단이 있사온데 그 재주가 신기에 가깝다 하옵니다.
선조	그거 듣던 중 반가운 소리로구나. 그런 낙이라도 있어야지. 어서 가자.

3장

선조 일행 퇴장과 동시에 음악이 흘러나온다.
군중들이 몰려드는 역동적인 민요풍의 가락이다.
무대 곳곳으로 백성들이 몰려나오며 참요를 부른다.

4-진인의 예언일지니

백성들	살아자수 여인대화 인부지 병재기중
	날 죽이는 게 무엇인고. 여인이 볏단을 이었으니 틀림없이 왜놈일세.
	살아자수 우하횡산 천부지 리재기중

날 죽이는 게 무엇인고. 북풍한설 눈보라를 몰고 오는 되
놈이 그놈일세.

　　살아자수 소두무족 귀부지 화재기중

　　날 죽이는 게 무엇인고. 머리 작고 발 없는 불 콩 볶듯이
쏟아지니

　　귀신의 장난인가. 천둥소리 일어나면 시체가 산이로세.

노래가 끝나면 곧바로 전운이 고조되는 음악이 이어지고,
질겁한 백성들이 머뭇거리다 하나둘 도망치듯 퇴장한다.
다급하게 들어오는 선조의 꽁무니로 유영경과 유성룡이 따
른다.
모든 영사막에 화면 가득 왜선으로 가득하다.

선조　　부산포 앞바다에 왜선 수백 척이 나타났다니. 전란은 없다
　　　　하지 않았느냐?

유영경　신립 장군이 중원에 배수진을 쳤고, 만일을 대비해 명나라
　　　　에도 소식을 알려 원군을 청했사옵니다. 허니 심려치 않으
　　　　셔도 되옵니다. 적들은 모두 괴멸될 것이옵니다.

유성룡　하오나 전하. 상황이 간단치가 않습니다. 적의 수가 무려 이
　　　　십만이라 하옵니다. 더구나 저들은 조총으로 무장했습니다.

선조　　이 일을 어찌할꼬.

유영경　대감은 어찌하여 어심을 흐리는 게요?

유성룡　대감이야말로 나라의 명운이 위태로운 이때 그런 말을 입에
　　　　담으시오? 전하, 도원수 김명원에게 도성의 수비를 맡기시

어 대비하소서.

유영경 불가하옵니다. 만일 전쟁이 일어난다면 신이 전장에 나가겠습니다.

유성룡 불가하옵니다.

선조 불가, 불가, 불가! 그럼 어찌하란 말인가!

전쟁의 포화와 참상을 알리는 음악이 흘러나오며 무대는 불바다가 된 전장의 분위기로 바뀐다.

영사막마다 전장의 참상이 제각각 펼쳐진다.

선조와 두 대신은 어좌에서 여전히 옥신각신하고 있다.

음악이 흐르는 가운데 무장한 일본 군사들이 깃발을 들고 등장, 영사막마다 자리해 살육의 춤을 춘다.

일본 군사1 부산진 함락!

일본 군사2 상주 함락!

일본 군사3 문경 함락!

일본 군사4 중원 함락!

최고조로 치닫던 음악이 잦아든다.

선조 보름 만에 중원이 함락되다니, 어떻게 이럴 수가 있소. 신립이 당하다니. 이제 어쩌란 말이오. 왜놈들이 내 코앞까지 왔소.

유영경 몽진이 부득이한 줄 아뢰오.

유성룡 신의 생각도 그렇사옵니다. 후일을 도모하소서.

선조	나더러 궁을 버리고 피난을 가라? 경들이 같은 생각을 할

선조　나더러 궁을 버리고 피난을 가라? 경들이 같은 생각을 할 때도 있구려. 허나 백성들이 날 뭐라 하겠는가.

유영경　지금 그런 것까지 살필 때가 아닙니다. 서두르셔야 합니다.

선조　아니다. 갈 때 가더라도 용상의 권위는 잃지 말아야 한다. 분조! 조정을 둘로 나눌 것이다.

유성룡　분조라니요?

선조　세자를 책봉해 조정을 맡기고 나는 평양을 거쳐 의주로 가겠다. 임해군은 포악하고, 신성군은 나약하다. 그렇지, 소금. 하하하하. 소금이 있었지. 광해다. 광해에게 교지를 내리겠다. 이렇게 써라. 나는 의주를 거쳐 명으로 건너가 요동에 머무를 것이다. 이 나라가 이대로 망해 망국의 임금이 되는 것이나 죽어서 이역만리 타국의 귀신이 되는 것이나 매일반이다. 내 너를 세자로 책봉해 조정을 맡기니 나라의 존망과 아비의 명예를 생각한다면 부디 오늘의 국난을 수습하거라. 어떤가?

유성룡　전하, 진정 이 나라를 이대로 버리실 작정입니까?

선조　누가 버린다 했느냐. 내 아들 광해에게 맡긴다 하였다. 그놈이라면 능히 위기를 이겨낼 것이다.

유영경　하오나 광해군 마마는 적통이 아니옵니다. 후일 적자를 얻으시면 어찌하시려고…….

선조　지금 후일을 따질 땐가. 만일 전란이 잘 수습되면 다시 세자를 물리면 될 일. 모두 몽진을 준비해라.

4장

무대 잠시 암전되었다가 밝아진다.
무대 위로 피 칠갑이 된 백성들의 주검이 즐비하다.
어처구니들이 양쪽에서 등장해 시신 사이를 돌아다니며
노란 부적들을 뿌린다.

손행자	영결종천!
저팔계	왕생극락!
손행자	초혼이요!
저팔계	이혼이요!
같이	삼혼이요!

가슴 아리게 처연한 음악이 흐른다.
어처구니들은 음악이 잦아들 때까지 부적을 뿌리며 돌아
다닌다.
하나둘 일어나 천천히 퇴장하는 백성들.

손행자	한둘이어야지. 저승차사님네도 수습을 못 하니 우리라도 나서야지.
저팔계	도성이 잿더미가 된 마당에 우리가 지킬 궁궐이라도 있어? 이런 일도 우리네 신장들이 할 일 아닌가.
손행자	그러게나 말이야. 그나저나 나랏님은 이 지경이 됐는데도 아직도 의주에만 머물러 계신가? 정말 명나라로 넘어가려

나 보네.

저팔계 　소식 못 들었어? 돌아오신대.

손행자 　그래?

저팔계 　광해 왕자님, 아니지. 세자 저하께서 북으로는 백두산부터 남으로는 삼남까지 두루 다니시며 군사들을 이끄시며 전공을 세우니까 명나라 원군들까지도 칭찬이 자자해. 세자 저하께서 그렇게 난을 수습하시며 도성을 수복하니까 돌아오시겠다는 거지.

손행자 　그 임금님 참 대단하시다. 아들 하난 잘 두셨어.

저팔계 　야야, 저기 세자 저하 나오신다.

의병장들과 함께 나오는 광해를 보며 어처구니들이 퇴장한다.

광해 　그대들과 같은 의병장들이 있어 삼남의 내륙을 지키고, 이순신이 바다를 아우르니 시체의 산과 피의 바다가 다시금 옛 자취를 찾았소. 총탄과 창검이 부딪치는 소리를 얼마나 들었는지 모릅니다. 백성들의 울부짖는 소리를 얼마나 들었는지 모릅니다. 일찍이 평화로운 치세를 펼치셨던 세종대왕께선 백성과 함께 누리는 태평성대를 기리며 여민지락을 지으셨다죠. 헌데 이 몸은 시신들을 안장하는 상두소리를 지어야 할 판입니다.

여민락 풍의 음악이 흘러나오고 광해 일행은 퇴장한다.

5장

뒤이어 선조와 유영경, 유성룡이 등장한다.

영사막에 복구된 궁궐 곳곳이 나타난다.

선조가 흐뭇한 표정으로 궁궐을 둘러본 뒤 어좌에 오른다.

선조 모든 것이 제자리를 찾아가는구나. 황제께서도 칙서를 보내 치하하시니 수삼 년 묵은 체증이 가시는 기분일세. 그래, 황제 폐하의 말씀을 들어볼까.

유영경 (칙서를 펼쳐들고) 대명국 황제는 조선국 광해군 혼에게 칙서를 내리노라.

선조 뭐라? 혼! 과인이 아니라 내 아들 이혼에게 내린 칙서라니. 계속 읽어라.

유영경 전란의 혼란을 몸소 수습하고, 신민들의 추앙을 받았다 하니 전쟁의 상흔을 치유하고 만전의 계책을 세워 영원한 방책을 준비하라. 그것이 너희 아비 조선의 왕의 실정을 만회하는 길이다. (칙서를 말며) 전하, 소신 더는 읽지 못하겠나이다.

선조 하하하하하. 말이야 바른 말이지. 왕이 백성을 버리고 도망을 갔으니 실정이 아니고 뭔가. 애비는 못났지만 아들이 잘 났으니 천만다행이지. 내 이럴 것이 아니라 광해에게 큰 상을 내려야겠다. 내 아들 광해, 광해야. 어디 있느냐?

광해 등장한다.

광해 뒤를 먼발치에서 개똥이가 따르고 있다.

광해　　불러 계시옵니까?

선조　　오호라, 황제의 칭송을 받은 조선의 왕세자 이혼 아니신가.
　　　　칙서를 받으려면 어좌에서 받아야지. 자, 어서 오르시지요.

광해　　아바마마. 어찌 이러시옵니까?

선조　　아바마마? 내가 네 놈의 아비였더냐? 상선! 준비되었느냐?

내시1　　대령했사옵니다. 전하.

어좌 뒤의 일월곤륜도가 커튼처럼 열리며 거대한 방상씨
탈이 나타난다.
내시1이 칼 두 자루를 선조 앞에 내려놓는다.

선조　　(칼끝으로 방상씨를 가리키며) 저것이 무엇이냐?

광해　　방상씨이옵니다.

선조　　방상씨가 누구던고?

광해　　옛날 주나라에 반호란 괴수가 나타나 황제를 위협하자 방
　　　　상씨가 나서서 황제와 백성들을 구했다 전합니다. 해서 그
　　　　뒤로 제왕의 장례에는 항상 방상씨 가면을 앞세웠다고 합
　　　　니다.

선조　　저자의 백성들이 너를 두고 과인과 백성을 구한 방상씨라
　　　　하더구나. 나를 죽여 그 주검을 끌고 갈 방상씨가 네놈이 맞
　　　　느냐?

광해　　천부당만부당하신 말씀을 거둬 주시오소서.

선조 방상씨가 칼춤을 잘 추었다니 어디 그 재주나 한번 보자꾸
     나. 나 이연과 너 이혼, 이름을 걸고 저잣거리 광대놀음 한
     판 어떠냐? 어서 칼을 들어라.

     광해가 마지못해 칼을 들고 마주 선다.
     안타까운 시선으로 광해를 쳐다보는 개똥이.

선조 그렇지. 이런 좋은 풍류정을 만났으니 팔모장단에 오금이
     들썩들썩! 뭐하는 게냐?
광해 활갯짓에… 동남풍이 들이부니… 칼바람이 왜 아닌가!
선조 녹수청산 깊은 골에 청룡 황룡이 진을 치고.
광해 강동에 범이 나니 질오래비 훠얼~훨.
선조 암먼, 그렇지. 홍문연 높은 잔치 항장이 칼춤 추듯 떠덩 덕
     기 덩덕!

     탈춤 장단에 따라 신명 나는 선율이 이어지고 선조와 광해
     칼을 부딪치며 춤을 춘다.

선조 에라! 쉬이~. 어허, 이놈이 무엇인고? 모색을 보아 허니 근
     래에 못 보던 종자로구나! 네가 황제냐?
광해 황제라 하는 것은 요순우탕 문무주공이 황제로세. 떠덩 덕
     기 덩덕!

     위태로운 칼춤이 이어진다.

선조	그럼 네가 군왕이냐?
광해	군왕이라 하는 것은 해동조선 창업 이래 열성조가 왕이로세. 떠덩 덕기 덩덕!

광해는 주저하고 선조는 살기 어린 칼춤을 이어간다.

선조	황제도 군왕도 아니면 넌 대체 누구냐?
광해	이내 몸은 황제를 시위 삼고, 군왕을 호종 삼는 천하제일 도수문장 방상씨 ……. 전하, 더는 못 하겠습니다. 죽여주시오소서.
선조	죽여 달라니. 군왕 따위가 감히 황제의 총애를 받는 높으신 분을 죽일 수 있겠느냐. 죽으려거든 네 손으로 네 목을 자르거라.

선조를 따라 대신들 모두 퇴장하고 광해만 주저앉아 흐느낀다.
개똥이가 다가와 광해를 보듬어 일으킨다.
음악이 흐르고 무대 양쪽에서 손행자와 저팔계가 각각 코러스를 이끌고 들어온다.

5 - 수난의 길

코러스 합창	해동육룡이 노로샤 일마다 천복이시니
	고성이 동부호시니

칠 년 전쟁 아우르고 억조창생 구원하신 왕자님

어지신 광해 왕자 수난은 시작이니 누가 그 맘 알리오

불휘 기픈 남곤 보로매 아니 뮐쐬 곳 됴코 여름 호노니

임금께선 용상이야 찾았건만 부모의 정을 잃으셨네

임금께서 아들보다 어린 중전 맞으시니 인목왕후라

새미 기픈 므른 고모래 아니 그츨새

내히 이러 보로래 가노니

세자를 저어하고 새 왕자 얻으시니 이름하여 영창이라

인목왕후 등에 업은 소북의 무리들은 광해군을 폐하소서

세자를 폐하소서 세자를 폐하소서

합창이 끝나면 무대 암전된다.

#2막-대동(大同)이 마르니 소강(小康)이 차오르고

1장

무대 밝아지면 허준의 무릎에 기대어 누운 선조, 적삼을 들고 조아리고 서 있는 내시가 있다.

어처구니들 대신 선조 앞에 아기 포대기를 안은 인목왕후가 있다.

허준   전하, 기운을 차리시오소서.

선조   과인이 어좌에 오른 지 마흔 해가 넘었다. 그대가 해동 제일의 명

의 허준이라 한들 어찌 천명을 막을 수 있겠는가.

허준 　그 무슨 말씀이시옵니까. 전하.

선조 　중전, 내 아들 영창을 이리 주시오.

인목왕후가 선조에게 아기 포대기를 건넨다.

선조 　아가, 네가 십 년만 일찍 태어났어도 이런 일은 없지 않았겠
　　　느냐. 천명을 받드는 것은 원통하지 않으나 너와 광해의 반
　　　목이 두렵구나.

인목 　이 아이가 전하의 적통입니다. 지금이라도 세자를 폐해 영
　　　창을 세우소서.

선조 　왕후, 세 살배기에게 왕위라니, 신료들이 가만있겠소?

인목 　소첩이 대리청정을 하겠나이다. 어찌 적자를 버리시고 서
　　　자를 취하십니까.

선조 　그러기엔 너무 늦었소. 부디 광해를 아껴주시오. 이 몸은 하
　　　늘의 부름을…….

허준·인목 　전하!

적삼을 들고 계단 무대의 제일 높은 곳을 향하는 내시.

내시 　(적삼을 펼쳐들고) 무신년 이월 무오일 해동조선 대왕 이연
　　　상위 복! 상위 복! 상위 복!

무대 어두워지며 어처구니들이 영사막 뒤에서 실루엣처럼

등장한다.

저팔계   슬프도다! 임금께서 승하하셨네그려. 흉사로세, 흉사.

손행자   가는 님 있으면 오는 님 있는 법, 선왕이 가셨으니 새 임금
               을 맞이하는 흉사 속에 경사로세.

저팔계   일이 그렇게 되나?

손행자   어허, 이백 년 버티다 보니 감이 떨어지셨나? 늘 있던 일이
               잖아. 얼른 옥황상제께 알려야지. 고사덕담 쳐 올리세.

저팔계   그렇구나, 고사덕담!

자진모리 템포의 신명나는 풍악이 울려 퍼진다.
어처구니들이 고사덕담을 시작하면 황금빛 일산을 받쳐
든 내시3을 따라 면류관과 구장복으로 꾸민 광해가 대신
들의 호종을 받으며 등장한다.
고사덕담이 이어지는 동안 광해 일행은 전각으로 꾸며진
영사막들을 차례로 휘감아 돌며 순회한 뒤 어좌에 오른다.

6-천년만세 비나리

손행자   천개우주 하날이요. 지개초주 땅 생길 제
               국태민안 법윤전 시화연풍 이씨 한양 등극 세
               삼각산 기봉허고 봉학이 생겼구나.
               봉학 눌러 대궐 짓고 대궐 앞에는 육조로다.

저팔계   외영문 하각산은 각도 각읍을 마련할 제

두 사람	왕십리 청룡이요 동구만리 백호로다.

두 사람 왕십리 청룡이요 동구만리 백호로다.
종남산 안산되고 과천 관악산 화산이 비쳐
동작강 수구 막고 한강수 둘러치니 여천지무궁이라.
원아는 금여찬데 차일은 사바세계 남선은 부주로다.
해동은 팔도조선 어진 임금 나셨으니 천세에 천세로다.
만세에 만만세라.

어처구니들의 노래가 끝나면 음악이 최고조로 진행되고
광해가 어좌에 오르고 좌우에 도열한 대신들이 천세를 외
친다.

대신들 주상전하 천세! 주상전하 천세! 주상전하 천천세!

광해가 어좌에 앉자 서서히 어둠이 깔리기 시작하고 무대
한쪽에 분노로 이글거리는 인목왕후가 나타난다.
무대 암전.

2장

괴괴한 음악과 함께 무대가 밝아지면 한쪽에 무릎을 꿇은
임해군과 칼춤을 추는 망나니가 있다.
계단 무대 위에는 비통한 광해와 개똥이가 실랑이를 벌이
고 있다.

개똥이 선대왕마마께 그렇게 당하고도 모르시겠어요? 죽이지 않
   으면 죽음을 당하는 것이 군왕의 자리랍니다. 전하, 사사로
   운 혈육의 정은 미천한 백성들에게나 통하는 거예요. 옛날
   세조 임금께서도 어린 조카를 죽이고 왕위에 올랐지만 만
   백성이 우러러보는 성군이 되셨잖아요. 마음을 크게 가지
   세요. 전하께서 꿈꾸는 조선을 위해서라도 지금은 칼을 쥐
   어야 할 때라구요.

광해 어찌 내 손으로 임해 형님을 죽인단 말이냐?

개똥이 전하, 지금 결단을 내리지 않으면 안 그래도 전하를 서자라
   며 불충을 일삼는 대신들이 더 기고만장할 거예요. 아마, 이
   궁궐 안에 전하를 충심으로 받드는 사람은 저뿐일걸요.

광해 뭐라? 고얀지고. 내 이놈들을.

개똥이 허니 임해군을 처형해야 한다구요. 그리만 하신다면 누구
   도 전하를 능멸하지 못할 거예요. 더구나 인목대비께서 호
   시탐탐 선대왕마마의 유지를 거스르려 하고 있는데 본때
   를 보이셔야 해요.

광해 그래, 네 뜻을 따르마. 임해군을 참하라.

개똥이 모반을 일으켜 주상전하를 시해코자 한 역당의 수괴 임해
   군을 참형에 처하랍신다!

   칼춤을 추던 망나니의 칼이 여지없이 임해군을 향하고, 그
   는 쓰러진다.
   반대편에 유영경과 독대하는 인목왕후가 나타난다.

유영경   대비마마, 진정하시오소서. 참형을 받건 유배를 당하건 마
        마께 날아오는 화살은 소신이 대신 맞겠나이다. 허니 살아
        만 계시오소서.

7-칼날을 벼르다

인목   살겁이로다. 광해 그놈이 회자수의 칼을 쥐었어.
       두렵구나. 무섭구나. 살아 무엇 하리.
       이대로 죽어 귀신이 되어서라도
       광해 그놈의 사지를 갈기갈기 찢어놓으리라.
       바람 끝에 피비린내가 진동하는구나.
       새 임금이 용상에 앉자마자 대북의 무리들이
       임금의 형 임해군을 죽였어.
       더운 피 식지 않은 칼날에 영창인들 난들 무사하겠는가.
       살아만 있으라. 살아만.
       살아도 산목숨이 아니나 살아만 있으라.
       가시방석에 앉아 쓸개즙을 핥더라도 살아만 있으라.

       인목왕후와 유영경 퇴장하면 다시 광해와 개똥이의 독대
       가 이어진다.
       칼을 들고 서 있는 광해.

광해   (개똥이를 향해 칼을 겨누며) 이제 이 칼이 누구를 향해야
       겠느냐? 이대로 살인귀가 되어 네 목을 벨 수도 있다.

개똥이	이년이 죽는 것은 두렵지 않답니다. 다만 이제 칼을 거두고 백성들을 살펴 선정을 베푸셔야 할 전하가 안타까울 따름이죠.
광해	선정이라?
개똥이	세월이 흘렀다 한들 칠 년 전쟁의 상처가 아물지 않았어요. 오랜 기근과 역병으로 굶주리고 병든 백성들이 넘쳐나고 있어요. 칼을 거두고 백성들을 살피셔야죠.
광해	(칼을 거두며) 당돌하구나. 내 너를 마음에 품었다 한들 한칼에 죽일 수도 있는데, 두려움이 없다니. 좋다. 당장 궐 밖으로 나가 백성들을 살펴야겠다. 너도 암행에 함께하거라.
개똥이	예, 전하.

개똥이가 익선관을 벗는 광해에게 하얀 도포와 갓을 건넨다.

무대 밖을 향하는 광해와 개똥이.

이때, 반대편에서 등장하며 광해를 부르는 이이첨.

이이첨	전하, 이 어인 행차십니까?
광해	암행을 나가는 길이다.
이이첨	전하, 친히 암행을 나서는 것은 위험천만한 일입니다. 인목대비마마를 따르는 소북의 일파들이 전하를 노리고 있습니다.
개똥이	전하의 손으로 형을 죽인 대가입니다. 대감.

이이첨	김개시 네 이년. 지밀상궁 따위가 감히 나를 막아서는 게냐.
광해	신료 따위가 임금을 막는 건 잘하는 짓인가? 그대가 말하지 않았던가. 하나를 내어 주고 다른 하나를 얻으라. 형제를 죽인 악귀가 되었는데 이조차도 못 하는가?
이이첨	하오나 전하께오선…….
광해	공맹의 도를 따지는 너희 사대부들이라면 대동의 도를 모르는가?
이이첨	일찍이 공자께서 예기 예운편에 대동을 논한 것을 어찌 모르겠습니까?
광해	아는 자가 그러한가? 대동의 세상이란 천하 만물은 모두가 주인이며, 그것의 반대야말로 한 줌도 안 되는 힘 있는 자들이 천하를 독점하는 소강의 세상이라 했다. 지금은 대동의 시대인가? 소강의 시대인가?
이이첨	하오나 대동의 도는 상하와 군신의 규범이 없는 무법천지라고 하였습니다.
광해	힘들고 억울한 백성들이 사라지면 자연히 천하의 규범도 바로 서는 법, 나는 기필코 백성의 고난을 살펴 폐단을 없앨 것이다. 선혜청을 세워 대동의 도를 실현하리라. 허니 나를 막지 말라.

반대편으로 퇴장하는 광해 일행.

어쩌지 못하고 바라만 보는 이이첨.

그사이 황급하게 달려 나오는 대신 두 사람.

대신1	어찌 되었습니까?
이이첨	누구도 어심을 막지 못할 것 같소이다.
대신2	이를 어쩐다. 조세와 공납제도를 개혁하면 내 곳간에 쌀 한 톨 남지 않을 텐데. 그럼 우린 쫄딱 망하는 것이잖소.
이이첨	지금 그깟 게 문제요!
대신2	그게 문제가 아니라면요?
이이첨	주상의 조세개혁을 서인일파가 지지하고 있소.
대신1	뭐? 서인들이요? 이거 큰일이 아닙니까. 그들이 득세하는 꼴을 그냥 보고만 있을 겝니까?
이이첨	강수를 둬야지요.
대신1	강수? 바둑?
대신2	아니면 장기?
이이첨	이런 답답한 인사들하고는. 적통입니다.
대신1	적통이라면?
대신2	맙소사. 영창대군!
이이첨	그렇소. 서인들이 암암리에 인목대비와 영창군 밑으로 모여들고 있소. 위기가 곧 기회요.
대신1	하나를 주고 하나를 얻는다.
대신2	대동의 도가 영창의 목숨값이로세.

이이첨 일당은 광해와 반대편으로 퇴장한다.

3장

그와 동시에 요란한 풍물 가락이 울려 퍼지며 꽹과리를 든 광대(어처구니) 두 사람과 일단의 백성들이 등장한다. 어처구니들은 종이탈을 쓰고 있다.

저팔계   자자, 어제에 이어지는 구중궁궐의 권력 암투 이야기!

백성들   잠깐! 어제 얘기 까먹었는데.

손행자   이런 이 까마귀 똥구녕을 찜 쪄 먹은 놈들하고는. 아, 여진 족을 어르고 달래서 전쟁을 막아보려고 했는데, 아, 대신들 이 오랑캐와 손잡았다며 길길이 날뛴다고 했잖아.

백성들   맞다. 맞아.

저팔계   됐지? 오늘은 또 무엇이냐? 벗님네들. 장안에 무당이란 무 당이 몽땅 씨가 말랐다는 소문은 들었는가?

백성들   뭔 소리여?

손행자   이런 이, 귓구녕은 숨 쉬려고 뚫어둔 겨? 궁금해? 이런 만담 을 날로 주워섬길 겨? 이내 입술이 엽전을 부르는구만.

백성들 줄줄이 엽전을 던진다.
이때 광해 일행이 이야기판 가까이 등장해 이야기판을 바 라본다.

저팔계   그렇지, 그렇지. 임금님보다 아홉 살이나 어린 대비마마께 서 친아들 영창군이 폐위당해 죽자 복수의 칼날을 갈기 시작했다는 말은 이미 오래전 이야기. 바야흐로 칼을 뽑았다 이 말씀.

백성들 영창군이라면 선대왕마마의 적자라던?

손행자 그렇지.

백성들 임금님께서 어린 동생마저 죽였구만.

저팔계 예끼, 이 사람들아. 어진 임금께서 그럴 리가 있겠는가. 인목대비를 반대하는 무리들이 영창군을 죽이려는 걸 막은 게 임금님일세.

백성들 근데 왜 죽어?

손행자 임금께서 영창군을 살리려고 유배 보냈는데, 쥐도 새도 모르게 암살당했다 이거야. 결과적으로 임금님 책임이 돼버린 셈이지. 형님에 동생까지 줄줄이 황천으로 보냈으니 이제 그 칼이 어디로 날아들까?

백성들 글쎄?

저팔계 이제 남은 건! 단 한 사람. 대비마마지. 해서 대비께서도 맞장을 뜨시려는 게지.

백성들 맞장?

손행자 아무렴. 그게 바로 권력암투라는 거지. 죽이지 않으면 죽는다. 근데 대비께서 뽑은 칼이 문제다. 이거여. 대비마마께옵서 애깨나 타셨는지 아 글쎄, 무당들 작두칼을 뽑았지 뭔가.

백성들 작두칼은 왜?

저팔계 이런 답답한 화상하고는. 척하면 척이지. 용한 무당들 몰래 궁으로 불러들이는 이유가 뭐겠어. 들어는 봤나. 비, 방, 굿!

백성들 비방굿? 그게 뭔데?

손행자　오늘은 여기까지. 자, 다음 이야기는 내일 낮에 이어집니다. 이내 몸은 이만 가우. 자, 전란이 터져 칼이며 화살이 날아와도 끄떡없는 궁궁을을 활인부적일세! 얼씨구!

부적을 뿌려대는 광대(어처구니)들 주위로 몰려드는 백성들.
저마다 부적을 주워 품속에 넣는다.
몇 발자국 떨어지며 종이탈을 벗는 광대(어처구니)들 다시 풍악을 울리며 퇴장한다.
광대와 백성들을 번갈아 바라보는 광해는 말이 없다.

4장

무대 서서히 암전되는 동안 큰 굿이 벌어지듯 요란한 음악이 터져 나온다.
무대 밝아지면 영사막 곳곳에 무신도가 나타난다.
무대 가운데 광해의 초상이 그려진 커다란 백지가 있다.
신칼과 삼지창을 든 무녀가 요란한 음악을 타고 격정 넘치는 춤을 춘다.
인목왕후가 무녀 곁에서 합장을 한 채 간절한 기도를 올리고 있다.
음악이 잦아든다.

무녀　남무로다 어열신 남무로구나.
어열신 금일망자 남무로구나.

어허, 쉬이~.

미치광이 임금이 제 동생을 죽이니 어찌 아니 산천이 울고 초목이 통곡하리.

좌두나찰 우두나찰 한 손에 창검 들고 또 한 손에 철퇴 들어 득달같이 달려드니

폭군 광해 명운이 끝이 아니시리. 타살타살 생타살로 들이쳐라!

다시 요란한 음악이 이어지고 무녀가 광기 어린 춤을 추다 신칼과 삼지창으로 광해의 초상을 갈가리 찢는다.
음악이 잦아들자 인목왕후에게 절을 하고 퇴장하는 무녀.
영사막의 무신도도 사라진다.

8-복수의 다짐

인목   광해 이놈, 기어이 내 아들 영창을 죽였구나.

그러고도 네놈이 성할 성싶으냐.

폐주 연산이 어찌 죽었더냐. 네 놈도 그 뒤를 따를 것이다.

네놈의 머리를 잘라 짚신을 삼고 이를 뽑아 굽을 박겠노라.

네놈의 뼈를 깎아 고놋돌을 만들고 등을 갈라 장기판을 삼으리라.

네놈의 사지를 잘라 고기를 씹고 피를 뽑아 마시리라.

네놈의 영혼을 밧줄로 묶어 무간지옥의 불구덩이에 빠뜨리리라.

이때 귀를 찢는 듯한 자바라소리가 터져 나온다.

코러스   주상전하를 저주하는 비방굿을 벌인 인목대비를 잡아들여라!

다시 자바라 소리가 길게 이어지고 병사 두 사람이 등장해 인목왕후를 어좌 앞으로 끌어다 앉힌다.
개똥이, 이이첨, 이항복, 내시3과 함께 등장한 광해가 어좌에 앉는다.
개똥이는 광해 곁에 찰싹 붙어 있다.
광해의 표정이 더없이 비통하다.

인목   주상! 내 아들 영창을 죽였으니 난들 살아 뭐하겠소. 어서 죽이시오. 주상이 바라는 바가 아니오.

이이첨   주상전하, 죄상이 명백한데 뻔뻔한 요설을 지껄이는 대비에게 사약을 내리소서.

이항복   신 이항복 목숨을 걸고 주청하나니 대비를 용서하소서. 어찌 자식이 어미를 죽이는 패륜을 범하시려 하니이까.

이이첨   사약을 내리소서.

이항복   성은을 베푸소서.

이이첨   사약을 내리소서.

광해   (개똥이에게 속삭이듯) 이를 어쩐단 말이냐?

개똥이   (광해의 귀 가까이 붙어서) 전하, 대비는 전하 손바닥에 있사옵니다. 죽이든 살리든 전하의 한마디에 달렸죠. (웃음) 어미가 자식을 죽이는 굿판을 벌였다구요.

주저하던 광해가 일어나 어좌 밑으로 내려와 인목대비 앞에 선다.

광해	감히… 군왕을 저주하고… 비방한 대비의 죄는… 대비의 죄는 능지처참해도 모자람이 없다. 허나… 허나, 생모가 아니라 한들 아들이 어미를 죽일 수 없는 법, 대비를 폐위해 서궁에 감금하라. 이 시각 이후로 더 이상은 이 나라의 대비가 아니다.
이항복	성은이 망극하옵니다.
이이첨	아니 되옵니다.
인목	나를 욕보일 셈이냐. 광해 네 이놈, 어서 나를 죽여라.
광해	모두 물러가라!

추상같은 광해의 명에 인목을 끌고 나가는 무사들.
이이첨과 이항복, 내시3도 물러간다.
광해와 개똥이 사이에 침묵이 흐른다.

광해	내가 천륜을 거스르는구나.
개똥이	천륜이라뇨. 당치 않습니다.
광해	차라리 칼을 물고 죽고 싶구나. 이러다 궁 안에 살아 있는 것은 모두 죽이게 될 것 같아.

개똥이   (광해를 껴안아 다독이며) 전하는 아무 잘못도 없어요. 감히
지엄하신 군왕의 자리를 넘본 역적들을 처단해 국본을 세우
신 거라구요. 어차피 전하의 자리를 넘보는 악귀들뿐인데 궁
안에 산목숨 씨가 마르면 어때요. 언제나 전하께선 저와 단둘
이 있기만을 바랐잖아요.

광해   알았다. 그만하고 시름 삭일 노래나 한 곡조 뽑아보거라.

음악과 동시에 개똥이의 노래가 이어지고 감상하던 광해가
천천히 일어나 함께 춤을 춘다.

9-미망(迷妄)

개똥이   옛날 옛적 진시황이 분서갱유 불사를 제 모진 간장 불에
타듯
　　이내 가슴도 타들어간다.
　　궁궐에 내리는 빛도 어둡기가 그지없어 억장이 썩은들 어
찌하리.
　　임금이라 하는 것은 만백성의 어버이라.
　　살을 베이고 뼈를 깎여도 그 아픔 잊고 나아가리.
　　잊어라 꿈이로구나. 모두 다 잊어라 꿈이로구나.
　　옛날 옛적 과거지사를 모두 다 잊어라 꿈이로다.
　　나를 싫다고 나를 마다고 나를 박차고 가는 이들을
　　잊어야 옳은 줄은 알건마는 어리석은 미련이 남아 그래도
못 잊어 걱정일세.

5장

무대 암전 후 다시 밝아지면 이이첨과 이귀가 황급하게 등
장한다.

이귀 대감, 이게 도대체 있을 수가 있는 일이요. 당신들 대북일파
가 주상을 꼬드겨 오랑캐와 손을 잡게 하더니, 이 무슨 날벼
락이란 말이요.

이이첨 그게 무슨 소린가?

이귀 도원수 강홍립이 대패한 뒤 후금의 오랑캐에게 자진해서
투항했는데 그런 소리가 나오시오?

이이첨 어허, 우리가 오랑캐와 밀약이라도 맺었단 말인가?

이귀 주상께서 후금과의 싸움을 위해 1만 명을 지원하면서 도원
수 강홍립에게 거짓으로 싸워 여진족이 조선을 적으로 여
기게 하지 말라는 밀명을 내렸소이다.

이이첨 명나라를 두고 오랑캐와 손을 잡다니. 그게 사실인가?

이귀 이 일의 전말을 밝힐 것이오. 당신이 나는 새도 떨어뜨린다
는 대북의 수장이라 한들 피할 수 없을 것이오.

이이첨 이보시게.

찬바람을 일으키며 퇴장하는 이귀를 바라보다 반대편으로
퇴장하는 이이첨.
긴장감이 흐르는 타악기 소리 가늘게 들려오기 시작한다.
곧이어 서인의 무리와 함께 등장하는 인목왕후.

이귀	대비마마, 용단을 내리시옵소서. 마마의 시대가 왔습니다.
인목	내 아들 영창의 혼이 나를 돕는구나. 이혼을 친다. 제대로 굿 한판 벌일 것이다. 복위!
서인들	대비마마께서 우리와 뜻을 같이하셨다.
인목	반정!
서인들	그릇된 정치를 바른 곳으로 되돌린다.
인목	정역!
서인들	패왕의 도를 세우니 반역이 아니다.
인목	북을 울려라!
서인들	창검을 들어라!
인목	광해를 잡아라!
서인들	광해를 잡아라!

타악기 점점 커지며 격동적인 음악과 뒤섞인다.
무대 위로 창검을 든 일단의 병사들이 등장해 질주한다.
반대편에서 또 다른 병사들이 질주가 이어진다.
무녀가 등장해 병사들의 질주 한가운데로 들어가 격렬한
춤을 춘다.
무녀의 손에 곤룡포와 익선관이 들려 있다.
무녀의 신들린 춤 끝에 곤룡포가 벗겨진 채 오랏줄에 묶인
맨발의 광해가 어좌 앞으로 끌려온다.
어좌에 앉은 인목대비 좌우로 병사들이 도열한다.

이귀	폐주 이혼은 대왕대비마마의 명을 따르라!

인목 재조지은! 쓰러져가는 것을 일으켜준 은혜를 저버렸다. 임 진년 왜란 당시 수만의 지원군을 보내 조선을 구한 대명국 황제의 하해와 같은 황은을 배반해 여진의 오랑캐와 밀약 을 맺은 것은 스스로 오랑캐가 된 것. 폐모살제! 어미를 쫓 아내고 아우를 죽였다. 왕실의 적통을 이은 영창군을 죽인 것도 모자라 자식이 어버이를 내쫓는 패륜을 저지른 것. 이 밖에도 이혼의 죄는 석 달 열흘을 고해도 끝이 없을 터 왕위 에서 폐함이 마땅한 줄 알지어다.

인목 할 말이 있느냐?

광해 폐주라 하는데 무슨 말을 하겠습니까. 떠나기 전에 개똥이 얼굴이나 보게 해주소서.

인목 (웃음) 그 어리석음이 너를 이 지경으로 만들었다. 그년이 너를 버리고 나를 도운 것을 모르느냐?

광해 내 비록 이 꼴이 되었지만 이 나라 용상에 앉았던 몸, 대비 께오선 농담이 지나치십니다.

인목 농이라?(웃음) 개똥이 그년이 너의 은신처를 알려줬다.

광해 그게 사실이라면 개똥이는 살아 있겠구려.

인목 토사구팽을 모르는가? 이미 목을 베었다.

광해 목이 베였다.(큰 웃음) 개똥이가 목이 베였어. 하하하하하.

병사들이 광해를 때리며 짓밟는다.
뭇매를 맞으면서도 광해는 웃음을 그치지 않는다.

인목 네놈의 사지를 잘라 도성 사대문에 걸어놓고 백성들의 돌

팔매로 짓이기는 것이 마땅하다. 허나 용상에 올랐던 자를 죽일 수 없는 왕실의 법도가 있어 목숨은 살려준다. 폐주 이혼과 놈의 아들 이지를 폐해 강화도에 위리안치시켜라.

비통한 음악이 이어지고 무대가 서서히 어두워진다.
오랏줄에 묶인 맨발의 광해가 일어선다.
병사들에게 이끌려 움직인다.
즉위식에서 순회했던 전각의 영사막들을 역순으로 순회한 뒤 퇴장한다.
어좌의 인목왕후와 이귀 일당은 회심에 찬 미소로 광해를 바라본다.
무대 암전된 후에도 비통한 음악이 길게 이어진다.

#3막-빛의 바다에 잠들다

1장

무대 밝아지면 어좌와 일월곤륜도가 사라지고 텅 빈 계단 무대뿐이다.
계단 무대 귀퉁이에 가시 울타리를 두른 작달막한 초가와 툇마루, 낡은 독 하나가 보인다.
위용을 자랑하던 전각의 영사막들도 사라졌다.
반주도 가사도 없는 판소리의 구음 같은 처량한 아리아가 나직하게 새어나온다.

초가 반대편에서 오랏줄에 묶인 맨발의 광해가 사령과 병사 두 사람에게 이끌려 등장한다.

나인 둘이 조용히 따라온다.

초가에 다다른 병사들이 오랏줄을 풀어주자 광해는 툇마루에 걸터앉아 사방을 둘러본다.

구음의 아리아, 안개가 흩어지듯 사라진다.

사령   죄인 이혼은 들어라. 위리안치에 처한 자는 사령의 허락 없이 사사로이 출입할 수 없다. 부득불 바깥 출입을 할 때에는 사령 2인이 항시 동행할 것이며, 외인과의 접촉 또한 그와 같다. 만일 이를 어길 시에는 극형을 면치 못할 것이다.

명을 마친 사령은 퇴장하고 병사들은 초가에서 몇 발자국 떨어져서 경비를 선다.

광해   그나저나 내 아들 이지는 어찌되었을꼬?

나인1   마마, 그게 사실은…….

나인2   마마라니. 너 미쳤어? 네 목이 열 개라도 된다니? 누가 들으면 어쩌려구.

나인1   그럼 뭐라고 불러.

광해   하하하. 너희들 마음대로 불러라. 교동에 안치된 이지의 소식은 들었느냐?

나인2   마마, 아니, 나리, 폐세자께선……. 탈출을 시도하다 발각되어 참살되셨고, 세자빈께서는 목을 매셨습니다.

광해　뭐라? (툇마루에 털썩 주저앉는다.) 차라리 잘 된 일이다. (하늘을 보며) 지야, 못난 애비를 둔 게 죄라면 죄일 뿐 네겐 잘못이 없으니 천상의 영화를 마음껏 누리거라. 내 너를 위해 날마다 천지신명께 발원하겠다.

　　　광해가 물그릇을 찾아 낡은 독 위에 올려놓고 합장하며 조아린다.
　　　나인들 퇴장한다.
　　　경건한 분위기의 음악이 흐르고 광해 주위가 어두워진다.
　　　반대편으로 손행자가 등장한다.

손행자　애달프고 처량하다. 우리 광해 임금님. 이제 어이 살꼬. 그나저나 팔계 이놈은 어딜 쏘다니는 거야.

　　　이때 저팔계가 빠른 속도로 달려 나온다.

저팔계　난리 났네. 난리 났어!

손행자　야, 이 녀석아. 너 또 뭘 처먹었길래 그리 호들갑이야?

저팔계　여진족 오랑캐들이 압록강을 넘었어.

손행자　뭐? 청나라가 전쟁을 일으켰다고?

저팔계　어서 가세. 임금님을 보살펴야지.

손행자　임금님은 여기 있는데?

저팔계　저분이야 헌 임금 아나. 새 임금님은 따로 있잖아. 우리 임무 잊었어? 언제나 금상을 지키는 게 신장 노릇 아냐.

손행자	에라이, 인정머리라곤 홍어 거시기만큼도 없는 놈아. 그렇
	다고 저분을 그냥 나둬?
저팔계	그럼 어쩌라고? 반란이라도 일으켜서 다시 용상에 앉혀?
	염병에 땀나다 급살 맞아 뒈질 소리 그만하고 따라와.
손행자	가면 될 거 아냐.

어처구니들 퇴장과 동시에 광해 쪽으로 나인1이 등장한다.

광해	뭐라? 청국이 조선을 쳤다니. 내 그리 척지지 말라고 당부
	했건만 기어이 사달이 일어났구나.
나인1	평양이 이미 오랑캐들 손에 넘어갔다고 합니다.
광해	저런.
나인1	해서, 은밀히 찾아온 분이 계십니다.
광해	누구냐?

갓을 쓴 유효립이 조심스레 등장한다.

유효립	전하, 신 유효립입니다.
광해	살아 있었구나.
유효립	인성군마마께서 전하의 복위를 준비하고 있사옵니다.
광해	내 아우 인성군이?
유효립	예, 이 나라에 닥친 전란을 수습할 분은 오직 전하뿐이라 하
	셨습니다. 인목대비께서 혼란한 틈을 타 자객을 보내려고
	합니다. 먼저 치지 않으면 또다시 당하게 됩니다.

광해	내가 임금의 자리에 미련을 두는 것 같으냐?
유효립	어찌 그런 말씀을……. 인목대비도 지금의 주상도 청나라를 막아낼 능력이 없습니다. 이 나라 조선을 위한 길입니다. 전하.
광해	조선을 위한 길이라. 알았다. 허나 한 가지 조건이 있다. 이번 거사는 나의 복위가 아니다. 인성군을 왕위에 올리고 나는 상왕으로 물러나겠다.
유효립	전하! 어찌 그러십니까?
광해	위기에 처한 나라를 살리는 것이 우리의 명분이다. 나는 왕위에 더 이상 욕심이 없다. 그것이 나의 뜻임을 인성군에게 알리고 거병하라 해라.
유효립	전하의 뜻이 그러시다면 그리 전하겠습니다. 수일 안에 거사를 일으킬 것입니다. 그럼.

유효립이 광해에게 목례를 하고 퇴장한다.
광해는 말없이 유효립의 뒷모습을 바라본다.
퇴장했던 유효립이 뒷걸음질 치며 다시 등장한다.
유효립을 향해 칼을 겨눈 사령과 병사들이 등장한다.
무대 어두워지기 시작한다.

코러스	폐주 이혼은 어명을 받들라! 죄인은 국난의 위기를 틈타 인성군과 손잡고 역모를 꾀했다. 그 죄를 물어 죄인의 적소를 바다 건너 제주로 옮겨 절도안치에 처할 것을 명하노라.

무대 암전.

2장

갈매기 소리, 파도 소리가 들려온다.
계단 무대 위에 깃발처럼 커다란 돛을 든 세 사람이 등장한
다.
어처구니들이 계단 무대에 올라가 돛대 사이에 선다.

코러스1 닻을 올려라!
코러스들 어기여차!
코러스2 돛을 걸어라!
코러스들 어기여차!
코러스3 북을 울려라!
코러스들 어기여차!
코러스4 뱃고동을 울려라!
코러스들 어기여차!

북소리, 나발 소리 뒤섞이며 먼바다를 향하는 '이어도 사
나'를 닮은 선율이 흐른다.
출항이다.
돛을 든 사람들은 좌우로 살랑살랑 돛을 흔든다.
어처구니들은 무대 곳곳을 돌아다니며 바닷길을 가늠해
배를 인도한다.

음악을 타고 노래가 이어진다.

10-삭풍의 뱃노래

코러스 합창 이어 이어라 이어 이어라 이어도 이어

이어 이어라 이어 이어라 이어도 이어

하늘이여 하늘이여 내게 무슨 죄가 있어

이다지도 고통스런 형벌을 내리는가.

신을 벗고 옷을 벗듯 이 세상을 벗어

양팔 내저으며 바다 위를 날아가리.

날아날아 회한도 절망도 없는 그곳

저 먼 세상 이어도로 떠나고 싶구나.

이어 이어라 이어 이어라 이어도 이어

이어 이어라 이어 이어라 이어도 이어

이어 이어라 이어 이어라 이어도 이어

노래가 이어지는 동안 무대 서서히 암전된다.

3장

음악이 잦아들고 다시 뱃고동이 몇 차례 울리면 무대가 서
서히 밝아온다.

순간 무대 가득 번개가 치고 천둥의 북소리와 쇳소리가 섞
인다.

천둥과 번개가 교차하며 먹구름이 하늘을 가리듯이 무대
갑자지 어두워진다.
천둥 소리가 그치면 경극의 선율 같은 중국풍의 음악이 흘
러나오고 계단 무대 중앙이 밝아진다.
그곳에 황금 갑옷에 장검을 찬 청나라 황제가 우뚝 서 있다.
무대 한쪽에서 베옷을 입은 인조가 맨발로 등장한다.
징 소리와 함께 음악 잦아든다.

청황제　조선의 왕은 항복을 표하라.
인조　　황명을 받드나이다.

인조 무릎을 꿇은 채 청황제의 발밑까지 기어간다.

11-삼전도(三田渡)

인조　　조선국 16대 왕 이종은 금일부로 대청국 황제께
　　　　신하의 예와 자식의 도리로 섬길 것을 삼가 고하나이다.
　　　　이제 조선은 황제국의 속방으로 거듭날 것이니
　　　　황제께옵서는 불쌍히 여기시어 굽어살펴 주옵소서.
　　　　위로는 이 나라 종묘사직의 열성조로부터
　　　　아래로는 자손만대에 이르도록 충성을 다하겠나이다.

일어서서 큰절을 세 번 올리며 이마를 바닥에 찧는 인조의
입에서 만세삼창이 이어진다.

인조   황제폐하 만세! 황제폐하 만세! 대청국 황제폐하 만만세!

중국풍의 음악이 잠시 흐르다 잦아든다.
다시 무대에 등장한 초가는 가시 울타리 대신 돌담을 두르고
있다.
초가 툇마루에 앉은 백발의 광해는 닥지닥지 천 조각을 덧댄
저고리를 깁고 있다.

12 - 시산(屍山)과 혈해(血海)

광해   덧대어 누비고 여미어 기웠으니 이 옷이 내 마음을 닮아
누더기가 되었구나.
산은 첩첩 고개마다 시체의 산이로다.
물은 휘휘 굽이마다 핏물의 강이로다.
어린 자식 등에 업고 자란 자식은 손목을 잡고
늙은 양친을 앞에 모신 피난 행렬이 만 리를 이었구나.
이 나라 조선이 언제면 부강한 나라가 될 것인고.
하늘 가득 시커먼 먹장구름이 덮였으니 조선의 신세로다.
바람아 석 달 열흘만 불어라. 억수장마야 퍼붓거라.
하늘이 울고 땅이 울게 청전벽력이라도 쏟아지거라.

신임 제주 목사 행차 소리가 후주와 겹치며 들려온다.

코러스   물렀거라. 신임 제주 목사 행차시다!

부하 몇 명과 함께 등장하는 신임 목사 이시방.

광해 죄인 이혼 신임 제주 목사 영감께 점고 올립니다.

광해 이시방을 향해 절한다.
재빨리 광해를 일으키는 이시방.

이시방 어찌 이러십니까?(부하들에게) 물러가 있거라.

부하들 퇴장한다.
광해 앞에 엎드리는 이시방.

이시방 전하, 임금께 불충한 죄 백 번을 죽어도 씻을 길이 없습니다.

광해 도대체 무슨 말씀이오?

이시방 저 또한 대세를 따라 반정에 가담했사오나 무능한 새 임금을 보고 땅을 치며 후회하고 있사옵니다.

광해 이미 엎질러진 물이니 괘념치 마시오. 그대의 소임은 이곳 제주 백성들에게 선정을 베푸는 일이요.

이시방 해서 전하를 찾아왔사옵니다. 제주를 두루 돌며 백성들의 고초를 살피려 합니다. 부디 동행하시어 저를 도와주시오소서.

광해 대문 밖을 나서면 안 되는 죄인에게 무슨 말씀이오?

이시방 목숨을 내놓아야 마땅하지만 이것으로나마 죗값을 치르려

하옵니다.

광해　목사 영감의 뜻이 정히 그렇다면 동행하리다.

4장

무대 점점 어두워지며 제주 민요 '이어도사나'의 전주가
흐른다.

13-이어도사나

코러스합창　물로야 뱅뱅~ 돌아진 섬에 먹으나 굶으나~ 물질을 허
영 으쌰으쌰

　이어도사나~ 이어도사나~ 으쌰으쌰

　우리 배는 소낭 배요~ 놈이네 배는~ 숙대낭 배라 으쌰
으쌰

　이어도사나~ 이어도사나~ 으쌰으쌰

　우리 어멍~ 날 낳을 적에~ 어느 바당~ 메역국 먹엉 으
쌰으쌰

　이어도사나~ 이어도사나~ 으쌰으쌰

　한 푼 두 푼~ 모은 돈도~ 낭군님 술값에~ 다 들어간다.
으쌰으쌰

　이어도사나~ 이어도사나~ 으쌰으쌰

　성님 성님~ 사촌 성님~ 시집살이가~ 어떵협데가~ 으
쌰으쌰

이어도사나~ 이어도사나~ 으쌰으쌰

이어도 문은~ 저승문이요~ 이어도 질은~ 저승질이라 으쌰으쌰

이어도사나~ 이어도사나~ 으쌰으쌰

노래 후반부에 물질을 마치고 불턱을 향하는 해녀 세 명이 등장한다.

무대 중앙에 둘러앉는 세 사람.

해녀1 아이고, 허리여. 양. 성님, 아까 검은여에서 땐 전복 이레 줍써.[1]

해녀2 야이 보라. 그걸 무사 너가 갖나?[2]

해녀1 나가 먼저 발견헌 거 아니꽈. 숨막형 올라왔당 내려가보난 그새에 성님이 떼십디다. 게난 나 껍주.[3] 이레 확 줍써.

해녀2 요년 보라. 어거지가 세금 뜯어가는 관리덜이영 어떵도 닮아시니.[4]

해녀3 (두 사람을 뜯어 말리며) 무사덜 영 싸움바락이우꽈.[5] 누가 먼저 봤건 누가 먼저 뗐건 그게 우리 거우꽈. 어차피 관리덜 오문 몬딱[6] 뺏길 거 아니꽈. 목사가 새로 왔댄 허는디 얼마나 더 뜯어 갈지 걱정이나 헙서덜.

---

1 이레 줍써 : 이리 주세요

2 야이 보라. 그걸 무사 너가 갖나? : 얘 좀 봐. 그걸 왜 네가 갖니?

3 게난 나 껍주 : 그러니까 내 거죠

4 어떵도 닮아시니 : 이렇게 비슷할까

5 무사덜 영 싸움바락이우꽈 : 왜 이렇게 싸우세요

6 몬딱 : 모두

해녀2	게메 말이여.[7] 저번 달도 숫자 못 맞칭 혼쭐 나신디 이번엔 얼마나 더 들볶을지 걱정이 태산이여. 아시,[8] 이거 가져가.
해녀1	뒈수다게. 나도 답답헹 그냥 골아본 거우다.[9] 잘 곱젓당[10] 손주덜 죽이나 끓여줍서.
해녀2	경 헤지카이?[11] 곱진 거 이시카부뗀[12] 온 집안을 다 들쑤셩 뺏아가는 놈덜인디.

이때 큰 소리를 치며 달려 들어오는 해녀4.

해녀4	삼춘! 삼춘! 큰일나수다.
해녀2	무사 영 호들갑이고?[13]
해녀4	삼춘네 큰아덜[14] 관아에 잡혀가수다.
해녀2	뭐? 우리 아덜이 무사?[15]
해녀4	삼춘네 감귤 나무에 뜨거운 물 비왕 죽여불젠 헷뗀 마씸.[16]
해녀2	(털썩 주저앉으며) 아이고, 요 노릇이여.
해녀1	가만잇이문 안 뒈쿠다.[17] 혼저 그릅써.[18] 관아에 강 사정이라

7 게메 말이여 : 그러게 말이야
8 아시 : 동생.
9 골아본 거우다 : 해본 말이에요
10 곱젓당 : 숨겼다가
11 경 헤지카이? : 그럴 수 있을까?
12 곱진 거 이시카부뗀 : 숨긴 거 있을까 해서
13 무사 영 호들갑이고? : 왜 이렇게 호들갑이야?
14 큰아덜 : 큰아들
15 아덜이 무사? : 아들이 왜?
16 물 비왕 죽여불젠 헷뗀 마씸 : 물 부어서 죽이려고 했대요
17 잇이문 안 뒈쿠다 : 있으면 안 되겠습니다
18 혼저 그릅써 : 어서 갑시다

도 헤보게 마씸.

바쁘게 퇴장하는 해녀들.
반대편에서 광해와 이시방이 등장해 초가의 툇마루에 앉는다.
나인1이 곁에 서 있다.

이시방　귀한 귤나무에 뜨거운 물을 부어 죽이는 이유가 뭡니까?

광해　조선 땅에서 유일하게 귤이 자라는 곳이 제주지요. 봄에 도토리만 한 열매가 맺으면 관원들이 나와 그 숫자를 일일이 헤아립니다. 가을에 익으면 그대로 거둬가려는 게지요. 헌데 그 귤이 그동안 무사하겠소?

이시방　까마귀밥도 되고, 비바람에 떨어지기도 하겠지요.

광해　그걸 가지고 빼돌렸다며 치도곤을 내린단 말이오. 그러니 차라리 감귤나무를 죽여 해코지를 면해보려는 것이지요. 내 일찍이 수라상에 올라오던 전복이며 감귤이 제주 백성들의 피눈물임을 모르는 바는 아니었지만 이 정도로 참혹할 줄은 몰랐소. 보위에 있는 동안 대동법을 시행했더라면 이런 일은 없었을 것을.

이시방　전하의 뜻 잊지 않겠습니다. 당장 수령 이하 관원들을 불러 모아 모든 진상품의 수를 낮추라 하겠습니다.

광해　이왕이면 목마장에서 국마를 기르는 목자들도 살피시구려. 그들의 고초 또한 이루 말할 수가 없소이다. 이 섬 제주는 겉으로 보면 천하제일의 절경이라지만 그 속은 생지옥이나 다름없소이다. (큰 기침을 하고) 이런 오랜만에 바깥 바람을 쏘이니 몸이 말을 안 듣는구려.

이시방 (광해를 부축하며) 괜찮으신지요. 관아로 가시지요. 의원을 부르겠습니다.

광해 아니오. 며칠 쉬면 괜찮아질 게요. 그만 돌아가시오.

이시방이 목례를 하고 퇴장한다.

밭은기침을 쏟아내며 쓰러지는 광해.

나인1 나… 나리. 여보시오. 사령나리!

사령이 등장한다.

사령 무슨 일이냐?

나인1 여기 보십시오.

사령 죽었느냐? 어디. (광해를 살펴보고) 숨 쉬잖아. 에이, 난 또 죽은 줄 알았네.

나인1 이대로 두면 큰일입니다.

사령 그럼? 나보고 살리라고? 난 그런 재주 없어. 무당 불러 굿을 하든 어떻게든 해봐. 아, 향사 근처에 침 놓는 할망구 있던데 그이라도 부르던가.

나인1 향사요? 알겠습니다.

곧바로 나인이 퇴장한다.

잠깐 동안 광해를 쳐다보던 사령도 심드렁하게 퇴장한다.
반대편에서 어처구니들이 황급히 등장해 광해를 향한다.
손행자가 광해의 맥을 짚으며 살펴본다.

저팔계 저, 저 똥물에 튀기고 맷돌에 갈아 죽일 놈. 이봐. 우리 임금님 어떠셔?

손행자 (고개를 가로저으며) 틀렸다. 오늘 밤을 못 넘기실 거 같아.

저팔계 뭐라고? 간밤에 까마귀가 적패지 물고 까악까악 거리더니 저승사자님 청하는 소리였구나. 우리 임금님 이제 어쩌누.

손행자 귀양살이 십구 년이 용상에 앉았던 십육 년보다 길었으니 오래도 사셨어. 보내드려야지. 그렇다고 이리 보내기엔 원통하고 애통하다.

저팔계 그럼 어쩌라고? 무슨 수로 저승사잘 막아?

손행자 유언이라도 들어야지. 반혼술 한번 하자.

저팔계 알았어. (품속에서 방울을 꺼내 흔들며) 반혼이라. 넋은 넋반이요, 혼은 혼반이니 어지신 광해 임금님 현신이요!

신비로운 멜로디가 잠깐 동안 흐른다.
광해가 천천히 몸을 일으킨다.

광해 너희들은 누구냐?

손행자 경복궁 근정전 지붕마루의 어처구니들이옵니다.

광해 궁궐의 신장이 현신을 하다니 이것이 꿈이든 생시든 내 명이 다했음이렷다?

어처구니들이 대답을 못 한 채 머뭇거리자 일어서는 광해.

광해 이제 하늘의 부름을 받아야겠구나. 내 비록 용상에서 쫓겨난 왕이었건만 이 나라 만백성이 바라는 세상을 이루려고 신명을 다했다. 하지만 그 뜻을 이루지 못했으니 실패한 왕이구나.

손행자 그렇지 않습니다. 이 나라 온 백성의 왕은 오직 전하뿐입니다.

광해 빈말이라도 고맙구나. 너희들이 궁궐을 지키는 신장이라면 내가 아니더라도 이 나라 만백성이 평등하고 평화로운 삶을 살게 만드는 임금이 나오게 애써다오. 나처럼 폐주의 오명을 쓰지 말고 부디 성군이 되어 조선을 천하제일의 부강한 나라로 만들게 도와다오. 나 또한 이대로 죽어 혼이 사라지고 흩어질지언정 이 나라의 광영을 위하리라. 이제 그만 가자.

저팔계의 품에서 숨을 거두는 광해.
손행자가 광해가 누비던 저고리를 들고 계단 무대에 오른다.

손행자 (적삼을 펼쳐들고) 신사년 칠월 을해일 해동조선 15대 왕 이혼 상위 복! 상위 복! 상위 복!

장엄한 음악이 흐르기 시작한다.
음악이 흐르는 동안 손행자와 저팔계가 곤룡포와 익선관을 광해의 주검 앞에 대령한다.
천천히 일어나 곤룡포와 익선관을 착용하는 광해.
음악을 타고 코러스의 대합창이 시작된다.

합창이 이어지는 동안 왕의 풍모를 갖춘 광해가 계단 무대를 천천히 가로지르며 오르기 시작해 반대편 가장 높은 곳을 향한다.

14-승천(昇天)

코러스 합창　　해동에 육룡이 나시어 일마다 천복이시니 고성이 동부하시었네.

　　　　뿌리 나무 바람에 아니 흔들려 꽃 좋고 열매하나니.

　　　　샘이 깊은 물은 가뭄에 아니 그치니 내를 이뤄 바다에 가나니.

　　　　천세 전 정하신 한수 북녘에 개국하니 그 영광 끝이 없으셨네.

　　　　어진 임금 광해 왕업을 이으시고 환란을 막으셨네.

　　　　하늘을 우러르고 백성을 섬기신 우리의 임금 광해

　　　　임금아 오르소서 임금아 오르소서 하늘에 오르소서

　　　　백성이 임금이고 임금이 백성인 빛의 바다에 영원히 오르소서

노래와 음악이 끝날 무렵 광해는 계단 무대 높은 곳에 당당히 서서 먼 하늘을 바라본다.

암전.

-끝-

사라진 것들의 미래

우리가 사는 세상은 수레바퀴처럼 둥근 고리야. 바퀴의 겉
면에 땅과 바다가 있어. 바퀴의 안쪽은 바큇살이 겉면을
향해 사방으로 뻗쳐 있어. 바깥세상의 우리들은 서로 떨어
져 있다고 생각하지만 그렇지 않아. 안쪽 세상의 바큇살은
대지와 바위의 핏줄이야. 그 핏줄은 수많은 강과 호수, 샘
과 바다가 하나로 이어져 있어.

사라진 것들의 미래

해설

2000년대 접어들어 극심한 난개발로 인한 자연 파괴와 거대 자본의 유입으로 유사 이래 최대의 몸살을 앓는 제주의 현실을 신화적 문법으로 빚어낸 이미지극이다.

하루아침에 알거지가 된 '물음표'는 아버지의 유품 속에서 낡은 노트와 지도를 발견하고, 보물섬을 찾는 아이처럼 이름 없는 섬으로 접어든다. 무인도로만 여겼던 알 수 없는 섬에 다다른 물음표는 뜻밖의 괴상한 '노인'을 만난다. 이 섬이 고향이라는 노인은 물음표에게 이곳에 사람이 살 수 없게 된 내력을 이야기하며 전쟁과 군인, 과학자들의 실험, 이 섬에만 있다는 신비의 광물에 대한 옛 기억을 들려준다. 이와 더불어 섬에 전해오는 전설과 '섬의 심장'이라는 신비의 광물에 서렸던 여신마저 영영 떠나버린 사연도 들려준다.

노인과 티격태격하며 며칠을 지내는 사이에도 물음표는 아버지의 보물을 찾을 준비에만 몰두했다. 그러던 어느 날 노인보다도 괴상망측한 '소녀'가 섬으로 들어왔다. 물음표와 달리 노인은 소녀를 살갑게 대했다.

이상야릇한 세 사람의 동거가 시작되었다. 노인과 소녀는 서로의 이야기를 경청하는 것도 모자라 함께 노래와 춤을 나누기까지 했다. 그사이 섬에 폭풍우가 밀려오기 시작했다. 물음표와 노인은 비바람을 피했지만 소녀는 때가 되었다며 어둠 속으로 사라진다. 천둥번개가 몰아치자 노인마

저 큰일 났다며 소녀의 뒤를 쫓아 사라지고 물음표는 어쩔 수 없이 그들을 찾아 나선다.

날이 개고 사방이 밝아져서야 피투성이 노인을 발견한 물음표에게 노인은 소녀가 섬의 심장이란 사실을 알려준다. 자신 또한 소원했던 것을 이뤘다며 미소 짓는다. 그러고는 '신비의 광물'이며 '섬의 심장'이기도 한 보석으로 변신한 소녀가 물음표에게 남긴 보석을 가지고 세상에 나가면 부자가 된댔다는 말을 전한 뒤 눈을 감는다.

보석이 아닌 섬의 심장을 택한 물음표는 소녀가 남긴 배를 타고, 소녀의 행색을 한 채 이 섬처럼 죽어버린 또 다른 섬들을 찾아 뱃전에 올라 소녀가 부르던 노래를 부르며 바다를 향한다.

때와 곳

모든 사람들이 마몬의 후예가 되어버린 멸망의 21세기다. 야멸찬 시대에 이름조차 사라져버린 조그만 섬에서 세 사람이 만난다.

나오는 사람들

물음표

그는 한때 성공했었다. 그러나 한순간에 위기에 봉착했고, 다시 일어설 기회를 노리며 섬을 찾았다. 그러나 그의 행보를 막아서는 이들이 있다. 훼방꾼들은 그에게 물음표라는 이름을 붙여주었다.

노인

모든 것을 버리고 회한 없이 고향을 찾아 섬으로 돌아왔다. 노인은 고향 섬을 예전의 모습으로 되돌리고 싶다. 그리고 이 섬에 묻히고 싶다.

소녀

이 정체모를 소녀는 바다의 집시로만 보인다. 세상의 모든 곳을 떠돌다 마침내 섬을 찾아왔다. 그의 생각과 행동, 모든 것이 의문투성이다.

#1. 프롤로그-섬의 탄생

불쑥불쑥 제멋대로 솟아오른 바위들로 이루어진 섬이 있다.
황량함과 고요함만 있는 섬의 하늘 위로 거대한 손 한 쌍이
나타난다.
어둠 속을 헤치며 춤추듯이 유유히 부유하는 손.
어느 순간 두 손이 기도하듯이 겹쳐진다.
손으로부터 은은한 빛줄기가 새어나온다.
바위섬 곳곳에 생명의 기운이 감돈다.
거대한 손이 어둠 속으로 사라진다.

#2. 물음표의 섬

이름조차 없는 외딴섬이다.
해무가 낀 듯이 어슴푸레하다.
잔잔하게 귓전을 간지럽히는 파도 소리 사이에 이따금 갈매
기 소리가 뒤섞인다.
굉음을 내는 보트의 엔진 소리가 바다의 선율을 깨뜨리며
점점 가까워지더니 잦아든다.
사방이 서서히 밝아지면 커다란 배낭을 짊어진 물음표가 기
다란 망원경을 들고 등장한다.
그는 절망과 희망이 교차하는 가쁜 숨을 내쉬며 해묵은 지
도 한 장을 들고 사방을 두리번거리면서 혼잣말로 자신의
계획을 뇌까린다.

물음표   어쩌다 내 신세가 이렇게 된 거야? 무슨 파라다이스도 아니고 지도에도 해도에도 나오지 않은 섬이라니. 이번에도 아니면 포기할까? 아니야. 더 이상 갈 곳이 없어. 두고 봐. 반드시 다시 일어설 거라고.

배낭에서 아버지의 연구 노트를 꺼내 든 물음표는 노트를 펼쳐놓고 페이지를 뒤척인다. 분도기와 망원경을 번갈아 사용하며 이 섬이 맞는지 확인한다.

물음표   여기다! 이 섬이야, 이 섬!

신이 난 물음표는 환호성을 지른 뒤 콧노래까지 불러가며 신나게 아버지의 연구 노트를 펼쳐든다.

물음표   개같은 새끼들. 내가 이대로 쫄딱 망할 줄 알았지. 내 회사, 내 집, 내 차, 내 별장, 전부 다 되찾을 거라고. 니들이 날 버렸지. 두고 봐. 이젠 내가 니들을 버릴 차례라고. (크게 웃으며 연구 노트를 넘긴다.) 어디 보자, 스타시드라. "우주에서 날아온 운석이 대기권을 통과하면서 뜨거워진다. 불덩이 같은 운석은 지표에 부딪히는 순간, 산산이 부서지며 지구의 흙과 돌 따위의 광물과 뒤섞이며 차갑게 식어간다. 이렇게 우주와 지구의 광물은 하나로 합쳐져 새로운 보석으로 탄생한다. 별의 씨앗이라는 의미로 스타시드라고 불린다." 별의 씨앗! 캬. 이름도 어쩜 이렇게 낭만적이니. (다시 노트를 읽으며) "이 보석은 신비한 광채를 발산할 뿐만 아니라 알 수 없는 파장을 일으킨다. 일부 의학자들은 난치병 치료에 특효가 있다며 이 광물을 사용한다. 이 섬의 스타시드는 엄청난 경제적 가치를 지닌 최고의 보물이다." 그래 바로 이거라고. 별의 씨앗, 스타시드! 아버지! 감사합니다. 아버지 유품을 거들떠도 안 봤는데 이런 게 있었다니. 아버지, 고마워요! 잠깐 내가 이럴 때가 아니지. (배낭에서 나침반을 꺼내 들고) 이쪽이 정북쪽이니까… 옳지. 반대편이구나. 그럼 슬슬 준비해 보실까. 어라, 바닷물이 들어갔나? 망할 놈의 기계, 나사가 전부 녹슬었잖아.

물음표가 금속탐지기를 고치려는 순간 "불이야!" 하는 괴성과 함께 재투성이가 된 노인이 후다닥 달려 나와 이리저리 뛰어다닌다.

물음표　어디요? 불 어디서 났어요?

노인　　저기 아궁이에.

물음표　잠깐만요. 제가 끄고 올게요.

노인　　틀렸어. 이미 다 타버렸어. 다 타버렸다고.

물음표　저런. 이를 어쩌죠.

노인　　젊은 친구 내 말 좀 들어보게.

물음표　네, 말씀하세요.

노인　　내가 어제 낚시를 갔어요. 낚시.

물음표　네, 낚시…. 물고기 잡는 거.

노인　　그래, 낚시, 낚시를 가서 눈이 오른쪽으로 몰린 도다리, 그리고 그 반대로 쏠린 그….

물음표	넙치요?
노인	맞아, 넙치. 넙치랑 도다리를 많이 잡아가지구선 양지바른 데에 말려뒀어요. 밤새 이슬을 좀 맞긴 했지만 아침별이 워낙 좋아서 적당히 잘 말랐어. 근데 물고기들은 어느 정도를 말리느냐에 따라 맛 차이가 엄청나요. 난 귀신처럼 딱 맛있게 마르는 타이밍을 알거든. 그래서 그놈들 중에 두 마리를 가져다 먹으려고 장만하고 있었어.
물음표	네에, 그러셨군요.
노인	이놈들을 소금구이로 먹을까 조림으로 먹을까 이런 저런 생각을 했어요. 고민 고민하다 소금구이로 결정했지. (무릎을 탁 치며) 아뿔싸!
물음표	왜요?
노인	땔감이 없었어.
물음표	저런. 그래서 굶으셨어요?
노인	아니, 도끼를 들고 이 섬을 온통 뒤졌어.
물음표	어딜 봐도 바위투성이인 섬인데 나무가 있어요?
노인	내 말이. 근데 말일세. 바다에 나무들이 있지 뭔가?
물음표	와, 바닷속에서 나무가 자라요?
노인	(정색하며) 아니.
물음표	그럼요?
노인	물 위에 판자조각들이 둥둥 떠다니는 거야. 그걸 모조리 주워다가 아침부터 불을 지폈어. 빨래도 말리고 요리도 하고. 근데!
물음표	왜요?
노인	불에 반쯤 탄 판자조각 하나에서 글씨를 발견했어. 거기에

이름이 쓰여 있더라고. 피쿼드.

물음표 피쿼드? 흰 고래잡이 소설에 나오는?

노인 그건 내 배 이름이었어. 밤사이에 큰 파도가 내 배를 바위에다 냅다 던져버린 거라고.

물음표 맙소사! 영감님 배를 태우신 거네요. 불 끄시다 몸에 옮겨 붙은 거 맞죠?

노인 아니.

물음표 그럼요?

노인 불쏘시개로 변해버린 배를 보면서 순간 일종의 깨달음 같은 걸 얻었지. 세상 모든 것이 부질없는 욕망이라는 생각이 번쩍하고 내 머릿속에다 번개를 내리친 거야. 그래서 이 머리통 속에 불이 붙은 거야.

물음표 그게 무슨 말이에요? 그럼 진짜 불이 아니에요?

노인 머릿속의 번갯불.

물음표 깜짝 놀랐네. 영감님, 농담 그만하고 여기 물이나 좀 드세요. 별 말 같지도 않은 소리에 식겁했잖아.

노인 머릿속에 번개가 쳤는데 그게 말 같잖다고?

물음표 아니, 어떻게 사람 머릿속에 번개가 쳐요. 제정신이세요?

노인 제정신이든 아니든 그건 내 사정이고, 근데 자넨 누군가?

물음표 그건 내가 묻고 싶은 말이에요. 영감님은 누구신데 이런 무인도에 혼자 계세요?

노인 내가 혼자인 건 어떻게 알았나?

물음표 뻔하잖아요. 이런 곳에 어떻게 사람이 살아요. 로빈슨 크루소도 아니고. 조난 당하셨어요? 아니면 혹시 죄 짓고 숨어 지내는 거 아녜요? (갑자기 놀라 소스라치며) 설마 바…

반정부 게릴라?

노인 행색은 누가 봐도 자네가 게릴라야.

물음표 (자기 옷차림을 보며) 지금 절 의심하는 거예요?

노인 그냥 그렇다는 거야.

물음표 아무튼 나이도 지긋한 어르신이 어떻게 이런 데 계시냐구요? 얼마나 되셨어요? 밥은 드셨어요? 아픈 덴 없고? 어디 봐요.

물음표가 노인 주위를 한 바퀴 돌며 살펴본다.
노인은 황당한 듯이 쳐다본다.

물음표 영감님, (교주처럼) 혹시 도를 아십니까? 도사세요?

노인 (물음표를 흉내 내며) 도를 아십니까? 바람을 일으키고, 몸을 둘로 나누며, 물 위를 걷는 그런 도사?

물음표 굳이… 말하자면 그런 거죠.

노인 음, 자네 혹시 좀 전에 내가 물 위를 걷는 거 봤나?

물음표 아뇨. 그냥 불났다고 길길이 날뛰는 노인네 한 분은 봤죠.

노인 미친놈은 아니군. 예끼, 이 사람아. 어딜 봐서 내가 도산가?

물음표 아니면 아니지 왜 역정을 내세요. 그리고 도사도 아니고 게릴라도 아닌데 왜 무인도에 혼자 계시냐구요?

노인 무인도? 난 사람 아닌가?

물음표 (손가락을 뱅뱅 돌리며) 확실하군. 영감님 나이하고 이름 말씀해 주세요.

노인 그건 왜?

물음표 이런 데 혼자 계시면 위험하다고요. 가족들이 기다려요.

나이가 어떻게 되세요?

노인 스물일곱.

물음표 네?

노인 아, 맞다. 서른다섯.

물음표 지금 장난하세요?

노인 스물일곱이었던 적도 있었고, 서른다섯이었던 적도 있었다는 얘기야.

물음표 그야 당연하죠. 올해 연세요. 올해!

노인 글쎄, 여보게. 재미있는 건 말이야. 사람의 나이라는 게 해가 바뀌면 덩달아서 바뀌더라고. 아무것도 한 게 없는데 공짜로 나이를 먹는다 이거지. 난 말이야. 불로소득을 제일 싫어하네. 그래서 어느 핸가 결심했어. 더 이상 나이를 안 먹기로. 그게 언제더라?

물음표 어떻게 자기 나이를 기억 못 해요?

노인 그럼 자넨 자네가 태어난 날부터 지금까지 모든 일들을 죄다 기억하나?

물음표 그걸 어떻게 다 기억해요.

노인 글쎄 나도 그렇다니까.

물음표 지금 저랑 말장난하는 거예요?

노인 내가 지금 말장난하는 거 같나?

물음표 됐구요. 성함 말씀해주세요.

노인 성함?

물음표 이름이요. 이름!

노인 어허, 나 귀 안 먹어! 내 이름보다 자네 이름 짓는 게 훨씬 낫겠어.

물음표	애석하게도 나한텐 이미 이름이 있어요.

노인은 만면에 미소를 띠며 이야기를 이어간다.

노인	들어보나 마나 어울리지 않을걸. 오늘부터 자네 이름은 물음표로 하세.
물음표	왜 제 이름이 물음표예요?
노인	계속 질문만 늘어놓으니까 그렇지. 자네 공학잔가? 과학자? 수학자? 아! 철학잔 게로군.
물음표	질문은 영감님도 했잖아요!
노인	내가? 언제?
물음표	지금도 질문하시잖아요.
노인	이게 질문이라고?
물음표	아니면 뭔데요?

노인이 껄껄 웃으며 대답한다.

노인	난 이제까지 한 번도 질문하지 않았어.
물음표	아, 진짜 미치겠네.
노인	별것도 아닌 일에 왜 미쳐. 살다 보면 미칠 일이 어디 한두 가진가. 근데 젊은이. 아니지. 물음표! 자넨 질문이란 단어부터 배워야겠어.
물음표	내가 그 말뜻을 모른다구요? 내가 바본 줄 아세요. 이래뵈도 초등학교부터 대학교까지 1등을 놓친 적이 단 한 번도 없다구요.

노인　그런 사람이 모르는 게 그렇게 많아? 자넨 질문중독증에 걸린 바보라고.

물음표　살다 살다 별 소릴 다 듣네. 기가 차서 웃음도 안 나온다.

노인　웃음을 잃어버린 거겠지. 궁금증 때문에 골치를 앓으니 그럴 수밖에. 여보게, 질문이라는 건 말이지. 자기 궁금증 때문에 상대방에게 답을 구할 때라야 비로소 성립되는 거야. 생각해봐. 자네 지금 나한테 궁금한 게 많지?

물음표　영감님도 나한테 궁금한 거 많잖아요.

노인　아니, 난 전혀 없어.

물음표　그럼 왜 꼬치꼬치 따져 물었어요?

노인　말버릇이야. 그리고 난 결정적으로 자네에게 궁금한 게 없어. 다시 말해 물음표 자네한테 얻어낼 답이 없다는 얘기인 거지. 이제 이해가 되나?

물음표　알았어요. 그건 그렇고 영감님 여기 머무는 특별한 이유라도 있어요?

노인　그건 왜 물어?

물음표　딱히 없으시면 나가주시라고요. 제가 조용히 할 일이 있걸랑요.

노인　무슨 일?

물음표　알 거 없어요. 그냥 할 일이 있다구요. 할 일!

노인　자네, 귀소본능이라고 들어봤나?

물음표　동물들이 태어난 곳으로 돌아가는 거.

노인　보기보다 똑똑하군. (객석을 향해) 저기 저 거북이 보이나?

물음표　저게 거북인가요? 사람 같은데.

노인　무인도에 사람이 어딨어!

물음표	무인도 아니라며요!
노인	자네가 무인도라고 한 순간부터 그렇게 됐어! 아무튼 저건 거북이야. 고립된 섬에서 특별하게 진화한 사람을 닮은 거북이!
물음표	(빈정대듯) 네, 네. 거북이네요. 아이구, 와, 머리 등껍질 속으로 숨기는 거 봐.
노인	저런 거북이들도 큰 바다를 누비다가 알을 깨고 나온 고향 바다로 돌아오지 않나. 나도 그런 거야.
물음표	여기가 고향이라구요?
노인	한참을 떠나 있었지. 이제 죽을 때가 다 돼서 고향을 찾아온 거야.
물음표	아버지가 잘못 알고 계셨나?
노인	아버지? 자네 부친이 이 섬을 아나 보군. 무인도라며 상속해 주셨나?
물음표	상속까진 아니지만 지도에도 없는 섬이니까 발견한 사람 거잖아요.
노인	발견? 그럼 여기서 태어난 난 완전 사기꾼이고, 이 섬은 자네 거니까 나보고 당장 떠나라는 얘기구먼.
물음표	(더듬거리며) 네, 미… 미안하지만 떠나 주세요. (갑자기 목소리를 높이며) 내 섬이니까 당장 나가 달라구요!
노인	자연은 원래 주인이 없는 거야. 더구나 이 섬은 내 고향인데도 내가 내 땅이다 이러지 않잖나.
물음표	이 영감님 도사 맞네. 도사!
노인	쓸데없는 소리 그만하고 일어나. 시간 됐어.
물음표	무슨 시간요?

노인　　　배 속에서 밥 달래. 배 안 고파?

물음표　　고파요. 아, 잠깐만요.

물음표는 배낭을 열어 인스턴트 먹거리를 잔뜩 꺼내기 시
작한다.

물음표　　즉석밥, 라면, 통조림, 게맛살, 초콜릿, 다시다….

물음표가 음식 꺼내는 데 열중하는 동안 노인은 곧 부러질
것 같은 낚싯대 두 개를 들고 온다.

노인　　　난 이런 거 안 먹어. (낚싯대를 내밀며) 여기 널린 게 먹거린
데.

물음표　　낚시하자고요?

노인　　　그래, 아 저기가 좋겠네. 낚시란 건 말이야. 포인트가 아주
중요해요, 포인트. 따라오게.

노인은 물음표를 데리고 무대 한쪽 끝으로 가서 객석을 향
해 앉아 낚싯대를 드리운다.
물음표도 마지못해 어설프게 따라한다.

물음표　　야, 물은 참 맑다. 물고기들이 다 보여요. 진짜 물 반 고기
반이네. 우와, 쟤는 참 희한하게 생겼다.

노인　　　저놈은 맛이 없어. 오줌 지린내가 아주 질색이야. 저기 울
긋불긋한 녀석 보이지. 저 녀석도 별로야. 겉만 화려하지

	실속이 없어요. 어, 저기 저놈. 사람이나 물고기나 저런 게
	진국이야. 겉보기엔 볼품없어도 속이 꽉 찬 진짜배기지.
물음표	근데, 고기가 이렇게 많은데 한 마리도 안 잡히죠?
노인	미끼보다 맛있는 먹잇감이 많아서 그런가 봐. 어젠 제법
	잡혔는데. 그만 접지. 뭐 아쉬운 대로 자네가 갖고 온 거라
	도 먹자고. 말려둔 생선 몇 마리 남았으니 그걸로 반찬이
	라도 하세. 뭐 해? 냉큼 안 일어서고.
물음표	아쉽잖아요.
노인	세상 일이 다 내 뜻대로 되면 어디 그게 사람인가 신이지.
	욕망을 버려.
물음표	(흉내 내며) '욕망을 버려.' 아무리 봐도 도사라니깐.
노인	(바가지를 건네며) 여기 땔감은 있고. 아, 저기 샘에 가서 물
	이나 떠오게.
물음표	네.

물음표 사라진다.

| 노인 | 잘 말랐을까? |

노인도 반대편으로 사라진다.
그 사이 우르릉거리는 소리 몇 차례 이어진다.

#3. 섬의 심장

물음표가 바가지를 들고 나타난다.

물음표	(하늘을 올려다보며) 천둥인가? 마른하늘에 천둥이라니.

이때 노인이 빈손으로 들어온다.

노인	(투덜대며) 망할 놈들. 그걸 다 채가다니.
물음표	왜요?
노인	아, 글쎄, 까마귀들이 말린 생선을 다 채갔어.
물음표	그럼 제 반찬이라도 드시죠.
노인	할 수 없군. 신세 좀 지겠네.

물음표가 각종 통조림을 늘어 놓으면 노인은 신기한 듯 하나씩 들고 살펴보기를 반복한다.

노인	근데, 자넨 이 섬에 뭐 하러 왔나? 상속받은 거 확실해?
물음표	알아서 뭐 하시게요.
노인	혹시 실연당해서 자살하러 예까지 왔나?
물음표	(피식 웃으며) 전 연애 같은 건 안 해요. 여잔 질색입니다.
노인	그럼 남자 좋아해?
물음표	네?
노인	놀래는 거 보니까 진짠가 본데?
물음표	전 여자도 남자도 다 싫어요. 독신주의자라구요.
노인	실연은 아니구만.
물음표	아니라서 아쉬워요?
노인	아쉬움이라기보다는 궁금증이지.
물음표	저한테 궁금한 거 없다면서요.

노인	그새 정들었나봐. 자네 질문중독증을 옮았어. 좋은 일이 생기니 정도 순식간에 드는데.
물음표	좋은 일이라뇨?
노인	이 섬의 주민이 100퍼센트나 늘었으니 얼마나 좋은 소식인가.
물음표	네?
노인	나 혼자 있던 섬에 자네가 들어왔으니 100퍼센트 인구성장 아닌가. 전 세계적인 저출산 시대에 참으로 좋은 일이지.
물음표	네, 네. 경사 맞네요. 미운 정도 정이라더니 그새 저도 쬐끔 친숙해진 거 같네요.
노인	내가 친화력이 좀 좋거든. 자, 하던 얘기나 마저 해보게.
물음표	쳇, 갖다 붙이기는. 영감님, 혹시 스타시드라고 들어 보셨어요?
노인	스타시드. 그게 뭔데? 먹는 건가?
물음표	그런 거 아녜요.
노인	그럼 사람 이름? 도시 이름?
물음표	알 리가 없지. 가만 있자 어디서부터 시작해나 되나. 그러니까….
노인	잠깐! 꼭 맞출 걸세. 우리 스무 고개로 한번 풀어볼까?
물음표	참 나, 나한테 물음표라더니.
노인	음식, 사람, 도시가 아니면 숨 쉬는 건가?
물음표	말장난 그만하시구요. 잘 들어 보세요.

물음표가 배낭에서 각종 과학기구와 책을 꺼내 늘어놓고 말을 이어가려고 한다.

이때 두 사람의 귀에 알 수 없는 소리가 들리더니 섬 전체를 몇 차례 뒤흔들다 사라진다.

물음표는 흠칫 놀라지만 노인은 태연하다.

물음표　무슨 소리예요?

노인　(손가락을 입가에 대며 속삭이듯) 쉿! 이 섬 뒤쪽에 호랭이가 있어.

물음표　(화들짝 놀라 일어서며) 호랑이!

노인　생각보다 겁이 많구먼.

물음표　여기서 호랑이 밥 신세 되는 거야?

노인　호랭이가 우릴 발견하면 자네부터 잡아먹을걸.

물음표　아니, 왜요?

노인　자넨 젊고 통통하잖아. 싱싱한 고기라고.

물음표　영감님, 우리 이러지 말고 당장 나갑시다. 총이라도 챙겨서 다시 오자구요.

노인　총? 호랑이를 죽이려고?

물음표　할 수만 있다면요.

노인　자네 사냥은 해봤나?

물음표　취미가 사격이에요. 이래봬도 동호회에서 제일 명사수였다구요.

노인　에계, 고작 장난감 총놀일 사냥과 비교해?

물음표　영감님이 뭘 잘 모르시나본데요. 요즘은 옛날처럼 표적 세워놓고 총 쏘는 거 아녜요. 날아가는 거, 달려가는 거, 나타났다 순식간에 사라지는 거 이런 걸 쏜다구요.

노인　어쨌거나 그건 자네가 일방적으로 공격하는 거 아닌가. 사냥감과 사냥꾼이 서로 공격하는 게 진짜 사냥이야. 서로의 목숨을 담보로 한 결투지. 자칫 잘못하면…. 아, 상상만 해도 끔찍한 일이야.

물음표 그러는 영감님은 사냥해 보셨어요. 누가 들으면 호랑이 몇 마리 잡은 줄 알겠네.

노인 좀 해봤네. 물론 섬 바깥세상에 살 때 일이지. 맹수도 몇 마리 잡았고.

물음표 맹수요?

노인 아열대의 울창한 밀림에서 표범을 사냥했지.

물음표 우와!

노인 (막대기를 들고 진지하게 재연하며) 그때 내 친구와 난 최고급 라이플을 들고 있었지.

물음표 (노인처럼 땔감에서 막대기 하나를 집어 들고) 사냥총.

노인이 총을 겨눈 듯이 허리를 숙이고 천천히 움직이자 밀림 속의 갖가지 짐승 소리와 음악이 함께 흐르기 시작한다.

노인 어이, 쉼표.

물음표 쉼표?

노인 내 친구 별명일세. 천식이 있어서 언제나 호흡이 거칠었어.

물음표 (숨을 몰아쉬며) 이렇게요?

노인 아니. 그보다는 간헐적이었어.

물음표 이렇게?

노인 그렇지. (바닥에서 뭔가를 훔쳐서 맛보는 흉내를 내며) 여보게, 쉼표. 표범이 아주 가까이 있네.

물음표 어디?

노인 놈은 좀 전에 식사를 마쳤어. 암컷 영양을 왼쪽 허벅지 살부터 정확히 열다섯 번 씹어서 삼켰어.

물음표 어떻게 알았나?

노인 놈의 똥이 모든 사실을 말해주고 있네.

물음표 역시 자넨 야수의 모든 것을 꿰뚫는 동물백과사전이야. 대단해!

노인 쉿! 자네 저쪽 난 이쪽.

물음표 알았네. 조심하게. 특히 나무 위를.

노인 오! 자네 그새 표범의 특성을 알아냈군.

물음표 자네에 비하면 새 발의 필세.

노인 살아서 만나세. 아, 잠깐 이거.

물음표 이건 표범 똥.

노인 낯선 냄새를 없애는 데는 이게 가장 좋지. 자넨 입 냄새가 심하니까 조금씩 잘라서 꼭꼭 씹어 먹게.

물음표 이걸 꼭 먹어야 하나?

노인 며칠 전에도 발 냄새가 심한 사냥꾼 하나가 신발에 돌멩이가 들어갔다고 무심결에 벗었다가 그 길로 표범의 저녁 식사가 됐다네. 자네 입 냄샌 발 냄새보다 심하지 않은가. 살고 싶으면 먹게. 어서.

물음표 아… 알았네.

물음표가 오만상을 쓰며 찍어 먹는다.

노인 그럼.

노인의 신호에 따라 이윽고 두 사람은 흩어져서 점점 빨리 움직이기 시작하고, 음악도 빨라진다.

두 사람의 속도가 빨라지며 이리저리 뛰어다니는 동안 음악과 밀림 속 사냥꾼들의 괴성 소리가 엇갈리며 격렬해진다.

사방이 어두워졌다 밝아지기를 반복하던 끝에 음악이 최고조에 다다르자 칠흑같이 어두워진다.

다시 사방이 밝아진다.

물음표 (털썩 주저앉아 헐떡거리며) 그래서 표범은 어떻게 됐어요?

노인 자넨 아직도 쉼표인 겐가?

물음표 아뇨. 그렇게 뛰었는데 안 지치겠어요. 표범은 잡았냐구요?

노인 그날은 놓쳤다네.

물음표 네? 그 고생을 하고요?

노인 표범의 똥으로도 쉼표의 입 냄새를 숨기지 못했거든.

물음표 그럼 쉼표 그분 돌아가셨어요?

노인 아니, 구사일생으로 살았네. 그날 이후 그 친구는 하루에 아홉 번씩 양치질하는 습관을 갖게 됐네. 자, 일어서게. 다시 도전해야지.

물음표 또요?

노인 (껄껄 웃으며) 농담일세, 농담. 다 부질없는 짓이지. 생명을 함부로 죽이는 건 큰 죄야. 그러니 자네도 호랭이 잡을 생각을 털끝만큼도 하지 말게.

물음표 그러다 호랑이한테 잡아먹히면요?

노인 걱정 마. 섬 뒤쪽으로만 안 가면 괜찮아. 그 녀석 이 근처엔 얼씬도 안 해.

물음표 정말이죠?

노인 그래.

물음표 근데 이 작은 섬에 호랑이가 있다니 이게 말이 돼요?

노인 안 될 건 또 뭔가. 사람이 살 수 있으면 모든 것이 살 수 있어. 우리 조상님들이 그래서 이 섬을 택한 거고.

물음표 언제부턴데요?

노인 뭐가?

물음표 언제부터 사람들이 살았냐구요.

노인 섬이 태어난 날부터.

물음표 섬이 태어나요? 그래요. 그건 그렇다 치고 섬이 태어난 건 어떻게 알고 들어왔는데요?

노인 하늘, 땅, 바다, 세상 모든 것들이 알려줬네.

물음표 참, 어디까지 믿어야 될지….

노인 우리들은 세상의 여러 곳에서 왔어. 물고기가 조상인 사람도 있었고, 새가 조상인 사람들도 있었지. 심지어 이 섬의 최고 가문은 저 바위산을 뚫고 땅속에서 저절로 솟아났다지 뭔가.

물음표 그걸 믿으라고요?

노인 자네가 믿지 않아도 사실이 그런 걸 어쩌겠나.

물음표 영감님, 그건 신화예요. 신화! 찰스 다윈이라고 아세요?

노인 누군데? 자네 아버진가? 형?

물음표가 고개를 절레절레 흔든다.

물음표	영국 사람이에요. 생명이 어떻게 생겨났고, 어떻게 진화했나를 밝혔죠. 사람은 호모 하빌리스, 호모 에렉투스, 호모 사피엔스. 이렇게 진화한 거라고요.
노인	호모라. 인간의 조상들이 전부 동성애자들이었다니 충격적이군.
물음표	그게 아니라….
노인	그렇다고 치세. 그 첫 번째 인간은 어디서 어떻게 생겨났나?
물음표	그야….
노인	그 다윈이라는 양반도 그건 몰랐나 보지? 그렇다면 내 얘기가 훨씬 완벽한 거야.
물음표	그건 신화라고요!
노인	자넨 보이는 것만 믿나? 해가 떴다 져서 하늘에서 사라지면 존재하지 않는 건가? 자네가 믿지 않아도 이 섬과 우리 조상님들은 그렇게 태어났어.
물음표	(빈정거리며) 네네, 어떤 나라에선 곰이 왕을 낳았대요. 늑대 젖 먹고 영웅이 된 쌍둥이도 있구요.
노인	우리 조상들은 이 섬이 살아 있다고 믿었네. 일 년 중 가장 큰 달이 뜨는 날이면 섬의 심장이 밤새 고동을 쳤으니까. 아깐 그 소린 섬의 심장 맥박 소리야.
물음표	호랑이라면서요?
노인	호랭이는 무슨?
물음표	뭐라고요?
노인	자네가 하도 겁을 집어먹어서 장난 좀 쳐 봤네. 호랭이는 아니지만 섬 뒤쪽엔 더 위험한 것이 있어. 그곳엔 얼씬도

하지 말게. 사람이 갈 수 없는 곳이야.

물음표 그러니까 더 가고 싶어지네요.

노인 질문중독증이 도졌나 보군. 농담 아냐. 절대 안 돼.

물음표 알았어요. 하던 얘기나 계속하세요.

노인 그러지. 그 바위는 세상이 생겨날 때부터 있었다고 해. 가장 큰 달이 뜬다는 그날 바위에 달빛이 드리우면 누가 그렸는지 모르는 그림이 빛을 냈다네. 그 밤엔 달빛을 먹어서 빛을 내며 춤을 췄어. 고래, 사슴, 황소…. 세상 모든 것이 다 그려져 있었다네.

물음표 (빈정거리며) 공룡이나 시조새 같은 것도 있었겠네.

노인 그건 잘 기억나지 않네만 내가 여인의 살냄새를 아찔하게 느낄 때쯤 온 세상을 뒤흔드는 전쟁이 일어났어. 무시무시한 군함들이 대포를 들이밀며 군인들을 이 섬에 토해냈지.

물음표 1차 대전? 2차 대전?

노인 이 섬 바깥은 단 1초도 쉬지 않고 전쟁이 일어나는 곳인데 1차 대전이니 2차 대전이니 구분할 필요 있나?

물음표 그건 그러네요. 어느 나라 군인이었어요?

노인 몰라. 지들 말로는 세계에서 가장 힘이 센 나라랬어. 섬의 심장 근처에 철조망을 치고 우격다짐으로 우릴 쫓아냈어. 그때 총을 처음 봤지. 그 불막대기는 애 어른을 가리지 않더군.

물음표 그놈들이 뭐 하려고 이 조그만 섬에 들이닥쳤죠?

노인 몰랐어. 지금도 잘 모르겠고. 우린 그들의 노예나 다름없는 신세가 되고 말았네. 언제 끝날지 모를 전쟁이 끝나자 우린 잃었던 웃음을 찾았지만 아주 잠깐이더군. 군인들이

	우리 땅을 기업에 팔아버린 거지 뭔가. 기업가들은 여기다 과학기질 만들었어. 과학자들은 또 어떻고. 섬을 온통 실험장으로 만들어버렸어.
물음표	인류를 위해서 애쓰는 과학자들도 있는데 최소한의 희생은 감수해야죠.
노인	최소한의 희생? 그럼 자넨 인류를 위해 희생할 수 있나?
물음표	…….
노인	부끄러워 말게. 목숨 아깝지 않은 사람이 어디 있나. 어디까지 얘기했지?
물음표	섬의 심장요.
노인	그렇지. 무엇보다 우린 섬의 심장인 바위를 볼 수 없다는 것이 너무나 슬펐어.
물음표	나 같았으면 목숨 걸고 싸웠을 텐데.
노인	안 그랬겠나. 젊은이들 몇이 대항했다가 끔찍하게 죽었어.
물음표	무지막지한 새끼들.
노인	바위와 다시 만날 날만 손꼽아 기다렸어. 일 년이 지나고 이 년이 지나도 섬의 심장이 소릴 내지 않자 불안에 떨던 섬사람들은 애걸했지만 그들은 허락하지 않았어.
물음표	나 같으면 정부에 요청해서 권리 주장이라도 했을 텐데.
노인	정부? 우린 그런 게 있는지조차도 몰랐어.
물음표	하긴 어떤 나라든 정부라는 게 그다지 쓸모 있는 건 아니죠. 전 이미 초등학교 때 그 사실을 깨달았어요. 그 뒤로 무정부주의자가 됐죠. 따지고 보면 이 섬사람들도 무정부주의자였던 셈이죠.
노인	독신주의자라며?

물음표	둘 다예요.
노인	독신주의자면서 무정부주의자라. 자넨 참 이기적인 사람이군. 아무튼 그 이방인들이 부리나케 섬을 떠나는 걸 보고서야 우린 바깥세상을 생각하게 됐어. 그들은 우리한테 이곳은 더 이상 살 수 없게 되었으니 어서 떠나라는 말만 남긴 채 달아났거든.
물음표	어디로 가라는 말도 없이 지들만?
노인	(고개를 끄덕이며) 우리가 어딜 갔겠나. 섬의 심장부터 만나려고 득달같이 달려갔지. 하지만 우린 섬의 심장을 만날 수 없었다네. 검푸른 연기가 살아 있는 것은 뭐든 죽이고 있었거든.
물음표	화학물질에 오염됐구나. 그래서 섬 뒤쪽으로 가지 말라는 거였군요.
노인	그렇다네. 목숨을 지키려면 섬을 떠나야 하는데 도저히 그 세계에 발을 디디지 못하겠더라고.
물음표	그래서 어떻게 하셨는데요?
노인	난 과학자 한 사람의 꽁무니를 막무가내로 따라갔지. 그나마 우리에게 친절했던 사람이었거든.
물음표	두려웠겠네요.
노인	두렵다 뿐이었겠나.
물음표	그래서 바깥세상에 적응하지 못하고 섬으로 돌아오신 거예요? 로빈슨 크루소처럼 혼자 살려고?
노인	이 섬엔 최근에 돌아왔다네.
물음표	아, 그랬군요.
노인	바깥세상에서 그의 조수 생활을 몇 년 하다가 독립한 뒤엔

돈을 많이 벌어서 큰 부자가 됐어.

물음표 와! 대단한데요. 그렇게 안 봤는데 저랑 비슷하시네요.

노인 그렇게 잘살다가 세상과 이별할 때가 되니 고향 생각이 문득 났지 뭔가. 본능적으로 돌아온 셈이지. 가장 큰 달이 뜨는 날이 올 거야. 난 그날 섬의 심장께 마지막 인사를 올릴 걸세.

물음표는 측은했던지 노인의 어깨를 다독인다.

물음표 난 쓸모없이 버려진 섬인 줄만 알았는데.

노인 신이 세상을 만들 때 쓸모없는 걸 만들 리 있겠나. 자넬 이 섬으로 오게 만든 것도 신께서 계획한 일일 거야. 안 그런가?

물음표 난 신은 안 믿지만 운명의 끈이 나를 여기까지 이끌었다는 생각은 해요.

노인 밤이 깊었구만. 몸도 노곤하고. 슬슬 자야겠네.

물음표 제 텐트에서 같이 주무실래요?

노인 아니, 난 불가에서 자겠네.

물음표 그러다 비라도 내리면 어쩌시려고.

노인 괜찮데두. 난 저리로 가겠네. 저쪽 바위틈으로 텐트를 치게. 밤바람이 워낙 사납거든.

물음표 네, 정 그러시다면. 주무세요.

두 사람은 따로 잠자리를 마련해 반대 방향으로 사라진다. 사방이 어두워진다.

#4. 바다로부터

아련하게 음악이 흐른다.
음악이 흐르는 사이 알 수 없는 소녀가 등장한다.
노래와 함께 소녀의 몸짓이 한동안 이어진다.
어느 틈엔가 소녀가 사라지고, 그녀의 노랫소리만 남는다.
뱃사람들의 노래라고 하기는 너무 맑고 청아해 바다의 마녀 사이렌의 노래 같기도, 돌고래의 울음소리 같기도 하다.
노랫소리에 물음표가 잠이 깬다.
노인은 일찌감치 깨어나 노래의 진원지를 살피고 있다.

노인   자네도 들리는가?

물음표가 고개를 끄덕인 뒤 망원경을 들고 바다를 살핀다.

노인   뭔가?
물음표   밴데요. 사람이 있어요.
노인   어분가? 어부들이 저런 노래를 부르진 않을 텐데.
물음표   글쎄요. 잠깐, 계집앤데요. 배도 무슨 지푸라기로 만든 것처럼 희한하게 생겼어요.
노인   거 이리 줘 봐. (망원경을 받아들고) 어디로 가는 걸까? 혹시 길을 잃은 거 아냐? 여보게, 높은 데 올라가서 이리 오라고 손짓하게.
물음표   네? 제가 왜요?
노인   아, 왜긴 왜야? 어린애야. 걱정도 안 돼?

물음표   전 영감님 하나도 벅차요. 안 돼요. 안 돼!

소녀는 대답도 없이 수레의 짐을 하나씩 내린다.

물음표가 망원경을 도로 빼앗아 바다를 살핀다.

노인   거친 바다를 헤매다 겨우 이 섬을 찾았는데 쫓아내겠다고? 잔말 말고 오라고 해.

물음표   부르지 않아도 벌써 도착했어요. 무슨 장사꾼 같은데. 젠장, 혹 하나 더 붙이게 생겼네. 저기 오네요.

노인   설마 저 어린애가 바다를 떠도는 상인일까?

물음표   가까이 오면 물어보죠, 뭐.

특이한 행색의 소녀가 두 사람 앞으로 모습을 드러낸다.

물음표   꼬마야, 너 누구야?

소녀는 대답도 없이 수레의 짐을 하나씩 내린다.
화가 난 물음표가 소녀에게 다가간다.

물음표   내 말 안 들려?

노인   거 어린앨 그렇게 다그치면 쓰나. (소녀 앞으로 다가와 함께 짐을 내리며) 얘야, 어디서 왔니?

소녀는 역시 묵묵부답이다.

물음표   귀머거린가? 어이, 꼬마 아가씨. 내 말 안 들려?

소녀는 물음표를 잠깐 쳐다보더니 이내 고개를 돌려 하던 일을 계속 이어간다.

물음표   아, 도대체 뭐야? 얘, 얘, 너 여기서 이러면 안 돼.

물음표는 소녀가 내린 짐을 다시 수레에 싣기 시작한다.

노인   자네 지금 뭐 하나?

물음표   타일러서 돌려보내야죠.

노인   어디로?

물음표   알아서 가겠죠. 자자, 착하지. 여긴 어린아이가 있을 만한 곳이 아니에요.

노인   (물음표가 내린 짐을 다시 내리며) 어허, 이 사람이.

물음표   영감님까지 왜 이러세요?

노인   애한테 이러면 천벌 받아!

물음표   천벌? 그딴 거 하나도 겁 안 나요. 저리 비키세요.

노인   못 비켜!

멈춰 서서 두 사람을 물끄러미 바라만 보던 소녀가 입을 연다.

소녀   제일 높은 곳.

깜짝 놀란 물음표와 노인이 목석처럼 굳은 채 소녀를 쳐다 본다.

잠시 침묵이 흐른다.

물음표   뭐야, 말할 줄 알잖아. 야, 꼬마! 너 뭐야?

소녀   제일 높은 데가 어디야?

노인   뭐 나름대로 알고 있단다. 저기 저 바위 언덕을 넘어가면 더 큰 언덕이 나오고 그 언덕을 넘어가면….

물음표   야, 꼬마. 거긴 왜 찾아?

소녀   알 거 없어.

물음표   근데 이 녀석이, 너 혼나고 싶어.

노인   이 사람 애하고 싸움이라도 할 거야?

물음표   사람을 긁잖아요.

노인   못났다, 못났어. 애를 달래야지 그렇게 윽박지른다고 고분고분할 거 같아? (소녀에게) 애야, 거긴 왜 찾니?

물음표를 쳐다보던 소녀가 노인에게로 고개를 돌린다.

노인   나? (손사래를 치며) 천만에. 할아버진 궁금한 게 없어요. 저 아저씨만 그래. 저 아저씬 뭐든지 물어봐야 하는 병에 걸렸어요. 이름도 물음표거든.

소녀가 다시 물음표를 쳐다본다.

물음표   뭐야? 그 불쌍하다는 눈빛은.

소녀가 수레에서 기다란 술이 치렁치렁 매달린 칼을 꺼내고는 물음표에게 들이댄다.

물음표 뭐야?

소녀 무서워?

물음표 임마, 이건 위험한 물건이라고. 갖고 노는 장난감이 아니야. 얼른 안 치울래?

소녀 이상하다.

물음표 얼른 치우라고.

소녀가 고개를 절레절레 흔든다.

소녀 우린 누가 아프면 기도하며 이 칼로 아픈 곳을 문질러. 그러면 씻은 듯이 낫는다고.

물음표 너 무당이니?

소녀 아니. 난 딱해서 이러는 건데 싫어?

물음표 그래, 싫어! 그니까 이 칼 당장 치워.

소녀 알았어. 그럼 나 갔다 올게.

물음표 어디?

소녀 저쪽이랬죠?

노인 그렇단다. 저쪽. 근데 거긴 너무 위험….

말이 떨어지기도 전에 소녀는 노인이 가리키는 방향으로 사라진다.

물음표 저저, 버르장머리하곤. 아, 그러게 왜 어린애한테 거길 가르쳐줘요?

노인 지금 그게 문젠가. 애야! 애야!

노인이 소녀가 사라진 곳을 향한다.

물음표 어디 가요?

노인 그냥 내버려둘 거야?

물음표 그러게 골칫거릴 왜 만들어요.

노인 나한텐 자네가 골치야. 이 섬에서 나가야 할 사람은 바로 자네라고.

노인도 사라진다.

물음표 아, 미치겠네. 어쩌라고. 가만, 나랑 상관없는 일이잖아. 에라, 모르겠다. 난 내 일이나 할 거라고. (우스꽝스럽고 둔하게 생긴 기계를 끌어다놓고) 어디 보자. 녹슨 나사를 풀려면 윤활유가 필요한데. 석유를 뽑아 올릴 수도 없고. 맞다. 보트 연료! 그거야.

소녀와 노인이 사라진 반대편으로 물음표가 사라지는 사이 사방이 어두워졌다 이내 밝아지고 그사이 노인과 소녀가 바위 언덕 위로 모습을 드러낸다.

노인 여기가 제일 높은 곳이란다. 이 섬 모든 곳을 볼 수 있어요. 풀꽃도 나무도 없어서 좀 을씨년스럽지. 이 섬도 옛날엔

이러지 않았단다. 숲도 울창했고, 꽃이며 새도 셀 수 없이
많았었어.

소녀 바위들은 대지의 뼈예요. 모든 생명을 낳았잖아요.

노인 오! 어떻게 그런 걸 알았누? 누가 가르쳐줬어?

소녀 그냥 알게 됐어요. 근데 여긴 어쩌다 이렇게 됐어요?

노인 자세히 설명하기엔 너무 길단다.

소녀 저기 검은 연기가 자욱한 곳은 뭐예요?

노인 아, 저긴 아무도 가지 못하는 곳이란다. 이 섬에 거친 바위
들만 남게 된 것도 저것 때문이지. 왜 가고 싶어?

소녀 호수가 있을 거야.

노인 네가 그걸 어떻게 아니?

소녀는 살짝 웃기만 한다.

노인 뭐, 호수랄 거까진 아니고 커다란 연못 정도지. 하지만 어
찌나 깊은지 밑바닥이 끝도 없이 뚫린 연못이란다.

소녀 내려가죠.

노인 벌써? 여기서 할 일 있었던 거 아냐?

소녀 지금은 아니에요. 아직 시간이 남았거든요.

노인 시간?

소녀 곧 알게 될 거예요.

노인 아무렴 우리 천사 같은 아가씨가 나쁜 일을 할까. 말하지
않아도 된단다. 자, 내려가자꾸나.

바위 언덕 뒤로 두 사람이 모습을 감추는 사이 기름통을

든 물음표가 등장한다.

물음표　조용하니 작업하기 딱 맞는 환경이다. 닦고 조이고 기름 치고 후다닥 고쳐 보실까.

공구를 손에 들고 기구를 고치기 시작한다.

물음표　그렇지, 끝! 어디 잘 돌아가나 보자.

우스꽝스럽게 생긴 금속탐지기를 어깨에 걸치고 스위치를 누른다.
굉음을 내고 기계가 작동한다.

물음표　브라보! 자, 그럼 시험 가동.

묵직한 기계를 간신히 들어 올린 물음표가 바닥을 탐지한다.
이리저리 훑으며 걷는 동안 금속탐지기에서 신호음이 몇 초 간격으로 울린다.

물음표　뭐지? 아, 땅속에도 온통 돌덩이구나.

물음표가 금속탐지기를 객석을 향해 돌린다.
신호음의 간격이 짧아지며 금속탐지기가 쉴 새 없이 삑삑거리기 시작한다.

물음표   어, 이거 왜 이래. 이쪽은 돌보다도 단단한 쇳덩이만 있나?

뻑뻑거리던 금속탐지기가 갑자기 소리를 멈춘다.

물음표   어라, 고장 났잖아. 젠장 연료통까지 박살났잖아.

바닥에 주저앉아 금속탐지기를 해체하며 낑낑거린다.

#5. 소녀의 기원

이때 깔깔거리는 웃음소리와 함께 노인과 소녀가 나타나고, 물음표는 인상을 구기며 손에 들었던 연장을 떨군다.

노인   어이, 물음표. 뭐하나?

물음표   (공구를 내던지며) 아, 혼자 있을 틈을 안 주시네. 그새 할아버지랑 손녀처럼 아주 돈독해지셨네요.

노인   그런가? 얘가 여간 영리한 게 아니야. 모르는 게 없어요.

물음표   좋으시겠어요. 늘그막에 손녀딸까지 얻으시고.

소녀   언제나 저래요?

노인   말투만 저렇지 나쁜 아저씬 아니란다.

물음표   뭘 봐? 이상해? 이상한 건 네 수레에 잔뜩 실린 잡동사니들이지. 이건 과학기구란 거야.

소녀   과학기구? 그걸로 뭐하는데?

물음표   (자랑스러운 듯 거드름을 피우며) 이건 땅속에 뭐가 묻혀 있는지 볼 수 있는 기계고, 이건 네 머리카락을 아름드리

나무보다 더 크게 보이게 만들어주는 기계지. 그리고 이건 하늘의 별이 땅에 떨어질 때 얼마나 빠르게, 어디에 떨어지는지 알아내는 기계고. 신기하지?

소녀 전혀. 볼 필요도 없고, 알 필요도 없는데.

물음표 얘가, 얘가, 그게 왜 필요 없어? 인간이 지구에서 영원히 살아남으려면 과학을 모르고서는 안 된다니까. 그리고 사람이 밥만 먹고 살 수 있어? 과학은 먹고 사는 거뿐만 아니라 고상한 예술부터 놀고 즐기는 거까지 만들어냈다고. 뭐, 예를 들면 TV 같은 거.

소녀 TV?

물음표 몰라서 물어? 진짜 모르는구나. 그러니까…. 이렇게 네모난 상자가 있어. 그리고 네 손바닥만 한 리모컨이라는 게 있는데 그걸 누르면 사람들이랑 동물들이 나타나지.

소녀 그 쪼그만 상자 안에?

물음표 진짜 아니고, 뭐랄까? 아, 움직이는 그림이야. 자, 봐봐. 영감님! 리모컨요.

노인 어, 그래. 뭘 볼까? 어 난 딱히 좋아하는 게 없는데. 뭐, 이런 건 어때?(성우처럼) 초원에 건기가 시작되면 많은 동물들이 물을 찾아 대이동을 시작합니다. 저건 들소 떼군요. 뭐해?

물음표 들소?

물음표가 돌진하는 들소 떼 흉내를 낸다.

노인 온갖 맹수들의 위협을 헤치고 마침내 들소들은 마르지 않은 강에 도착합니다. 강가에는 한발 먼저 도착한 여러 동물들로 북새통입니다. 저기 기린 가족이 어렵사리 쪼그리고 물을 마시네요.

잠시 궁리하다 물음표가 기린 흉내를 낸다.

노인   강가엔 기린처럼 큰 짐승들만 있는 건 아닙니다. 크진 않아도 사나운 비비원숭이도 물가에 있습니다.

물음표가 원숭이 흉내를 낸다.

노인   근데 무슨 일인지 잔뜩 골이 난 채 뒤척거리네요.

물음표가 괴성과 함께 길길이 날뛰며 몸을 뒤척거린다.

노인   아, 등에 거머리들이 붙어 있었군요.
물음표   거머리?

몸을 이리저리 비틀며 고민하던 물음표가 노인을 다그친다.

물음표   (짜증 내며) 딴 데 돌려요. 다른 채널.
노인   그럼, 진기명기나 서커스? 긴 칼을 집어삼키고 불을 토하는 건 누구나 좋아하지.
물음표   네? 아, 진짜. 음악 채널로 해요!
노인   그래? 옜다.

노인이 리모컨을 조작하는 흉내를 낸다.

음악이 흘러나오고 물음표가 뮤지컬 배우처럼 춤추며 노래한다.

이리저리 뛰어다니며 우스꽝스럽게 노래하던 물음표가 박자를 놓쳐 넘어진다.

소녀　　뭐야?

물음표　뭐긴 뭐야. 이런 게 TV라고. 어때, 재밌지?

소녀　　관심 없어.

물음표　그럼 뭐에 관심 있는데?

소녀　　내가 이 섬에 온 이유.

물음표　그게 뭔데?

소녀　　알고 싶어?

물음표　입장 바꿔서 생각해 봐. 네가 나라면 궁금하지 않겠어?

소녀　　세상이 일그러져서 왔어.

물음표　일그러져? 무슨 지진이나 전쟁이라도 났니?

소녀　　아니, 봄이 되어도 꽃들이 다시 피어나질 않아. 나비와 벌도 사라지고 있어. 산도 바다도 모두 죽어 가고 있어. 되살리고 싶어.

물음표　너 그린피스니? 환경운동가야? 세상을 바꾸고 싶어? 혁명? 어린 나이에 참 대단도 하다. 근데 이런 데선 아무 소용이 없어요. 너의 동지들이 없잖아. 되도록 많은 사람들을 설득하고 동참시키려면 대도시에서 해야지. 인터넷, SNS 같은 걸로 홍보도 하고. 여긴 그런 일 할 수 있는 곳이 아니라구.

소녀　　여기서 되살릴 수 있어.

물음표	여기서? 영감님, 들었죠? 여기서 세상을 되살린대요.
노인	말꼬리 자르지 말고 끝까지 들어보세.
물음표	듣고 자시고 뻔한 얘기죠. 애 동화책 외고 있다구요.
노인	동화책이면 어때. 뭐 딱히 할 일도 없어 심심하던 참에 잘됐구면. (소녀에게) 애야, 할아버진 네 얘기가 정말 재밌단다.
소녀	내가 태어난 곳과 이 섬은 세상 반대편인데 하나로 이어져 있어요.
물음표	어랍쇼. 어린애가 별걸 다 아네. 그런 건 미스터리나 불가사의 좋아하는 얼치기들이나 빠져드는 거라고.
노인	어허, 그 사람 참, 좀 조용히 못 해!
소녀	우리가 사는 세상은 수레바퀴처럼 둥근 고리야. 바퀴의 겉면에 땅과 바다가 있어. 바퀴의 안쪽은 바큇살이 겉면을 향해 사방으로 뻗쳐 있어. 바깥세상의 우리들은 서로 떨어져 있다고 생각하지만 그렇지 않아. 안쪽 세상의 바큇살은 대지와 바위의 핏줄이야. 그 핏줄은 수많은 강과 호수, 샘과 바다가 하나로 이어져 있어.
노인	아하, 그래서 이 섬에 호수가 있다고 한 거로구나.
물음표	호수는 다 뭐래.
소녀	이 세상을 만든 거대한 여신이 계셨어요. 너무나 커서 언제나 바닷속에 다리를 숨기고 허리 위는 구름으로 가리고 계셨어요. 사람들이 볼 수 있는 건 단지 구름 아래로 내민 여신의 거대한 두 손뿐이었어요.
물음표	(빈정거리며) 와, 동화에서 거대 로봇 만화영화로 대반전! 이제 곧 하늘을 날겠구나.
소녀	맞아, 하늘을 날았어. 봄부터 가을까지 바람이 되어 세상 모

든 곳을 돌아다니며 계절을 만들고 생명의 씨앗을 뿌리셨어.

노인   겨울은?

소녀   겨울엔 내 고향의 깊은 호수 속으로 들어가셨어요. 그 호수는 바닥이 없어서 이 섬과 연결되어 있는 곳이었어요. 우린 해마다 겨울 동안 여신이 돌아오기를 기다렸다 새봄이 오면 보름 동안 커다란 잔치를 열었어요.

노인   보름씩이나?

소녀   아쉽지만 이제 더는 잔치를 하지 못해요.

노인   저런, 무슨 일이 생긴 게로구나.

소녀   가장 깊은 호수로 들어가신 여신께서 돌아오지 않아요. 봄이 왔지만 꽃도 열매도 움트지 않아요. 그래서 난 여신을 만나러 이 섬에 왔어요.

노인   이 섬에 여신이 계시니?

소녀   여신의 호수와 이어진 이 섬의 연못이요. 거기 가면 여신을 만날 수 있을 거예요. 전 꼭 여신을 만나야 해요.

노인   그 연못은 나처럼 죽을 날이나 기다리는 사람이 아니라면 갈 수 없는 곳이란다.

소녀   죽을 날?

노인   그래, 오래도 살았지. 네가 만나려는 여신을 어쩌면 내가 먼저 만나게 될 것 같구나.

물음표   듣자 듣자 하니 참, 애나 어른이나 한결같네. 이 섬에 세 사람이 있는데 두 사람이 미쳤어. 근데 한 명만 정상이야. 그럼 뭐가 돼? 한 명이 미친놈이 되는 거잖아. 두 분은 정상이니까 친하게 지내셔요. 난 그냥 미친 짓이나 할게.

물음표는 따분한 이야기에 관심을 두지 않으려고 아버지의 연구 노트를 펼친다.

노인 자네가 찾는 별의 씨앗이라는 그 물건이나 이 아이가 찾는 여신이나 다를 게 뭔가?

물음표 아, 왜 안 달라요. 여신께옵선 (하늘을 가리키며) 저 뜬구름 너머 하늘나라에 있을까 말까 한 존재고, 스타시드는 (땅을 가리키며) 여기 이 섬에 묻혀 있는 광물질이라고요. 내가 꼭 찾아서 보여줄 테니깐 두고 보세요.

물음표가 기름통을 들고 일어선다.

노인 어디 가려고?

물음표 알 거 없어요. (기름통을 두드리며) 여신? 저한텐 이게 여신보다 더 강해요.

기름통을 든 물음표가 사라진다.
노인과 소녀는 말없이 물음표의 꽁무니를 바라본다.

노인 우린 이제 뭐 할까? 밥 먹을래?

소녀 아뇨, 이제 곧 해가 져요. 전 달이 뜨기 전에 기도해야 돼요.

노인 여기서?

소녀 아무 데나 괜찮아요. 그냥 여기 저 바위 그늘에서 할게요.

소녀가 수레를 바위 그늘 쪽으로 끌고 간 뒤 갖가지 물건을 꺼내며 제단을 꾸미기 시작한다.

노인   같이 할까?

소녀가 고개를 끄덕이자 노인은 제단을 함께 꾸민다.

소녀   이건 저쪽에 놓구요. 이건 그 앞에.
노인   여기?

소녀가 고개를 끄덕인다.

노인   못 보던 물건들이 많구나. 기도하는 거 구경해도 될까?

소녀가 고개를 끄덕인 뒤 제단을 향해 서서 두 손을 모으자 사방이 서서히 어두워진다.
소녀와 노인의 주변에만 빛이 서려 있는 가운데 음악이 흘러나온다.
음악을 타고 소녀의 주문 같은 노래가 이어진다.
소녀가 춤도 아니고 몸짓도 아닌 기원과 함께 노래에 깊이 빠져든다.
노인은 미동도 없이 그윽한 시선으로 소녀를 바라보고만 있다.
이때 기름통을 든 물음표가 나타난다.
물음표는 못마땅한 표정으로 두 사람을 번갈아가며 바라본다.

소녀와 노인은 물음표의 존재에는 관심조차 없다.

물끄러미 바라보던 물음표는 혀를 차고는 끙끙거리며 기계를 옮긴 뒤 기름을 채우고 작동을 준비한다.

물음표가 끙끙거리는 사이 소녀가 부르는 노래는 거룻배를 저을 때와 달리 점점 빨라진다.

어느 순간부터 노인이 콧소리를 내며 소녀의 노래를 쫓는다. 짐짓 저도 모르게 몸을 흔들기 시작한다.

소녀의 몸짓보다 더욱 커져버린 노인의 춤에 물음표는 두 사람이 단단히 미쳤다는 눈길을 던지며 기계를 작동시킨다.

기계의 굉음이 요란하게 울리자 소녀가 노래를 멈춘다.

소녀는 느닷없이 들려오는 굉음에 묻혀 끙끙거리는 물음표를 노려본다.

노래는 멎었건만 노인은 혼자서 흥얼거리며 춤을 추고 있다.

소녀	시끄러워.
물음표	난 니 노래가 더 시끄러워.
소녀	당장 멈춰. 타다 타다 가루만 남은 재를 엮어 밧줄을 만들려고? 아저씨, 여신의 숨결을 훔치러 왔구나.
물음표	무슨 소리야?
소녀	여신께서 말씀하셨어. 아저씬 할 수 없는 일을 하려고 한대.
물음표	손밖에 안 보인다는 거대한 여신께서 그런 계시를 내렸어? 그래, 내가 무슨 일을 한다든?
소녀	그건 아저씨가 잘 알잖아.
물음표	헛소리 그만 지껄이고 둘 다 이 섬에서 당장 꺼져!
소녀	가장 큰 달이 뜨기 전엔 누구도 이 섬을 빠져나가지 못해. 곧

폭풍이 불 거야.

물음표   누구 맘대로? 내가 나갔다 도로 들어와 볼까. 난 자유의지가 있는 사람이야. 내 삶의 모든 건 내가 결정한다니까. 그리고 바람 한 줌 없는데 무슨 폭풍이 온다는 거야?

어느새 춤을 멈춘 노인이 낄낄거린다.

노인   갑자기 먹장구름이 몽근지는 거 보니 소나기가 올 건 확실해. 이 섬의 소나기는 보통 큰바람을 몰고 오지.

노인의 말이 끝나기 무섭게 천둥소리와 빗소리가 섞이기 시작한다.

물음표   진짜 비네.

노인   (소녀를 보며) 네가 비바람을 불렀구나.

물음표   (바위 그늘을 향해 달려가며) 기막힌 우연이네. 아, 뭣들 하세요. 그렇게 비 맞고 서 있을 거야?

노인   허이구, 고양이 쥐 생각하네.

물음표   두 사람이 여기서 독감이라도 걸려 봐요. 내가 다 치료해야 되잖아. 그럼 내 계획에 차질이 생긴다고.

노인   (소녀에게) 그래도 영 틀려먹은 인간은 아니란다.

노인이 소녀를 물음표 곁으로 데려간다.　.

물음표   하늘이 뚫렸나. 엄청 쏟아붓네.

| 소녀 | 비는 그쳐. 달이 뜰 거거든. |
| 물음표 | 금방 그칠 비가 아닌데? 밤새도록 비가 내리면 달은커녕 별도 못 보겠다. 에라, 모르겠다. |

물음표는 연구 노트를 펼친 뒤 분도기와 컴퍼스를 들고 계산에 빠진다.

그 사이 소녀는 제단 위에서 조그만 물레를 내리고 널따란 천을 펼친다.

노인이 소녀의 천을 들여다본다.

노인	예쁜 그림들이구나.
소녀	여신께 바칠 치마예요.
노인	가만. 이런 그림들은 이 섬에도 있었는데. 많이 닮았구나. 이건 황소 머리의 주술사, 이건 고래를 탄 소년, 이건 여신의 족두리와 등잔, 그리고 이건?
소녀	네. 이건 여신께서 만드신 세상 모든 바다를 건널 수 있는 돌다리예요.
노인	세상을 다 잇기엔 너무 짧은 거 같은데.
소녀	아직 다 만들지 못했어요. 실을 자아서 수를 놓을 거예요.
노인	이 물레로?

소녀가 고개를 끄덕인다.

| 노인 | 그렇구나. |

소녀가 물레를 잣기 시작하며 노래를 부른다.

그사이 사방이 서서히 어두워지고 있다.

소녀의 은은한 물레질 노래를 듣던 노인이 꾸벅꾸벅 졸기
시작한다.

물음표는 여전히 계산에 열중하고 있다.

노인은 앉은 채로 잠이 든다.

노래를 부르며 물레를 잣던 소녀가 갑자기 손을 거두고 일
어선다.

소녀   시간이 됐어.

소녀가 물레를 거두고 천을 곱게 갠다.

계산에 빠져 있던 물음표가 소녀를 본다.

물음표   너 왜 그래?

소녀는 대답도 없이 갠 천을 들고 밖으로 나가려고 한다.

물음표   어디 가려고? 야, 비 그치면 나가.

소녀는 물음표의 만류에도 아랑곳없이 뛰쳐나간다.

물음표   (일어서며) 얘, 얘! 안 돼!

소녀는 벌써 사라지고 없다.

놀란 물음표가 노인을 흔들어 깨운다.

물음표　영감님, 영감님! 큰일 났어요.
노인　(흠칫 놀라 잠에서 깨며) 무슨 일인가?
물음표　애가 사라졌어요.
노인　(일어서며) 애가? 어디로 갔나?

갑자기 천둥이 우르릉거리기 시작한다.

물음표　저쪽으로 갔어요. 천둥소리 봐요. 큰일인데.
노인　(뭔가 생각난 듯 흠칫 놀라며) 이건 천둥이 아닐세. 늦었어.
　　　　나도 가야 돼.

노인도 재빨리 소녀가 사라진 쪽으로 달려간다.

물음표　영감님! 영감님!

당황한 물음표가 발을 구르는 사이 사방이 점점 어두워지
고 있다.

물음표　아, 어쩌지. 이 비바람 속에 어딜 간다고. 미치겠네. 그냥 모
　　　　른 척할까. 어차피 나랑 상관없는 사람들이잖아. 계산도 안
　　　　끝났는데. (분도기와 컴퍼스를 쥐고 앉았다 다시 일어서며)
　　　　아, 내 인생엔 걸림돌이 왜 이렇게 많아. 영감님! 영감님!

이리저리 뛰어다니며 노인과 소녀를 찾는 물음표의 목소리가 천둥소리와 뒤엉키는 사이 사방이 칠흑같이 어두워진다.

물음표   꼬마야! 대체 어딨는 거야? 다들 무사한 거야? 영감! 꼬마야!

어둠 속에선 비바람 소리와 천둥소리가 기괴한 음악과 함께 소용돌이칠 뿐이다.

#6. 바위의 유언

기괴한 소리들이 어둠과 더불어 서서히 잦아든다.
사방이 어슴푸레하게 밝아지자 바닥에 쓰러진 물음표가 보인다.
지친 몸을 일으킨 물음표가 허겁지겁 사방을 둘러보며 노인과 소녀를 찾는다.
저만치에 노인이 쓰러져 있다.
물음표가 달려가 노인을 일으킨다.
노인은 온통 피투성이다.

물음표   어떻게 된 거예요? 이 핀 다 뭐예요?
노인   절벽에서 떨어졌네.
물음표   그럼 꼬만? 죽었어요?
노인   아닐세.
물음표   어딨는데요?

노인 섬의 심장 속으로 들어가셨네.

물음표 뭔 소리세요?

노인 아직도 모르겠나? 자네가 찾던 별의 씨앗인가 뭔가가 그 분일세. 저길 보게나.

노인이 가리키는 곳에 널따란 암벽이 있고, 암벽에는 소녀의 천에서 봤던 갖가지 그림이 그려져 있다.

노인 자네 아버질 안다네. 이 섬에 들어왔던 과학자 중 한 분이 셨어. 자네 부친은, 자네는 스타시드라고 부르고, 나는 섬의 심장이라고 불렀던 그 신비의 광물질과 만난 뒤로 보이는 것만이 사실이 아님을 깨달으셨지. 자네 아버진 다른 침입자들과 달랐어. 난 그 연구 노트를 한눈에 알아봤네. 이것도 운명인 거지. 영혼이 존재한다면 자네 부친의 영혼이 자넬 이곳으로 인도한 걸 거야.

물음표는 믿겨지지 않는 이 상황이 견디기 어렵다는 표정을 짓는다.

물음표 헛소리 그만하고 다친 데부터 치료합시다.

노인 난 이미 틀렸어. 저걸 보고도 못 믿겠나?

물음표가 다시 바위 그림을 본다.

물음표 가장 큰 달이 설마….

암벽의 수많은 그림 한가운데 알 수 없는 빛이 서리며 소녀의 형상이 그림처럼 나타난다.
소녀의 손에는 빛나는 돌이 있다.

노인　저분이 섬의 심장이며 여신일세. 비바람 속에서 내게 말씀하시더군. 섬의 심장께선 세상이 생겨날 때부터 이곳에 계셨대. 많은 생명들을 낳고 품었다는군. 그러나 우리 인간들만 달랐다는군. 인간들은 욕망의 끝을 모르는 존재들이래.

노인이 잠시 밭은기침을 하는 사이에 섬의 심장 맥박 소리가 울리고 땅이 흔들린다.
맥박 소리는 점점 빨라지고 있다.
맥박 소리를 따라 암벽이 금 가기 시작한다.
놀라는 물음표를 노인이 다독인다.

노인　그리 놀라지 말게나. 섬의 심장께선 몸소 보여주시려는 것일세. 사라진 것들의 미래를 말이네. 다시 밑바닥이 없는 호수 속으로 사라지실 걸세. 나 또한 저분과 함께하고 싶네.

그사이 섬의 심장 맥박 소리는 점점 빨라지고, 소녀의 그림도 점점 빛을 잃어 간다.

노인　마지막으로 자네에게 한 가지 선물을 주신다는군.

물음표	선물?
노인	자네가 그토록 갖고 싶어 했던 별의 씨앗, 저 돌 말일세.
물음표	내가 그걸 받아서 어쩌라고요?
노인	그건 자네 몫이지. 어떤 선택을 하건 전적으로 자네의 길일세. 저 돌을 팔아 많은 값을 받건 아니면 가슴에 품고 섬의 심장처럼 세상을 여행하며 사라진 것들을 되살리건 다 자네 몫이지. 잠이 오는구먼. 난 꿈을 꿀 걸세. 아주 평화로운….

노인이 나직하게 노래를 부른다.
소녀도 함께 부른다.
노래가 잦아들 때쯤 노인이 마지막 말을 남긴다.

노인	난 정말 행복하다네. 잘 가시게. 물음표.

노인이 눈을 감는 순간 거짓말처럼 소녀의 형상에 감도는 빛은 손에 쥔 돌로 모여들고 사방이 어두워진다.
세상의 빛이라고는 소녀의 돌밖에 없다.
그조차도 서서히 사라져 암흑만 남는다.

#7. 에필로그-바다의 여행자

노랫소리가 나직하게 새어 나온다.
안개처럼 깔린 어둠을 뚫고 흐르는 것은 거룻배를 젓던 소녀의 노래다.

노래를 타고 서서히 사방이 밝아진다.

소녀의 거룻배가 나타난다.

노를 젓는 사람은 소녀의 복장을 한 물음표다.

그의 노래가 점점 커진다.

물음표가 노 저어 가는 물결 저만치에서 소녀와 노인이 춤을 추고 있다.

물음표가 노래를 부르며 손을 흔든다.

섬의 하늘 위로 거대한 손 한 쌍이 나타나 물음표의 노래에 맞춰 온갖 생명을 움 틔운다.

-끝-

소재로 삼은 신화와 의례

이야기의 섬 제주의 신화 속에는 유독 바다를 건너와 섬에 뿌리내린 신들이 많다. 바다 건너 어딘가의 이상향에서 풍요의 권능을 안고 밀물져 온 신들은 대다수가 여신이다. 음력 이월 한 달 동안 제주에서 머물고 바다로 돌아간다는 '영등신' 또한 여신의 성격을 지니고 있다. 「사라진 것들의 미래」는 다양한 여신 도래신화와 영등신화를 제주의 근대현사와 맞물려 풀어낸 작업이다. 이 작업은 도래신화 중 어느 하나를 특정해서 활용한 것이 아니므로 여러 가지 예를 들 수 있다. 우선 제주의 옛 왕국 탐라의 건국신화에는 제주의 땅속에서 솟아난 세 사람의 영웅이 바다를 건너온 세 공주를 맞이해 각각 짝을 맺어 나라를 세웠다고 한다. 서귀포시 성산읍 신산리 본향당의 본풀이에는 바다를 건너온 세 자매가 인근의 세 마을로 흩어져서 '멩오안전 멩오부인, 큰도안전 큰도부인, 관세전부인'이라는 신으로 좌정했다고 전해 온다.

영등신은 바람을 비롯한 기후를 조정하는 풍요의 신으로 하나가 아닌 복수의 신인데 제주도 안에서도 지역에 따라 부르는 이름이 다채롭다. 동부 지역에서는 '영등대왕 영등부인 영등아미 영등도령 영등이방 영등형방 영등우장' 등으로 불리고, 서부 지역에서는 '영등대왕 영등부인 늬눈이 번개 삼대왕 동정목 애기씨 신중선앙' 등으로 불린다.

우리나라의 다른 지역에서도 영등신앙을 찾을 수 있지만 제주도만큼 왕성한 곳은 드물다. 제주 사람들은 해마다 음력 이월이 오면 영등신 일행이 바다를 건너와 제주섬 곳곳을 돌며 해산물과 농작물은 물론 초목의 씨앗을 뿌려 봄기운을 퍼뜨린다고 믿어 왔다. 이 때문에 이월을 '영등이월'이라고 부르며 초하루에서 보름에 이르는 기간 동안 마을마다 영등굿을 치러 왔다.

바다를 건너온 생명과 풍요의 여신들, 「사라진 것들의 미래」는 살육과 파괴로 황폐해진 채 버려진 섬이 되살아나기를 기원하는 마음으로 바다 너머의 신들을 청하는 이야기다.

실명풀이―꽃사월 순임이

동짓달 한 달 섣달 한 달
정이월 춘삼월 기다린
꽃사월 올 적에
꿈 많던 계집아이 무덤에 간다.

실명풀이-꽃사월 순임이

해설

이 작품은 70여 년 전 빚어졌던 4·3의 상처가 여전히 아물지 않은 채 또 다른 고통을 낳는 제주의 현재를 다룬다. 희생자들끼리 학살의 책임 소재를 서로의 탓으로 돌리며 '빨갱이' 낙인에서 벗어나려는 몸부림이 순임의 가족사에서 배어난다. 70년 전 옛 기억과 오늘날을 쉴 새 없이 넘나드는 극의 시공간은 과거와 현재를 관통하는 4·3의 단면을 드러낸다. 칠순의 노인 순임은 4·3평화공원에 봉안된 아버지의 위패가 우익단체의 반발에 의해 '빨갱이' 혐의를 받고 철거되었다는 소식을 듣게 된다. 한 동네에 함께 자라 부부가 된 남편 달군마저 무장대 활동을 했던 순임의 부친 탓에 자기 아버지가 돌아가셨다며 빈정거릴 뿐이다. '우리 아버진 살아 계실 때도 숨어서만 다니더니 죽은 지 칠십 년이 지나도 여전히 숨바꼭질을 하는구나.' 행방불명된 아버지를 기다리며 닳고 닳은 가슴으로 모진 세월을 버텨온 순임은 제 손으로라도 아버지를 신원하고 싶어서 땅을 내놓아 가족묘를 만들 작정을 한다. 아들 자손을 대신할 양자를 들여 집안의 대를 잇고 싶지만 사촌 무룡이 사사건건 딴죽을 건다. 짐짓 딸자식은 재산을 상속받을 수 없다면서 순임의 땅을 빼앗으려는 수작까지 부린다. 순임의 여동생 순덕도 공연히 벌집을 쑤셔서 싸움을 일으켰다며 언니를 원망한다. 급기야 실의에 빠진 순임이 바다에 몸을 던지는 사태가 벌어진 뒤에야 남편 달군이 마음을 바꿔 중재에 나선다. 마침내 가족묘의 첫 삽을 뜨는 날 순임은 아버지의 비석 앞에서 그 옛날 계집아이로 돌아가 갈등도 반목도 없었던 시절과 만난다.

때와 곳

마을 앞바다에 다려도가 그림처럼 펼쳐진 제주도 북동쪽 바닷가 마을이다. 2014년 현재를 배경으로 순임의 인생 역정을 따라 1947년에서 최근까지 시간을 넘나든다.

나오는 사람들

순임

순덕 : 순임의 동생

달군 : 순임의 남편

무룡 : 순임의 육촌동생

승호 : 순임의 아들

순임 부

순임 모

달군 부

달군 모

무룡 부

그 밖의 사람들

마을 사람들, 해녀들, 장의사 일꾼, 극우단체 대표 등등

#앞풀이-소풍, 곱을락

어스름하던 마당판이 밝아지면 오름자락이다.
숨바꼭질 노래처럼, 자장가처럼 애수를 담은 음악이 잔잔
하게 흐른다.
어린아이들 몇 명이 꽃놀이를 하듯 재잘거리며 생기발랄
하게 달려 나온다.
아이들 뒤로 지게를 진 사람, 소를 모는 사람, 보따리를 든
사람들이 하나둘 나타난다.
저마다 함박웃음이 질펀하다.
어른들은 여기저기 둘러앉아 담소를 나누거나 술잔을 기
울이며 음식을 먹는다.
아이들이 숨바꼭질을 한다.

어린 순임 우리 숨바꼭질허게. 나가 술래허께. 자, 다덜 잘 곱아.[1]

순임이 돌아서서 손으로 눈을 가린다.
아이들이 사방으로 달려 나가며 하나둘 사라진다.

어린 순임 꼭꼭 숨어라. 머리카락 보인다. 꼭꼭 숨어라. 어디 어디 숨
엇나. 폭낭 아래 숨엇져. 꼭꼭 숨어라. 돗통시에 숨엇져. 꼭
꼭 숨어라. 어디 어디 숨엇나. 팡돌 아래 숨엇져. 꼭꼭 숨어
라. 굴묵[2] 아래 숨엇져. 너네 다 숨언?[3]

---

1 다덜 잘 곱아 : 다들 잘 숨어
2 굴묵 : 아궁이
3 숨언? : 숨었니?

순임의 노래가 이어지는 사이 어른들도 천천히 일어나 볕 드는 곳에 그림자 숨듯 사라져간다.

어린 순임 다 숨언? 나 이제 눈뜨커라이. 찾아도 뒈지이?[4]

눈을 뜨고 사방을 살핀 뒤 관객 사이를 헤집고 다닌다.

어린 순임 영자, 너 여기 숨엇지? 어, 없네. (반대편으로 살금살금 걸어가서) 달군아. 여기도 없네. 영자야, 무룡아, 순임아. 너네 어디 숨언? 나만 놔뒝 어디 간 거 아니지이?

아무도 대답이 없다.

어린 순임 너네 나 놀리젠 숨엉 안 나오는 거지이? 나가 모를 줄 아나. (털썩 주저앉으며) 너네 나올 때까지 이디서 꼼짝 안헹 기다릴 거여. (울먹이며) 영자야, 덕수야, 옥심아. 검은 개가 잡아간? 노랑 개가 물어간? 애들아. 다 어디 간? 달군아, 무룡아, 순덕아.

어린 순임은 아이들의 이름을 연거푸 부르며 퇴장한다.

---

4   찾아도 뒈지이? : 찾아도 되니?

#첫째 마당

첫째 거리

풍물소리가 요란하게 흘러나오고 '네 젓는 소리(노 젓는 소리)'가 물줄기 솟듯 터져 나온다.
해녀 세 사람이 소리를 하며 등장한다.
이들 틈에 순임도 끼어 있다.
해녀들은 춤을 추는 사이 수확한 해산물 망사리를 제각기 끌어다 놓는다.

해녀들　　　이여도사나 [이여도사나]　　　이여도사나 [이여도사나]

물로야 벵벵 돌아진 섬에　　　삼시 굶엉 물질허영

한 푼 두 푼 모인 금전　　　낭군님 술값에 다 들어간다

이여도사나 [이여도사나]　　　이여도사나 [이여도사나]

혼 착 손에[5] 테왁을 심고[6] 혼 착 손에 빗창을 심엉[7]

혼 질 두질 들어가니　　　전복을 따카 구제길 따카[8]

이여도사나 [이여도사나]　　　이여도사나 [이여도사나]

저라 저라 쿵쿵 지어라지어라　　베겨라 쿵쿵 지어라

이여도사나 [이여도사나]　　　이여도사나 [이여도사나]

5　혼 착 손에 : 한쪽 손에
6　테왁을 심고 : 테왁을 잡고. 테왁은 제주 해녀들이 튜브처럼 사용하는 물질 도구
7　빗창을 심엉 : 빗창을 잡고. 빗창은 제주 해녀들이 전복 등을 딸 때 사용하는 물질 도구
8　구제길 따카 : 소라를 딸까

아픠 몱은 서낭님아[9]　　우리 좀수덜 가는 디나
물건 좋은 여 끗으로[10]　　득달허게 헤여나 줍써
이여도사나 [이여도사나]　　이여도사나 [이여도사나]
우리 어멍 날 날 적에　　무신 날에 날 낫던가[11]
놈 난 날에[12]　　　　나도 낳고 놈 난 시에 낫건만은
이여도사나 [이여도사나]　　이여도사나 [이여도사나]
요 내 팔자 기박허여　　요 물질이 웬 말인가
저라 저라 쿵쿵 지어라　　지어라 베겨라 쿵쿵 지어라
이여도사나 [이여도사나]　　이여도사나 [이여도사나]
이여도사나 [이여도사나]　　이여도사나 [이여도사나]

해녀1　(망사리를 가리키며) 아이고, 오널은 제법 근수 나오켜.[13] 전복
도 더러 봐지고.

해녀2　난 아까 한 사발은 뒈염직헌 물꾸럭[14] 놓친 게 아쉽수다. 빗창
으로 영 잡아채젠 허난[15] 먹물 찍찍 갈기멍 돌구멍으로 쑥 들
어가부는디 꼭 우리 서방 술이엥 허민[16] 자당도 활딱 일어낭
돗는 거.[17]

9　아픠 몱은 서낭님아 : 앞에 맑은 선왕님아
10　여 끗으로 : 갯바위 끝으로
11　무신 날에 날 낫던가 : 무슨 날에 날 낳았던가
12　놈 난 날에 : 남 낳은 날에
13　오널은 제법 근수 나오켜 : 오늘은 제법 근수 나오겠다
14　한 사발은 뒈염직헌 물꾸럭 : 한 사발은 될 법한 문어
15　영 잡아채젠 허난 : 이렇게 잡아채려니까
16　술이엥 허민 : 술이라면
17　자당도 활딱 일어낭 돗는 거 : 자다가도 벌떡 일어나서 뛰는 거 같더
　　라

해녀1   (순임에게) 저 동생은 어떵 하영 잡아서?[18]

해녀2   저 성님사 일등상군을 넘엉 우리 바당 고래상군인디 어련 허쿠과.

해녀1   저 망사리 재간 보라.[19] 저거 어떵 들렁갈 거니.[20] 남자라도 혼잔 못 들르켜.[21]

순임   성님도 만만치 안허우다게. 아주버님이영 성님이영 둘이 들러도 힘들쿠다.

이때 해녀1의 남편이 등장한다.

남편1   어이, 할망. 하영 잡아신가?[22] 속앗고.[23] 얼른 가주.

해녀들   옵데강.[24]

남편1이 망사리를 들려고 낑낑거리지만 못 든다.

남편1   에이, 그놈의 할망. 조금만 잡으렌 헤도 이걸 어떵 들를 거여.

해녀1   저레 비킵써. 그렇다고 소나이가[25] 요 망사리 하날 못 들고.

---

18   어떵 하영 잡아서? : 어떻게 많이 잡았어?

19   망사리 재간 보라 : 망사리 크기 봐라. 망사리는 해산물을 담는 제주해녀들의 물질 도구

20   어떵 들렁갈 거니 : 어떻게 들고 갈 거야

21   못 들르켜 : 못 들 텐데

22   할망. 하영 잡아신가? : 할멈. 많이 잡았는가?

23   속앗고 : 수고했네

24   옵데강 : 오셨어요

25   소나이가 : 사나이가

해녀1이 망사리를 번쩍 들어 등짐을 진다.

해녀2 와, 우리 삼춘 힘 잘도 쎈게.[26]

해녀1 나가 힘이 쎈 거냐. 팔자가 쎈 거지. (남편에게) 혼저 글읍써.[27]

남편1 알아서. 경 역정 내지 말아게.[28]

해녀1 나 먼저 감서.[29]

해녀1과 남편1이 퇴장하는 사이 선글라스를 낀 터프한 복장
의 남편2가 등장한다.

남편2 영숙이!

해녀2 오라방![30]

남편2가 다짜고짜 해녀2의 허리를 감싸 안는다.

남편2 많이 힘들엇주이? 나가 뭐렌 헷나.[31] 넌 집이 가만이 잇어도 뒌
덴 헷잖아. 이 오라방이 다 멕여살린덴 안 헷나.

해녀2 오라방 혼자만 돈 벌멍 고생허는 게 안타까완…….

남편2 (해녀2의 입에 손가락을 대며) 쉿! 또 그 소리. 이 피부 거칠어
진 거 쯤 보라. 너가 영 허문[32] 오라방 마음이 얼마나 아프커냐.

---

26 힘 잘도 쎈게 : 힘 되게 세다

27 혼저 글읍써 : 빨리 갑시다

28 알아서. 경 역정 내지 말아게 : 알았어. 그렇게 역정 내지 말라고

29 나 먼저 감서 : 나 먼저 가네

30 오라방 : 오빠

31 나가 뭐렌 헷나 : 내가 뭐랬어

32 영 허문 : 이러면

195

다시랑 절대 물질 나오지 말아. 알앗나?

해녀2 난 오라방벳기 엇어.[33]

남편2 아우~~. 사랑스러운 것. 이걸 확 그냥……

남편2가 입을 맞추려고 한다.

해녀2 (뿌리치며) 사름덜 봄수게.[34]

순임 (흉내 내며) 사름덜 봄수게. 눈치라곤 없는 것덜. 야, 너네가 오뉴월 똥파리냐. 백주대낮에 딱 포부떵[35] 뭐 허는 짓이냐. (망사리를 가리키며) 이거나 가정 확 들어가.

해녀2 왜 그렇게 화 냄수과? 경 부러우꽈? 아, 승호 아부진 영 안 허는구나예?

순임 (빗창을 들이대며) 이것덜을 콱!

남편2 (순임을 가로막으며) 가쿠다. (망사리를 들고 해녀2의 손을 잡은 채) 부러우면 지는 거우다! 허니~~. 갈까?

해녀2 네, 오라방.

두 사람이 찰싹 붙은 채 요란을 떨며 퇴장한다.

순임 원 요새 것덜은 근본이 엇어. 근본이. 아, 겐디 날 어두와감신디[36] 이놈의 하르방은[37] 오늘도 안 오젠 헴구나게.[38] 나가

---

33 난 오라방벳기 엇어 : 난 오빠밖에 없어

34 사름덜 봄수게 : 사람들 보잖아요

35 포부떵 : 포개져서

36 겐디 날 어두와감신디 : 근데 날 어두워지는데

37 하르방은 : 할아범은

38 안 오젠 헴구나게 : 안 오려나 보네

누게 믿엉 살 거라. (망사리를 힘겹게 들쳐 메며) 소로 못 나
민 뚤로 난 게 헨게[39] 어떤 사름은 팔자 좋앙 서방 잘 만나는
고. 아이고, 아이고.

순임이 무거운 발걸음을 옮기며 퇴장한다.

둘째 거리

달군이 툴툴거리며 등장한다.

달군   (뒤를 돌아보며) 뒈도 안헌 말 그만허여.[40] 나가 그딜[41] 왜 간
단 말이여. 에이, 막걸리나 먹으레 가사켜.[42]

순임이 등장한다.

순임   이 밤이 또 어딜 감수가게.[43]
달군   나가 안 나갈 수 잇나. 곱게 잠이나 자카 헤신디. 4 · 3위령제?
난 그런 디 안 갈로고.[44] 지긋지긋헌 시국 또 기억나렌.[45] 난
안 가.

---

39   못·나민 뚤로 난 게 헨게 : 못 나면 딸로 태어난다더니
40   뒈도 안헌 말 그만허여 : 가당치도 않은 말 그만해
41   그딜 : 거기를
42   먹으레 가사켜 : 마시러 가야겠네
43   이 밤이 또 어딜 감수가게 : 밤중에 또 어딜 가세요
44   그런 디 안 갈로고 : 그런 데 안 갈 거야
45   기억나렌 : 기억나라고

순임	건 무신 소리꽈?[46] 잊어분덴 잊어지는 거우꽈?[47]
달군	아무튼 난 죽어도 못 가. 저 사름이나 가심.[48]
순임	그러는 이녁은 거기에 일가친척이나 조상덜 엇우꽈? 줴 받 읍니다양.[49]
달군	뭐라고? 줴? 나가 왜 줴 받나? 이제까지 나가 연좌제여 뭐여 허멍 조고만이 고생헷나.[50] 자 술공장 헐 때도 파산시켜불 고, 어디 취직이라도 허민 사흘 못 강 쫓겨나게 헤불고. 그 만이민 뒛지.
순임	저 어른 이상헌 운동허는 사름덜 벗헌덴 허멍예.[51] 동네 사 름덜도 좋게 안 봄수다.[52] 위령제에 가고 아니 가고 간에 그 런 디라도 뎅기지 말아 줍써.[53]
달군	동네 사름덜이 나 대신 살아주는 거 아니라. 아닌 말로 나도 어떻게든 살아보젠 경 허는 허라. 이녁이나 쓸데없는 짓 그 만허여. 그 잘난 고씨 집안도 그만 나뎅기고. 그 가족묘지 저 사름 마음대로 어떵헤지카부덴.[54]
순임	그건 엎어지나 뒤집어지나 나가 바로잡을 일이우다.
달군	뒐 거 닮지 안허난 허는 말이라. 못난 서방에 잘난 각시라노

---

46 건 무신 소리꽈? : 그건 무슨 말이에요?

47 잊어분덴 잊어지는 거우꽈? : 잊는다고 잊힙니까?

48 저 사름이나 가심 : 당신이나 가시게

49 줴 받읍니다양 : 벌 받는다고요

50 뭐여 허멍 조고만이 고생헷나 : 뭐라고 하면서 자그마치 고생했냐 고

51 사름덜 벗헌덴 허멍예 : 사람들을 벗 삼는다면서요

52 좋게 안 봄수다 : 안 좋게 보고 있어요

53 그런 디라도 뎅기지 말아 줍써 : 그런 데라도 다니지 마세요

54 저 사름 마음대로 어떵헤지카부덴 : 당신 마음대로 어떡할 수 있을 줄 알아

난[55] 뭐 나 말은 놀구제기똥[56]만큼도 못 돼주. 이날 이때까지 여편네 주장으로 살아신디 나가 병신이주. 머슴이렌 안헹[57] 서방이렌 불러주는 거만도 고맙고.

순임 어떵허렌 경 박박 데왐수가게.[58]

달군 나가 틀린 말헷나. 이제까지 우리 집안 저 사름 주장으로 살 았잖아. 저 사름이 가장이난 새끼덜도 아방을 업신여기는 거 아니라.

순임 우리 아이덜만큼 아방 잘 챙기는 아이덜 어디 잇우과. 또 애 매헌 소리 헴쩌.

달군 역시 여걸이라. 한 번 져주는 척하면 큰일나지. 아방이 잘난 인물이라노난 그 피 어디 안 가네. 경 허고 이 밤이 부엌에 들어강 뭘 경 지지고 볶고 난리라. 잔치라도 차리나?

순임 낼 위령제에 가져갈 제물 마씀.

달군 아따 시집 제사도 경 정성 들영 차리주. 그 위령제 허는 데 선 제물도 싸오렌 허여?[59]

순임 아니우다. 이녁만큼씩 정성허는 거 아니꽈게.[60] 어디 물 한 잔 밥 한 숟가락 제대로 얻어먹은 영혼덜이우꽈. 마음 같아 선 큰대 세왕[61] 굿이라도 제대로 허고 싶수다.

달군 갈수록 태산일세. 이거 나가 예배당이라도 뎅겨불어사주.[62]

---

55 각시라노난 : 각시니까
56 놀구제기똥 : 날 소라 똥. 아무짝에도 쓸모없다는 뜻
57 머슴이렌 안헹 : 머슴이라고 안 부르고
58 어떵허렌 경 박박 데왐수가게 : 어쩌라고 그렇게 배배 꼬세요
59 싸오렌 허여? : 싸오라고 하나?
60 아니꽈게 : 아닙니까
61 큰대 세왕 : 큰대 세워. 큰대는 제주도굿에서 사용하는 깃발
62 뎅겨불어사주 : 다니든가 해야지

별 놈의 소릴 다 듣네. 아무튼 난 그 펭화공원인지 뭔지 그런 덴 절대 안 갈로고. 명도암 근처론 돌아상[63] 오줌도 갈기기 싫어. 그런 줄 알아. 나 보름 쒜영 오커라.[64]

순임   이 밤중에 어딜 간단 말이꽈?

달군   아, 밤중에 부엌에서 왈그락달그락허는디 잘 수 잇어? 먹을 만큼 먹으면 올 거난 걱정 말아.

순임이 퇴장하는 달군을 물끄러미 바라본다.

순임   이녁도 같은 유족이멍 어떵허민[65] 저런 복심을 먹어지는고. 시국이 사름을 저렇게 만들어신가. 저 사름이 시국을 쫓아감신가. 아이고, 우리 어멍 아방은 날 어떵허젠 나신고.[66] 살당보민 살아질 거라?[67] 그 말은 어느 명천에서 나온 말인지 죽음만 못헌 게 빨갱이 낙인찍힌 이년 팔자주.

순임이 천천히 퇴장한다.
마당판에 어둠이 깔린다.

셋째 거리

4·3펭화공원 위패봉안소 안이다.

---

63   돌아상 : 돌아서서
64   보름 쒜영 오커라 : 바람 쐬고 오겠어
65   유족이멍 어떵허민 : 유족이면서 어떡하면
66   어멍 아방은 날 어떵허젠 나신고 : 어머니 아버진 어쩌려고 날 낳았을까
67   살당보민 살아질 거라? : 살다보면 살게 된다고?

애조 띤 음악이 밤물결처럼 잔잔하게 깔린다.

마당판이 밝아지면 사방으로 걸음을 옮기는 사람들이 있다.

저마다 고개를 들고 희생자의 위패들을 확인하는 중이다.

몇몇은 위패 앞에서 묵념을 하거나 합장을 올린다.

모두들 어둠 속에서 빛을 더듬는 부나비처럼 춤을 추는 듯하다.

그들 틈에 순임도 섞여 있다.

아버지 위패를 찾은 순임은 절을 올리며 합장한다.

이들 사이로 한 여인이 나타난다.

춤을 추듯 움직이는 사람들 틈에서 그 여인만 일상적인 움직임이다.

누구도 그 여인을 의식하지 않는다.

고개를 쳐들어 위패들을 살피는 여인이 몸짓이 불안한 듯 빨라진다.

사방을 살피며 움직이는 여인은 뛰다시피 빨라지더니 털썩 주저앉는다.

여인 (절규하듯) 아버지!

음악이 사라진다.

누구도 돌아보지 않는다.

먼발치의 순임만 천천히 여인을 바라본다.

여인   (악다구니를 쓰며) 우리 아부지 어디 가수과? 누구꽈?[68] 우리 아부지 잡아간 사름. 누구꽈? 우리 아부지가 어떵 빨갱이꽈? 산 때도 빨갱이난 숨엉 뎅기고 죽엉 가도 숨엉만 뎅겨야 뒙니까?[69] 아부지! 아부지!(관객들 사이를 헤집어 다니며) 우리 아부지 찾아줍써. 우리 아부지 못 봐수가? 아부지!

새된 소리를 지르던 여인이 끝내 쓰러진다.
사람들은 여인의 존재를 모르는 듯 하나둘 봉안소를 빠져나간다.
떨리는 듯 불안한 눈빛이 역력한 순임이 쓰러진 여인에게 다가간다.
여인을 일으켜 앉힌 순임이 꼬옥 껴안는다.
여인이 순임을 밀치며 앉은 채로 물러난다.

여인   (정신 나간 듯이) 우리 아방 빨갱이 아니우다. 빨갱이 아니라마씀.[70]

순임   (다가가며) 이레 옵써. 그 속을 나가 무사 몰릅니까.[71] 나도 아주머니나 마찬가지우다. 우리 아부지 위패 사라지지나 안 햇나 싶엉 하루가 멀다고 여길 옵니다. 나 손 심읍써.[72]

---

68   어디 가수과? 누구꽈? : 어디 갔어요? 누군가요?

69   죽엉 가도 숨엉만 뎅겨야 뒙니까? : 죽어서도 숨어서만 다녀야 됩니까?

70   아니라마씀 : 아니라고요

71   이레 옵써. 그 속을 나가 무사 몰릅니까 : 이리 오세요. 그 속을 내가 왜 모르겠어요

72   나 손 심읍써 : 내 손 잡으세요

여인은 머뭇거리며 경계심을 지우지 않는다.

순임이 다독이며 여인을 일으킨다.

순임　아주머니 말이 맞수다. 산 때도 숨어서 뎅기던 없는 목숨이고 죽어 저승 가서도 숨엉만 뎅기는 게 우리 부모덜 아니우까. 갑시다. 저 너른 벌판이나 대천바다에나 가서 아버님 혼이나 불러보게.

순임이 여인을 부둥켜안고 퇴장하는 사이 마당판에 어둠이 깔린다.

넷째 거리-기억1[꿈]

어린 날 순임의 집이다.

새벽의 여명처럼 사방은 옅은 어둠이 깔려 있다.

어린 순임이 꿈결처럼 사방을 두리번거리며 나온다.

순임이 눈에 방 한편의 벽장이 들어온다.

벽장을 두드린다.

아무 반응이 없자 열어보려고 끙끙거리지만 열리지 않는다.

풀이 죽은 순임이 벽장 앞에 주저앉는다.

'웡이자랑' 자장가 소리가 들려온다.

순임이 앉은 채로 잠이 든다.

자장가 소리가 커져 가는 사이 벽장이 열리고 연꽃을 든 아버지가 나타난다.

망토 자락 같은 도포를 입은 그의 모습이 순임에겐 아버지인 듯 원천강인 듯 야릇한 느낌이다.

아버지는 잠든 순임을 어루만진다.

순임이 부스스 눈을 뜬다.

어린 순임   아부지.

순임 부   우리 순임이 여기 앉앙 뭐 허는고?[73]

어린 순임   아부지가 벽장 속에 원천강이 산덴 허셔수게.[74] 아부지가 열 밤도 넘게 안 보이난 원천강이 데려간 줄 알앙 순덕이영 여기 앉앙 기다련 마씸.

순임 부   아이고, 우리 순임이 착허다. 이레 업히라. (순임을 업고) 아부지가 원천강 이야기 들려주카?[75]

어린 순임   예.

순임 부   알앗져. 옛날에 저 강림들이라는 곳에 우리 순임이영 똑 닮은 오늘이엔 여자아이가 잇어나신디[76] 부모가 누군지도 모른 채 혼자만 사는 걸 너무 괴로워허당 산신령님한테 너의 아버진 원천강인데 벽장을 열면 온 세상이 봄도 있고, 여름, 가을, 겨울이 전부 잇는 데서 연화꽃을 키우는 신령이여. 이런 말을 들은 거라.

어린 순임   진짜? 우리 집 벽장 속에?

순임 부   맞다. 우리 집 벽장 속에도 원천강이 잇을지도 모르지. 겐디[77]

---

73 앉앙 뭐 허는고? : 앉아서 뭐 하누?

74 원천강이 산덴 허셔수게 : 원천강이 산다고 하셨잖아요. 원천강은 제주도 신화 속의 상상의 공간이며 사람

75 들려주카? : 들려줄까?

76 잇어나신디 : 있었는데

77 겐디 : 근데

거긴 사람들 눈엔 보이지도 않고, 갈 수도 없는 디주.[78] 경 헤도[79] 오늘인 아버질 만나고 싶엉 벽장 속 세상으로 들어가젠 헷주.[80] (그새 잠이 든 순임을 보고) 그 녀석 그새 잠들엇구나게.

자장가 소리가 점점 커진다.
아버지는 순임을 내려놓고 눕힌 채 잠깐 바라보다 벽장 속으로 다시 사라진다.
자장가 소리를 타고 마당판에 어둠이 깔린다.

#둘째 마당

첫째 거리

승호와 함께 순임, 순덕이 등장한다.
순덕은 국화꽃을 들고 있다.

순덕 주차장은 여긴데 봉안소는 저 꼭대기야?

순임 경 허난 말이여.[81] 늙은 할망덜 어떵 오고가라고. 이녁네도 늙어. 백날 천날 젊을 줄 알아.

승호 젊은 사람덜은 여기 잘 오지도 안 헙니다. 나도 어머니 모성 올 때나 아니문 올 일이 엇우다.

---

78 디주 : 곳이지
79 경 헤도 : 그래도
80 들어가젠 헷주 : 들어가려고 했지
81 경 허난 말이여 : 그러게 말이야.

순임   건 뭔 말고?[82]

순덕   말이야 바른 말이지. 요즘 젊은 사람들 먹고 살기 바쁜데 여기까지 올 여유가 있어요. 바빠서도 못 오고, 뭔지 몰라서도 못 오고. 우리나 아니면 누가 오겠어요.

순임   그러게. 향가진 챙겨시냐?[83]

승호   아, 차에 놔뒁 왓져.[84] 나 얼른 갓다 오쿠다.[85]

승호가 퇴장하려는 순간 등장하던 무룡과 마주친다.

무룡   승호 아니냐. 어멍이영 왓구나.

승호   (꾸뻑 인사하며) 예, 삼춘은 어떵헹 오십디가?[86]

무룡   볼일 잇엉 왓져.[87] 아이고, 누님. 오랜만이우다. 나우다. 무룡이 마씸.[88] 이거 누구라? 순덕이 누님도 오셧네. 참 오랜만인게양. 한 십 년 만인가? 육지 싸모님이 어떻게 여기까지 옵디가?

순덕   왜 난 여기 오면 안 되니?

순임   오랜만이덜 만나신디 보자마자 으르렁 으르렁들이냐. 야, 승호야. 너랑 얼른 가서 향이나 가정오라.

승호   예. 어무니.

---

82   건 뭔 말고? : 그건 무슨 말이냐?
83   향가진 챙겨시냐? : 향은 챙겼니?
84   놔뒁 왓져 : 놔두고 왔네
85   갓다 오쿠다 : 갔다 올게요.
86   어떵헹 오십디가? : 어떻게 오셨어요?
87   볼일 잇엉 왓져 : 볼일 있어서 왔다
88   나우다. 무룡이 마씸 : 저에요. 무룡입니다

승호가 퇴장한다.

순임 아신 어떵[89] 우리 여기 오는 거 알앙 와서?[90] 아무튼 잘 와서. 고찌 강 절 올리게이.[91]

무룡 절 마씀? 나가? 나 절허젠 여기 온 거 아니우다. 이 4·3재단 사무실에 용무 잇어서 왓주. 경 허고 나가 왜 누님네 아방 비석에 절헙니까.

순덕 보자보자 하니까 애가 못 하는 말이 없네. 넌 친척도 조상도 없니?

무룡 누님네 아방이영 우리 아방이 사촌지간인 게 부끄럽기만 허우다. 한 배에서 난 형제 아닌 게 천만다행이주. 누님네 아방이 어지간헌 사름이우꽈?

순덕 야! 우리 아버지가 뭘 어쨌는데?

무룡 순진헌 우리 아방까지 꼬여서 사상에 물들게 허지 안 해수과.

순임 무룡아. 사상은 무슨 사상 말이냐.

무룡 사상이 아니문 뭐꽈? 그거 때문에 우리 집안 폭삭 망헌 거 아니꽈. 난 그놈의 빨갱이사상 소리 허면 자다가도 발딱 일어납니다. 나가 어떵 여길 온 줄이나 알암수과?[92]

순덕 왜 우리 하는 거 훼방이라도 놓으려고 왔어?

무룡 천하의 고무룡이 배포가 어디 멜 배설인 줄 알암수과?[93] 나

---

89 아신 어떵 : 아우님은 어떻게
90 알앙 와서? : 알고 왔어?
91 고찌 강 절 올리게이 : 같이 가서 절 올리세
92 알암수과? : 아십니까?
93 멜 배설인 줄 알암수과? : 멸치 창잔 줄 아세요?

가 4·3을 바로 잡는 새로운 유족회 간부다 이 말이우다. 오늘 이 재단 사무실에 가서 여기 잇인 위패영 비석덜 중에 붉은 물든 것덜 싹 다 치우렌 협상허레 왓다 이거우다. 누님네도 나한테 잘 보여사 그 잘난 위패 지킵니다양.

순덕   그래서 우리 아버지 위패에 손대겠다는 거야? 니가 사람이니?

무룡   그건 나가 할 말이우다. 빨갱이도 사람이우꽈?

순덕   뭐, 빨갱이? (무룡의 멱살을 잡으며) 너 빨갱이 손에 죽어볼래.

무룡   누님이렌 위헤주니까 이 할망이 돌앗나. 이 손 안 놔?

순덕   안 놔. 어쩔래.

순임   (큰소리로) 그만!

순덕이 무룡에게서 떨어진다.

순임   아시[94] 말은 나도 잘 알아들엇네. 저 사름 볼 일 보게. 우리도 헐 일 허겟네. 순덕아, 가자.

순덕   너, 우리 아버지한테 무슨 생기면 가만 안 뒈. 내가 말을 안 해서 그렇지 니가 우리 재산 전부…….

순임   순덕아!

순덕   언니.

순임   가자.

순덕이 씩씩거리며 순임을 따라 퇴장한다.

---

94   아시 : 동생

무룡 그 애비에 그 새끼덜이주. 불쌍허연 밧 하나 남겨준 거[95] 감사헌 줄은 모르고. 괘씸헌 종자덜 허곤. 아닌 말로 나가 무슨 잘못을 헷어. 법적으로 어떤 하자가 잇냐 이 말이여. 나가 면서기 헐 땐 그보다 더헌 놈덜이 얼마나 쎄나신디. 말헤도 모르주.

이때 땡땡거리는 종소리와 함께 새마을 노래가 흘러나온다.
무룡은 군인이 행진하는 것처럼 힘차게 걸어가 마당판 한쪽에서 새마을 모자와 완장을 갖추며 면서기 시절로 돌아간다.
새마을 노래가 점점 크게 울리고 무룡처럼 모자와 완장을 갖춘 사람들이 등장한다.
이들은 무룡과 함께 새마을운동의 여러 모습들을 춤으로 펼친다.
노래가 잦아들면 면서기 무룡과 주사만 남는다.

주사 아따 거참, 구습타파 신생활운동 홍보가 이렇게도 어려우카.[96]

무룡 주사님. 무슨 일로?

주사 아 왜 그 요 아랫동네 양씨 하르방 잇잖아. 변소 개량허렌 그만큼 타일러도 요지부동이라. 그 동네 돼지우린 그 집벳기 엇인디.[97] 변소 잘못 손댓다가 동티난덴 허멍 꿈쩍도 안

---

95 불쌍허연 밧 하나 남겨준 거 : 불쌍해서 밭 하나 남겨준 거
96 어려우카 : 어려울까
97 그 집벳기 엇인디 : 그 집밖에 없는데

헴서.

무룡 애먹으쿠다. 그 하르방 보통 고집이 아닌디. 이런 방법은 어떵허우꽈.

주사 무슨 수가 잇인가?

무룡 저 공회당 윗집 하르방은 변소 디딤돌 위에 뻘건 글씨로 대통령 박정희 명이렌 크게 써놓은 다음 개량헤수다. 변소귀신도 왕명이라면 발동허지 못헌덴 마씀.[98]

주사 진짜라?

무룡 진짠지 가짠지 알아집니까만은 경 허영 변소 개량헌 집덜 더러 잇우다.

주사 그치록 꼬셔 봐야겟네.[99] 근데 자넨 이번 양성화조치 때 뭐 소득 엇어?

무룡 부동산양성화조치법이사 땅주인 제대로 찾아주는 거 아니꽈? 소득이라면?

주사 이런 답답헌 사름허당. 아, 왜정시대영 4·3사건 거치멍 땅임자덜 못 찾는 데가 한두 군덴가? 임자 엇인 땅도 널렷주. 나도 그걸로 한몫 단단히 잡는디. 자네도 그 육촌인가 누구가 절손헌 집이렌 허멍?[100]

무룡 그 집이 딸 둘이나 살앙 잇우다.

주사 이 사름아. 대한민국에서 똘신디[101] 재산 물려주는 경우가 어디 잇나. 어차피 자네 오촌당숙도 사상범 아닌가. 그거 확 빼앗아부러. 자네가 우리 면에 서기니까 토지대장이나 이

---

98 못헌덴 마씀 : 못한다던데요
99 그치록 꼬셔 봐야겟네 : 그렇게 꼬드겨야겠네
100 집이렌 허멍? : 집이라며?
101 똘신디 : 딸한테

210

런저런 서륜 어떵 만드는지 잘 알 거고.

무룡 상속권 잇인 딸덜이 동일헤사 뒐 일인디.[102]

주사 솔쩨기[103] 목도장 두 개 파당 찍어불민[104] 동의서도 끝이라. 면장부터 잡일허는 급사까지 전부 다 난리가 아니라. 이런 때 아니면 어디서 땅을 공짜로 얻느냐며 난리라고.

무룡 그런 방법이 잇엇구나양. 경 안헤도[105] 그 빨갱이 족속덜 때문에 우리 집안 폭삭 망헐 뻔헷는디. 주사님. 정말 고맙수다.

주사 이 사름 보라. 고급 정볼 받아놓고 말로만 끝내려고?

무룡 게문[106] 술이라도 한잔 올립니까?

주사 술은 뒛고. 나한테 할당된 거 자네가 갈랑 헤줘. 젤 골치 아픈 게 우리 면내에 무당덜이라. 미신타파운동 시작헌 지가 언젠디 이제도 번갈아가면서 굿을 허니.

무룡 나가 알앙허쿠다.[107] 시대가 어떤 시댄디 아직도 그딴 짓덜을 헌단 말이꽈. 경찰덜이영 같이 강 북이고 신칼이고 싹 압수헹오쿠다.

주사 고맙고. 게문 난 좀 쉬커라.[108]

무룡 예. 살펴 가십써.

주사가 퇴장하는 사이 다시 새마을 노래가 울려 퍼지고 무

---

102 딸덜이 동일헤사 뒐 일인디 : 딸들이 동의해야 되는데
103 솔쩨기 : 살짜기
104 파당 찍어불민 : 파다가 찍어버리면
105 경 안헤도 : 안 그래도
106 게문 : 그럼
107 나가 알앙허쿠다 : 내가 알아서 할게요
108 고맙고. 게문 난 좀 쉬커라 : 고맙네. 그럼 난 좀 쉬겠네

룡은 춤을 추며 마당판을 휘젓는다.

새마을 노래가 끝나면 무룡도 퇴장한다.

둘째 거리

달군이 등장한다.

달군　(사방을 둘러보며) 이거 시장통이 중국인지 한국인지 모르겟네. 전부 중국말 천지니. (관객들에게) 이 사름도 중국 사름인가? 머리에 동백기름 잘잘허게 바른 거 보난 비슷하긴 헌디. 니하오. 중꿔런? 아이고, 한국 사람이라나서. 생긴 건 완전 모택동인디. 그나저나 이 친군 뭐 이치록 안 왐서.[109] 호수다방서 아가씨 궁둥이 두드리는 거 아니여?

이때 무룡이 등장한다.

무룡　어이, 달군이!

달군　양반은 못 뒐 놈이네. 거 어떵 영 늦어서.[110]

무룡　어, 경우회 모임에 초대 받앙 강 잇당보난 쫌 늦어서.

달군　오늘 센마이[111] 나오는 날인디 늦이민 다 나가불영 없거든.

무룡　없으면 말지. 오늘랑 딴 거 먹게. 나가 거허게 쏘으커라.

달군　무신 복권이라도 당첨 뒛나? 구두쇠 고무룡이가 어떵허연 이러실까? 또 어디서 놈의 눈텡이 박고 한몫 챙겨서?

109　이치록 안 왐서 : 이렇게 안 오는 거야

110　어떵 영 늦어서 : 어쩌다가 이렇게 늦었나

111　센마이 : 간천엽의 일본식 비속어

무룡 어허 이 사름이 못허는 말이 엇네. 나가 사기꾼이라. 자네 이제도 옛날 생각헴구나이?[112]

달군 나사 자네영 불알친구난 화딱지 날 일도 엇인디 우리 각시, 아니 우리 처젠 아직도 저 사름 말헌다고.

무룡 아, 이렇게 실타래 꼬이듯 박박 얽히게 만든 게 누게라? 자네 순임이 누이영 연애허는 거 당장 치우렌[113] 나가 오죽 말렷어? 빨갱이 종자허고 왜 한살림을 차리느냔 말이여.

달군 내 말이. 그땐 귀신이라도 씌와나신가.[114] 빨갱이면 어떻고 노랭이면 어떤가. 그땐 좋앗는 걸 어떵헐 말이라.

무룡 허긴 말린덴 헹 뒐 일도 아니엇주. 코 풀쩍풀쩍허는 어릴 때부터 그 조롬에만[115] 맨날 쫓아뎅겻주. 순임이 누이가 그렇게도 좋아나서? 나이도 세 살이나 원디. 어디가 경 마음에 들언?

달군 살당보난 이젠 무덤덤헤져신디 그땐 안 좋은 디가 엇언게. 하다못해 방구 냄새도 달콤헷으니. 아무튼 순임이영 나영 결혼헐 때 자네 땡깡 부려 가멍 말린 거 이제도 생생허여. 부주도 안 헷주.

무룡 게난 오늘 술값으로 퉁치겟다 이말이여. 근데 나가 오늘은 자네안티 소개시켜줄 사름덜이 잇어. 그 사름들이영 합석헤도 뒈겟주이?

달군 뭐 허는 사름덜이라?

무룡 말허자문 역사를 바로 잡는 사름덜이주.

---

112 생각헴구나이? : 생각하는구먼?
113 치우렌 : 치우라고
114 씌와나신가 : 씌웠었나
115 조롬에만 : 꽁무니에만

달군   거창도 허다. 무신 애국지사라도 되는가?

무룡   그렇지. 애국지사들이주. 4 · 3사태 땐 빨갱이 사냥허고, 6 · 25 땐 인민군 때려잡은 역전의 용사덜이영 나라의 질서를 어지럽히는 종북좌파척결운동에 열렬허게 나서는 사름덜이주. 물론 나도 그 사름덜 중에 한 사름이주.

달군   넌 군대도 안 가왓잖아.[116]

무룡   꼭 군멜 뎅겨 와사[117] 애국허냐? 나가 외아덜만 아니라시문[118] 특공대로 가서 백두산까지 진격헤실 거여.

달군   에에, 말로야 뭔들 못 허여. 지지빠이덜한테도 맞앙 뎅겨난 놈이.[119]

무룡   그거야 연약한 여인을 때리는 건 사나이의 도리가 아니라서 경 헌 거주. 자고로 여인은 때리는 것이 아니라 보드랍게 매만지는 것이다. 이거여.

달군   경 허난 맨날 호수다방에 강 미쓰김 허벅지만 주물럼구나이.[120] 이녁 각신 사흘이 멀다고 매타작허던 종자가.

무룡   어허, 각시가 여자냐? 쓸데없는 소리 말고 얼른 가시게. 사름덜 기다렴서.[121]

달군   경 허여.[122]

---

116   안 가왓잖아 : 안 갔다 왔잖아
117   뎅겨와사 : 다녀와야
118   외아덜만 아니라시문 : 외아들만 아니었다면
119   지지빠이덜한테도 맞앙 뎅겨난 놈이 : 계집애들한테도 맞고 다녔던 놈이
120   주물럼구나이 : 주무르는구나
121   사름덜 기다렴서 : 사람들 기다리고 있어
122   경 허여 : 그러세

두 사람이 퇴장한다.

셋째 거리─기억2[5·10 단선반대 소풍]

경쾌하고 발랄한 음악이 흐른다.

봇짐과 등짐을 진 마을 사람들이 등장하는 가운데 소를 모
는 무룡 부와 지게를 진 달군 부, 순임의 가족도 섞여 있다.
무룡 부가 소를 한쪽에 매자 순임, 순덕, 무룡, 달군 등의 아
이들은 소 주위로 둘러앉아 장난을 친다.

달군 부 야, 심방말축.[123] 넌 이디서 멧 년이나 살려고 소까지 몰앙 왓
나? 투표만 무효시켜지민 내려가기로 헌 거 모르나? 이건
동네 소풍이단 말이여. 소풍.

무룡 부 나가 그걸 왜 모르나. 경 허고 난 너처럼 박정헌 놈이 아니
난 우리 소 굶으카부덴 헹 데령 올라왓져.[124] 맨날 술 처먹엉
신작로에 밭 가는 너같이 술항아리 지고 오진 안 헤서.

달군 부 뭐 새꺄? 너도 어젯밤에 이 술 같이 먹엇잖아.

무룡 부 너가 주니까 먹엇다. 여기 그 술 안 먹은 사름 잇나? 그나저
나 너 여기 올라온 것도 술 먹을 벗 없어서 온 거지? 왜 올라
왓는지도 모르멍.[125]

달군 부 나가 뭘 모른단 말이냐. 5·10단독선거 반대허겐 온 거잖아.

무룡 부 반대허는 이율 알아야 뒐 거 아니냐. 남한만 단독선걸 헤서

---

123   심방말축 : 방아깨비
124   굶으카부덴 헹 데령 올라왓져 : 굶을까봐서 데리고 올라왔다
125   모르멍 : 모르면서

215

정불 세와불민[126] 나라가 두 동강이 난다 이 말이여. 그걸 막 자고 우리가 나선 거 아니냐. 이 정돈 알아사주.

달군 부   잘낫다. 새꺄. 난 무식혜부난[127] 그딴 건 잘 몰라도 저 청진까 지 출가물질 간 우리 누이 삼팔선 막혀서 영영 못 온다니까 왓다.

순임 부   달군이 아부지 말도 맞수다. 그거보다 중요헌 이유가 어디 잇이쿠과.[128]

달군 부   거봐. 우리 선생님이 나 말도 맞덴 헴잖아.[129] 날 누게로 알 앙.[130]

순임 부   그만덜 싸웁써.[131] 암만 소풍이라도 이디서[132] 잠도 자야 뒈 니 아이덜은 이디서 놀렌 헤뒁[133] 우리랑 강 잠자리라도 만 들게 마씸.

달군 부   예. 경 허게 마씸. 달군아!

달군   예. 아부지.

달군 부   여기서 순임이 누나영 놀아라. 아방네는 저기 가서 움막 만 들커메이.[134]

달군   예. 난 순임이 누나영 같이 잘 꺼난 집 크게 지어줌써예.

무룡 부   저놈 음흉헌 거 보라. 이디서 순임이영 혼례라도 치르려고?

---

126   세와불민 : 세워버리면
127   무식혜부난 : 무식해서
128   잇이쿠과 : 있겠습니까
129   나 말도 맞덴 헴잖아 : 내 말도 맞다잖아
130   날 누게로 알앙 : 날 뭘로 보고
131   그만덜 싸웁써 : 그만 싸우세요
132   이디서 : 여기서
133   놀렌 헤뒁 : 놀라고 하고
134   만들커메이 : 만들 테니까

성님 잘허당이 산중에서 사위 보쿠다.[135]

순임 부 그럴까? 달군이 아부지 어떵허우꽈?[136]

달군 부 아이고, 나야 선생님이영 사둔만 맺어지민 최곱니다. 갑시
다. 신방 한번 멋지게 맨들아불게.

세 아버지가 웃으며 퇴장한다.

달군 순임이 누나. 우리 야학놀이 허게. 누나네 아부지가 야학 선
생님이난 누나가 선생허고. 음, 나영 무룡인 학생.

무룡 싫어. 난 안 헤. 공부허민 밥이 나오나 떡이 나오나.

달군 너 숫자도 못 쓰고, 이름도 못 쓰난 경 헴지이.[137]

무룡 넌 아나?

달군 온냐.[138] 순임이 누나가 가르쳐줫지롱.

무룡 나도 배왓어.

달군 배우민 뭐 허나. 하나 배우민 열 갤 까먹은 놈이.

무룡 너 죽을래.

무룡이 달군에게 덤벼들자 달군은 순임 뒤로 숨는다.

순임 무룡아. 친구끼린 싸우민 안 뒈는 거. 우리 아버지가 얘기헷
잖아. 지금은 우리나라 모든 백성이 하나로 뭉쳐야 뒌다고.

무룡 난 그딴 거 몰라. 비켜.

---

135 사위 보쿠다 : 사위 보겠네요
136 어떵허우꽈? : 어떻습니까?
137 못 쓰난 경 헴지이 : 못 쓰니까 그러지
138 온냐 : 그래

순임	무룡아, 경 말앙 누나가 다시 숫자 가르쳐줄테니까 우리 야
	학놀이 허자. 이다음에 무룡이도 우리 아부지같이 훌륭헌
	선생님 뒈민 좋잖아.
무룡	난 테우리 뒐 거여.[139] 소 타고 나쁜 놈덜 물리치는 장군 뒐
	거란 말이여.
달군	야, 장군이 말을 타지 어떵 솔 타나. 멍충이허당.[140]
무룡	너 진짜. 이레 안 와.

무룡이 달군을 쫓지만 순임의 꽁무니에 찰싹 붙은 달군은
요리조리 피한다.

무룡	(포기한 듯) 에이, 소 물통에 강 헤엄이나 쳐야지.
순임	무룡아, 고찌 가카?[141] 누나가 개구리 잡앙 구워주께.
무룡	진짜?
달군	순임이 누나 개구리 완전 잘 잡아.
무룡	그럼 난 두 마리.
순임	알아서. 우리 물통까지 노래 불르멍 가게.
무룡	좋아.

셋이서 어깨동무를 하고 '만세-해방의 노래'를 부르며 퇴장
한다.
아이들이 퇴장한 뒤에도 노랫소리가 한동안 남는다.

---

139 난 테우리 뒐 거여 : 난 목동 될 거야
140 어떵 솔 타나. 멍충이허당 : 어떻게 소를 타냐. 멍청이하곤
141 고찌 가카? : 같이 갈까?

넷째 거리

조그만 태극기를 저마다 손에 든 극우보수단체 대표와 회
원 서넛이 구호를 외치며 등장한다.
대표가 무리를 이끈다.
이들 속에 달군과 무룡도 섞여 있다.

대표 좌익폭도 몰아내자!

일동 몰아내자! 몰아내자!

대표 폭도위패 철거하라!

일동 철거하라! 철거하라!

대표 4·3폭동 바로 잡자!

일동 바로 잡자! 바로잡자!

대표 국가추넘일 취소하라!

일동 취소하라! 취소하라!

행진을 멈춘다.

달군 아이고, 아이고, 뒈다 뒈여.[142] 이거 몇 키롤 걸은 거여.

무룡 게메.[143] 저번인 그냥 도청 앞에서만 구호 몇 번 외치니까 일
당 주멍 보냇는디 오늘은 고깃집이라도 데리고 갈 건가?

대표 거기 좀 조용히들 하세요. 나라의 기강과 민족의 정기를 바
로잡는 애국 행동에 임할 땐 일사불란한 모습을 보여야지

---

142   뒈다 뒈여 : 되다 되
143   게메 : 그러게

요. 자, 5분만 쉬었다가 다시 행진하겠습니다.

달군   대표님, 날이 너무 더워서 행진은 더 이상 못 허쿠다.

대표   그게 무슨 말입니까? 이까짓 더위 따위에 애국심을 버리실 겁니까?

달군   마음이사 애국심으로 똘똘 뭉쳤지만 몸이 말을 안 들엄수 다게[144].

무롱   나도 지첫습니다. 오늘랑 이 정도만 허게 마씀. 이 동네가 제일 번화가 아니꽈. 보십시요. 사름덜도 가득 차수게. 행진 혜봤자 보는 사름 엇이민 효과가 엇일 거 아니꽈.[145]

대표   좋습니다. 여러분들의 뜻이 그렇다면 이 자리에서 이 불량 위패들을 박살내는 의식을 거행하겠습니다. (관객들을 보며) 자유민주주의와 국가의 질서를 수호하는 60만 제주도 민 여러분! 지금부터 4·3폭동 주범들의 불량위패 박살식을 거행하겠습니다.

달군   대표님. 불량위패가 뭐꽈?[146]

대표   그걸 질문이라고 하십니까? 불량위패를 모른다니 통탄하 지 않을 수 없습니다. 지금으로부터 66년 전 우리 제주도에 서 무슨 일이 일어났습니까?

무롱   (큰소리로) 4·3폭동이우다!

대표   예, 맞습니다. 유사 이래 가장 악랄하고 무자비했던 폭동이 지요. 그럼 누가 일으켰습니까?

무롱   그거야 당연히 북한괴뢰도당의 지령을 받은 남로당 폭도

---

144   안 들엄수다게 : 안 듣습니다

145   보는 사름 엇이민 효과가 엇일 거 아니꽈 : 보는 사람 없으면 효과 가 없잖습니까

146   뭐꽈? : 뭡니까?

덜이 벌린 거 아니꽈게.[147]

대표   딩동댕! 고무룡 어르신. 역시 반공용사답습니다. 그런데 이
         게 웬일입니까. 폭동을 미화하고 왜곡시켜 말도 안되는 4·3
         특별법을 제정한 것도 모자라 국가추념일까지 제정하는 망
         국적 사태가 벌어졌다 이 말입니다. 이게 말이 됩니까?

달군   정부에서 허는 것도 잘못된 거우꽈? 대표님이 존경혜 마지
         않는 대통령님께서 정헌 거 아니꽈?

대표   저분 누굽니까? 뭘 그렇게 따져요. 여기가 애국대회장이지
         토론장입니까? 묻지도 따지지도 말고 4·3폭동 바로잡자 이
         겁니다.

무룡   맞수다. 야당부터 시작해서 시민단체다 뭐다 허는 빨갱이
         덜을 전부 때려 잡아뒙니다게.

대표   맞습니다. 그런데 말입니다. 더욱 분통 터지는 일은 저 4·3평
         화공원 위령실에 안치된 희생자들의 위패 속에 남로당 빨
         갱이들의 위패가 버젓이 걸려 있다는 사실입니다. 이걸 그
         냥 놔둬서야 되겠습니까?

무룡   안 뒙니다!

대표   가져오십시오.

무룡이 달군을 이끌고 가서 위패를 함께 들고 온다.
대표는 머리띠를 묶는다.

대표   그럼 제가 잘못된 역사를 바로 잡는 의미에서 이 불량위패
         를 맨주먹으로 박살내겠습니다.

---

147   아니꽈게 : 아닙니까

비장한 표정의 대표가 위패를 눕혀놓고 태권도 격파 동작을 한다.

대표　　이얍!

위패는 멀쩡하기만 하고 대표만 나뒹군다.

무룡　　(부축하며) 대표님, 괜찮으시꽈?
대표　　아이고, 이거 진짜 돌이요?
무룡　　진짜 위패같이 만들어 오렌허난.[148]
대표　　그렇다고 저걸 돌로? 사람 잡을 작정이요?
무룡　　멧 년 전이 미국 소고기 수입 찬성 시식회 헐 때 진짜 미국산 소고기 쏘세지 먹으민 광우병 걸린다며 한우 쏘세지로 사오렌 헤나수게.[149]
달군　　맞아. 그때 신문에서 나도 봐서.
무룡　　그때 들통낫으니까 이번엔 완전 진짜처럼 만들어 오라. 이렇게 명령하셔놓고.
대표　　이 노인네들이 미쳤나. 그렇다고 진짜 돌로 만들면 어떡해? 아, 씨발. 병원 가봐야겠네.

대표가 퇴장하려고 한다.

달군　　대표님, (위패를 가리키며) 저건 어떻게 합니까?

148　오렌허난 : 오라고 해서
149　사오렌 헤나수게 : 사오라고 했었잖아요

대표	아, 버리든 박살내든 알아서 하슈.

다시 퇴장하려는 대표.

무룡	저, 대표님.
대표	아, 또 왜요?
무룡	뭐 잊어버린 거 없습니까?
대표	아, 뭐 말이요?
달군	우리 일당 마씀. 이 친구가 이디 오민 일당 준덴 헤신디.[150]
대표	지금 일당이 문제요. 고발 안 하는 것도 다행인 줄 알아. 이 양반아. 노인네들이 그저 돈만 밝혀요. 이러니 빨갱이들이 아직도 설쳐 다니지. 비키슈.

대표가 씩씩거리며 퇴장한다.

달군	쌍놈의 새끼. 지가 폼 잡당 다쳐놓고 왜 나한테 지랄이여. 야. 고무룡인지 고무통인지 썩을 놈아. 이 꼴이 뭐냐? 영 허젠 날 이런 디 데령왔나?[151]
무룡	이럴 줄 알앗나. 글어.[152] 날도 더운데 어디 가서 막걸리나 한 잔허게. 나가 사커라.[153]
달군	안 먹어. 그냥 집이 가커라. 나 먼저 감서. 술은 다음에 사줘.
회원	들어가게.

---

150 이디 오민 일당 준덴 헤신디 : 여기 오면 일당 준다고 했는데
151 영 허젠 날 이런 디 데령왔나? : 이러려고 날 이런 데 데려왔어?
152 글어 : 가세
153 나가 사커라 : 내가 사겠네

달군이 퇴장한다.

무룡   (위패를 발견하고) 뭐여? 이걸 나 혼자?

무룡이 낑낑거리며 위패를 들고 퇴장한다.

#셋째 마당

첫째 거리

순임네 집이다.
건강음료 박스를 든 무룡이 등장한다.

무룡   하영[154] 변햇네이. 아이고, 엄청 부자네. 정원도 호텔 마당같이 꾸며놓고. (관객들을 살펴보며) 야, 이 소낭은 잘도 데와놨져.[155] 쪼그만 게 솔방울도 열렷네. 어라. 이 돌덜은 뭐여? 이건 완전 남자 거시기네. (자기 가랑이와 관객을 번갈아보며) 나 꺼보단은 좀 작네. 이건 모냥새가 꼭 우리 각시 강알허고 영락엇이 닮아신게.[156] 이왕에 놓을 거민 이렇게 붙여놔사주게. (관객들이 머리를 마주 대며) 약간 야허긴 허다.

이때 달군이 등장해 무룡을 살핀다.

---

154   하영 : 많이
155   이 소낭은 잘도 데와놧져 : 이 소나무 잘도 비틀어놨네
156   강알허고 영락엇이 닮아신게 : 가랑이랑 영락없이 닮았네

달군 누게꽈?[157]

무룡 어, 나여. 무룡이.

달군 우리 집일 다 오고 여기서 뭐헴서?[158]

무룡 한 십 년 만에 와보니 잘 꾸민 정원 한번 구경헤봐서.

달군 누이 만나러 왓구나?

무룡 제사 지내러 왓어. (건강음료 박스를 건네며) 이거 받게.

이때 순덕이 등장한다.

순덕 어머, 저게 누구야? 너 어쩌려고 여기 왔어?

무룡 제사도 지내고 할 말도 잇어서 와수다. 제발 그 서울말 그만 헙써.

순덕 제주 말 쓰면 욕부터 나올까봐 그런다. 왜? 사투리 써줘? 야, 이 염병에 똠나당 베락을 나이 처먹은 만이 맞앙 데싸질 놈아.[159] 너 여기가 어디렌 왓나?

무룡 뭐? 베락? 제사상에 곱게 절헹 가젠 헤신디. 어이, 달군이 이게 사름 대접이냐?

달군 처제도 거 말이 좀 지나치우다.

순임 안 다녓던 걸음엔 이유가 잇는 법, 재산 핑계 닮고 어떵헨 와서?[160]

달군 고씨 집안일이구나. 나랑 물러나커라. 제사상이나 차려야

---

157 누게꽈? : 누구세요?

158 뭐 헴서? : 뭐 해?

159 똠나당 베락을 나이 처먹은 만이 맞앙 데싸질 놈아 : 땀나다 벼락을 나이만큼 맞아 죽을 놈아

160 어떵헨 와서? : 어쩌려고 왔어?

	겟네. 말 다 끝나면 들어와. 기다리커라. (순덕에게) 처제도
	들어갑시다. 큰 싸움 만들지 말고.
순덕	어머, 내가 왜 들어가요? 형부가 이 인간을 쫓아내야지.
순임	나가 알앙허켜.[161] 형부 말 들으라.
순덕	언니. 진짜……. (무룡에게) 야, 너. 이 웃니빨로 닥닥 씹엉[162]
	구정물 통에 빠뜨려 죽일 놈아. 다시 나 눈에 걸리면…….
달군	처제.

달군이 순덕을 붙들고 퇴장한다.

순임	밧 폰덴헌[163] 말 듣고 왓구나.
무룡	뭐, 누님이 경 나오난[164] 단도직입적으로 말허쿠다. 그 밧은
	대대로 물려온 고씨 집안 조상전이우다. 암만 누님한테 권
	리가 잇어도 나영 의논을 혜사 뒌다 이 말이우다. 알다시피
	우리 집안 팔촌 안에 남자 상속자가 나 하나 아니꽈. 그런
	걸 의논헐 땐 당연히 나 의견을 들어사 뒐 거 아니꽈?
순임	일가방상 땅에 우리 아방 꺼꼬지 다 폴아먹어도[165] 모자라
	냐? 자, 우리 아방 아래로 양자 들영 장손 집에 대 잇는다고
	헌 것도 반대, 일가방상 제사 맡아 가는 것도 반대. 차라리
	소귀에 대고 말을 허지 너영 무슨 의논을 헐 말고.[166]
무룡	게문 근본도 모르는 놈의 씰 데려당 조상전 물리곡 장손칩

---

161 알앙허켜 : 알아서 할게
162 웃니빨로 닥닥 씹엉 : 윗니로 잘근잘근 씹어서
163 밧 폰덴헌 : 밭 판다는
164 경 나오난 : 그렇게 나오니
165 아방 꺼꼬지 다 폴아먹어도 : 아버지 것까지 다 팔아먹어도
166 헐 말고 : 한단 말이냐

대 잇일 말이꽈?[167] 우리 집안이 어떤 집안인디. 말 닮은 소
릴 헙써.

순임   무사,[168] 그 잘난 집안 대 끊어지는 건 좋고?

무룡   정 안 뒈민 우리 아덜을 누님네 아부지 알로 입적시키문 뒐
거 아니꽈?

순임   오, 게난[169] 그게 느[170] 본심이구나. 경 헤낭 하나 남은 조상전
도 들러먹젠?[171] 야, 느네[172] 아방이영 우리 아방 사태 때 행방
불명뒈영 무신 헛묘가 잇이냐. 비석이 잇이냐. 그 두 어른에
여기저기 갈산길산 흩어진 조상 묘덜 한군데 모앙 가족묘
만들켄 허는 게 무신 잘못이고?[173]

무룡   웃대 하르방덜[174] 묘 누게 파간덴이라도 헙디가?[175] 경 허고
우리 아방은 나가 알앙 헛몰 쓰건 비석을 쓰건 헐 거우다.
우리 아방은 죽엉 강도[176] 누님네 아방이영 같이 잇젠 안 헐
거우다. 펜안히 살당 곱게 죽을 사름 잡아먹은 게 누겐디.

순임   우리 아부지가 무신 총을 들럿나. 칼을 들럿나? 누겔 죽이
기라도 헷나?

무룡   총칼보다 무서운 게 그놈의 사상이라 마씀. 이제도 왓샤왓

---

167   조상전 물리곡 장손칩 대 잇일 말이꽈?: 조상땅 물려주고 장손 집
　　　안 대 잇겠단 말입니까?
168   무사: 왜
169   게난: 그러니까
170   느: 너
171   들러먹젠?: 집어삼키려고?
172   느네: 너희
173   만들켄 허는 게 무신 잘못이고?: 만들겠다는 게 무슨 잘못이냐?
174   웃대 하르방덜: 윗대 할아버님들
175   누게 파간덴이라도 헙디가?: 누가 파간다고 합디까?
176   죽엉 강도: 죽어서도

샤 데모질 허멍 난리 치는 놈덜 봅써. 나라 엇인 백성이 어디 잇우과?

순임 게난 백성 엇인 나란 잇고? 난 조상도 모르고 친척도 모르고 오로지 돈, 돈, 돈. 돈밖에 모르는 너가 더 무섭다. 두말헐 필요 엇다. 난 마음 정혜시난.

무룡 빨갱이 종내기덜[177] 이렇게 독허난 그 사탤 저질럿주.

순임 빨갱이? (언성을 높이며) 너 지금 우리 아방 제삿날에 기어이 사달을 보젠 허는 거냐? 빨갱이가 뭐냐? 빨갱이?

무룡 (역시 언성을 높이며) 왜. 빨갱이한테 빨갱이렌 허는 것도 잘못이여? 나가 못헐 말헷어?

이때 달군이 다시 등장한다.

달군 아니, 이거 방 안도 아니고, 밖에서 무슨 싸움바락덜이여.

순임 가만히 계십써. 이건 고씨 집안일이우다.

달군 뭐, 고씨? 이것덜이 진짜. 아니 처가칩이[178] 까마귀도 모르는 제사 차리는 것도 부끄러운디 동네 다 알아듣게 빨갱이 타령이여! 나가 고만이 잇이난 경 만만허냐?[179] 오늘 제사고 뭐고 다 엎어불카부다. 야, 고무통이. 너도 잘헌 거 없어. 확 꺼져. 빨리 안 가? 오늘 나 손에 죽어볼래?

무룡 다… 달군이. 알앗고. 나가 가민 될 거 아니라. 진정허여게.

달군 확[180] 안 갈래? 나 로타리 건달 출신인 거 알지.

---

177 종내기덜 : 종자들
178 처가칩이 : 처가 집안
179 고만이 잇이난 경 만만허냐? : 가만히 있으니까 그렇게 만만해?
180 확 : 냉큼

228

무룡 어게. 나 감서.[181]

무룡이 꽁무니를 빼며 퇴장한다.

달군 씨발. 제사상이고 뭐고 다 엎어불켜.

달군이 찬바람을 일으키며 퇴장한다.

순임 승호 아부지. 승호 아부지.

순임이 부리나케 달군을 쫓아 퇴장한다.

둘째 거리-기억3[3·1절 기념대회]

3·1절 기념대회가 펼쳐지는 제주 읍내다.
일단의 무리들이 풍물을 치며 행진한다.
엄청난 인파에 놀란 마을 사람들.
마을 사람들이 구호를 외친다.

마을 사람들 친일파를 처단하자! 부패경찰 몰아내자! 애국지사 석방하라!

달군 부 우와, 제주도에 사름이 영 하영 잇어나서.[182] 이때까지 살명

---

181 어게. 나 감서 : 아무렴. 나 가네
182 사름이 영 하영 잇어나서 : 사람이 이렇게 많았었어

이치록 사름 하영 모인 건 처음 봠쪄.[183]

순임 부 이 북국민학교만이 아니우다. 오현중학원에도 학생들이 꽉 들어찻댄 헴수다.[184] 읍면더레도[185] 기념식 여는 데마다 꽉 들어차실 거우다.

무룡 부 기우꽈?[186] 대단허다예. 어이, 이치록 사름 많은 디선 허천 베리당 질 일러먹나.[187] 이 형님 조름에 바짝 붙엉 뎅기라이.[188]

달군 부 너나 이 형님 손심엉[189] 떨어지지 말라. 심방말축고치 이레 화룩 저레 화룩[190] 튀어뎅기당 질바닥에 앚앙 질 잃어부러수다.[191] 허멍 엉엉 울게 뒌다이.

해녀1 어떵 삼춘녠 만나기만 허민 원수지간이꽈? 원수도 이런 원수가 시카?[192] 지금 우리가 뭐허레 이 성안까지 온 거꽈? 제28주년 3·1절 기념대회에 와시민 당차게 구호도 외치곡 노래도 불러사 뒐 거 아니꽈.

무룡 부 야, 나가 그만이도 모를 줄 아나. 저 친구영 나영 행진 때 쓰

---

183 살멍 이치록 사름 하영 모인 건 처음 봠쪄 : 살면서 이렇게 사람 많이 모인 건 처음 보네
184 들어찻댄 헴수다 : 들어찼다고 합니다
185 읍면더레도 : 읍면 쪽으로도
186 기우꽈? : 그래요?
187 사름 많은 디선 허천 베리당 질 일러먹나 : 사람 많은 데선 한눈팔다 길 잃는다
188 조름에 바짝 붙엉 뎅기라이 : 꽁무니에 바짝 붙어서 다녀라
189 손심엉 : 손잡고
190 심방말축고치 이레 화룩 저레 화룩 : 방아깨비처럼 이리 펄쩍 저리 펄쩍
191 질바닥에 앚앙 질 잃어부러수다 : 길바닥에 앉아서 길 잃어버렸어요
192 원수가 시카 : 원수가 있을까

230

	젠[193] 깃발도 만들앙 와서.[194] 어이, 꺼내여 불라.
달군 부	(한쪽에 있던 깃발을 들어올리며) 짠! 해. 방. 통. 일! 어떵허우꽈? 심방말축이영 나영 밤새낭[195] 준비헤수다.

깃발에 '훼방통일'이라고 쓰여 있다.

해녀1	이거 정말 삼춘네가 쓴 거우꽈?
달군 부	너 나 못 믿나? 한자로도 쓸 수 잇단 말이여. 날 누게로 알앙.[196]
해녀1	'해'자가 저 글자꽈?
달군 부	게민 아니냐? 심방말축이 맞덴 헷단 말이여. 심방말축 맞지이?
무룡부	허고말고.[197] 캬~, 글발 조~오타! 이 친구가 대가린 나빠도 글은 명필이다 이 말이여.
해녀1	'해'자가 틀려수게.
무룡 부	뭐?(순임 부에게) 성님, 진짜꽈?
순임 부	틀리긴 틀렷져.
무룡 부	기우꽈? 야, 그거 확 치와불라.[198]
순임 부	보기 좋다. 사름덜이 의미만 알아먹으면 뒈여. 글씨도 멋진 게. 높이 들렁 행진허게 허게마씀. 우린 동촌서 와시난 동진에 속헤수다. 서진은 관덕정으로 행 서문통까지 행진헐 거

193　쓰젠 : 쓰려고
194　만들앙 와서 : 만들고 왔어
195　밤새낭 : 밤새며
196　날 누게로 알앙 : 날 뭘로 보고
197　허고말고 : 아무렴
198　기우꽈? 야, 그거 확 치와불라 : 그래요? 야, 그거 얼른 치워라

고, 우리 동진은 감찰청 쪽으로 헹 동문통데레 갈 거우다.
자, 구호 크게 외치멍 가보게 마씀. 3·1정신 계승하여 통일
독립 전취하자!

일동   전취하자! 전취하자!

깃발을 든 무룡 부를 선두로 마당판을 순회하며 행진한다.

순임 부   모스크바 삼상회의 결정을 실천하라!
일동   실천하라! 실천하라!
순임 부   민족반역자를 처단하라!
일동   처단하라! 처단하라!
달군 부   선생님, 저기 보십써. 감찰청 앞으로 바리케이틀 청 질을 막
아수다.
순임 부   육지서 내려온 응원경찰이영 미국놈덜이우다! 물러서지
말앙 전진허게 마씀. 평화행진 보장하라!
일동   보장하라! 보장하라!

이때 탕탕탕 하는 총성이 들린다.
모두들 순식간에 엎드린다.

순임 부   (둘러보며) 다친 분 엇우과?
무룡 부   여기가 아니우다. 관덕정 쪽이우다. 아무래도 서진에 난리
가 터진 모양이우다. 서진 쪽에 가봐살 거 아니꽈?[199]

---

199   가봐살 거 아니꽈? : 가봐야 하는 거 아닙니까?

달군 부   이 죽일 놈덜이 지네[200] 백성덜을 총으로 쏘아. 어서 갑시다. 나가 앞장사쿠다.[201]

모두들 우르르 달려 나가듯이 퇴장한다.

셋째 거리

순임의 집이다.
순임, 순덕, 승호가 제사상을 치우고 있다.
달군은 한쪽에 앉아 구경만 한다.

달군   저 사름 낼 어멍 산에 갈 거라?[202]
순임   순덕이 오랜만에 와신디 아니 강 뒙니까게.[203]
달군   게건[204] 승호가 낼랑 어멍이영 이모 태왕[205] 갓다오라. 너 자동찬 시다바리 먹을 거난 아방 도라꾸 몰앙 이.[206]
순덕   형분 안 가요?
달군   나가 거길 왜 갑니까? 아덜 보내문 뒷지.
승호   아버지도 같이 가민 좋으쿠다만은. 경 말앙 같이 가게 마씀.
순임   야야, 도라꾸 빌려주는 것도 느네 아방 크게 선심 쓰는 거여.

---

200   지네 : 자기네
201   앞장사쿠다 : 앞장서겠습니다
202   저 사름 낼 어멍 산에 갈 거라? : 당신 내일 어머니 산소에 갈 거야?
203   와신디 아니 강 뒙니까게 : 왔는데 안 가면 됩니까.
204   게건 : 그럼
205   태왕 : 태워서
206   도라꾸 몰앙 이 : 트럭 운전하고

233

달군	알긴 알암구나. 그나저나 고무통이영은 어떵 풀릴 거 닮아?
순덕	그게 풀릴 일인가요. 걸핏 하면 빨갱이 타령만 늘어놓는데. 난 그놈 이름 석 자만 들어도 치가 떨려요. 치가. 언닌 어쩌자고 그 고씨 집안일을 떠맡았는지.
순임	넌 고씨 아니가?
순덕	고씨고 뭐고, 난 제주도, 4 · 3사건, 빨갱이. 아무튼 내 인생에서 언니 빼고 제주도랑 엮인 거 전부 지우고 싶은 사람이라구요. 솔직히 난 언니가 어머니 묘 이장에, 아버지 헛묘 만들고 조상들까지 싹 다 한자리에 모으겠다는 거 반대예요. 차라리 전부 화장해서 뿌려놓고 어디 절 같은 데 위패나 모셔 버리는 게 낫지.
순임	이년이 점점이라가난[207] 너도 무룡이영 한패냐?
순덕	다 언니나 내 팔자 생각해서 하는 얘기야. 아닌 말로 우리 두 사람 죽어봐. 어머니, 아버지 제사며 벌초 누가 하겠어. 무룡이 그놈이? 동네 개가 다 웃겠다. 승호가 할 거 같아? (승호에게) 얘, 내 말 틀렸니?
승호	나가 맡앙 제사나 벌초허는 것사 일이꽈만은[208] 원수같이 지내는 고씨 집안허고 계속 엮이는 건 피곤헌 일이주마씸. 말이 친척이지 완전 원수덜 아니꽈.
달군	야, 이놈의 새꺄. 외가칩이 제살 너가 왜 허나. 어멍 아방 죽어불민 지제헹 끝내불어. 물려받을 걸 받아야지. 어쨌거나 난 아지망[209] 말이 딱 맞는 말 닮아. 가족묘 맨들아봤자 이녁

207　점점이라가난 : 보자보자 하니까
208　벌초허는 것사 일이꽈만은 : 벌초하는 거야 일도 아닌데
209　아지망 : 아줌마. 여기서는 처제

네 죽어불민 거념헐 사름도 엇고,[210] 또 고무통이나 고씨 집
안사름덜이 저 사름네 어멍 아방 묘영 이녁네 조상 묘를 같
이 모시젠 허커라.[211] 이제도 빨갱이, 빨갱이 소리만 허멍 원
망허는디.

순임 좋수다. 그럼 빨갱이옌 칩주.[212] 빨갱인 조상 아니꽈? 불리
엇인 꽃이 어디 잇곡,[213] 가지 엇인 열매가 어디 잇우꽈? 놈
덜이 뭣이옌 말헤도 나한텐 우리 아부지만큼 훌륭헌 사름
엇우다. 우리 아부지가 무신 대역죄라도 지어수꽈?

달군 이거 보라. 또 핏대 세우는 거. 아덜이영 처제 앞에서 서방
한테 경 대근대근.[214] 에이 씨발, 오널은 곱게 넘어가젠 헤신
디.[215]

달군이 자리를 박차고 일어난다.

순덕 형부 왜 그러세요? 이 밤중에 어딜 가시려고 그래요?

순임 내불라. 뻭허민 나가는 어른이난.[216]

달군 그렇주게. 이 집도 이녁이 장만헌 거난 나 같은 놈이사 무신
권리가 잇어. 야, 승호야. 잘 봥 놔뒷당 널랑 날 닮은 각시 절
대 만나지 말라이.

---

210 이녁네 죽어불민 거념헐 사름도 엇고 : 당신네 죽으면 보살필 사
람도 없고

211 모시젠 허커라 : 모시려고 하겠어

212 빨갱이옌 칩주 : 빨갱이라고 칩시다

213 불리 엇인 꽃이 어디 잇곡 : 뿌리 없는 꽃이 어디 있고

214 경 대근대근 : 그렇게 따박따박

215 넘어가젠 헤신디 : 넘기려고 했는데

216 내불라. 뻭허민 나가는 어른이난 : 놔둬라. 뻭하면 나가는 양반이
니

승호   (눈치를 보며) 예? 예.

달군이 찬바람을 일으키며 퇴장한다.

순임   승호야, 아방 쫓아강 멀찍이서 보라. 저번인 술 취헹 바당데레 들어감서라.[217]

승호   예, 알아수다.

승호가 퇴장한다.

순덕   언니, 형부한테 왜 그러는 거야. 좀 살갑게 대해. 형부도 겉으론 저렇지만 속은 안 그런 거 같은데.

순임   너나 말조심허라. 뭐? 화장헹 뿌려불어? 너 그게 어멍 아방 앞에서 헐 소리냐?

순덕   언니 나한테까지 왜 이래? 좋아. 이게 다 누구 때문인데? 그때 우리 막내, 그 젖먹이만 그렇게 안 죽었어봐. 어머니가 쫓겨나길 하나. 아버지가 붙잡혀 가길 하나. 그때 언니가 그렇게만 안 했어도 우리 팔자가 달라졌을걸.

순임   (큰소리로) 기여.[218] 몬딱[219] 나 때문이여. 나가 죽일 년이여.

순덕   난 아부진 물론 언니 덕에 엄마 얼굴도 기억 못 하게 됐다고. 언니가 뭔데 가족묘를 들먹거려. 뭐냐고.

---

217   저번인 술 취헹 바당데레 들어감서라 : 저번엔 술 취해서 바다에 들어가더라

218   기여 : 그래

219   몬딱 : 전부

순덕이 주저앉아 울기 시작한다.

순임이 천천히 다가와 순덕을 다독인다.

괴괴잔잔한 음악과 함께 마당판이 어두워진다.

넷째 거리-기억4[여인들]

주저앉은 채 서로 부둥켜안고 울먹이는 순임과 순덕 주위로 두 사람의 기억이 스틸사진처럼 나타난다.

어린 순임과 순덕이 등장하고 그 두 사람의 움직임을 따라 여러 장면이 줄을 이어 펼쳐진다.

몽타주 1.

아버지를 여의고 할머니와 함께 지내는 어머니, 순임, 순덕. 무슨 이유인지 모르지만 어머니는 할머니로부터 매정한 버림을 받고 쫓겨난다. 어린 순임과 순덕은 울며불며 어머니에게 매달리지만 할머니가 떼어놓는다. 순임의 어머니는 눈물을 훔치며 떠난다.

몽타주 2.

어머니가 옮겨 선 자리엔 낯선 남자가 있다.

어머니는 누군가와 재혼을 해서 살고 있다.

어린 순덕이 어머니에게 다가가지만 어머니는 손사래를 치며 물러난다.

순덕을 외면해 돌아서는 어머니의 표정에는 슬픈 그늘이 가득하다.

어린 순임을 먼발치에 서서 퀭한 눈으로 바라볼 뿐이다.
외면하는 어머니로부터 천천히 떨어지며 순임에게로 뒷걸
음질 치는 순덕은 주먹을 불끈 쥐고 있다.
그리움이 원망으로, 원망은 다시 증오로 바뀌는 듯한 순덕
을 순임이 감싸 안고 달랜다.

몽타주 3.
어린 순덕을 감싸 안은 어린 순임, 그리고 또 하나의 그들,
백발이 성성한 현재의 순임과 순덕, 시공간만 다를 뿐 서로
부둥켜안은 그들은 과거와 현재를 잇는 눈물을 함께 흘리
고 있다.
두 쌍의 순임과 순덕에게 다가온 어머니가 순임에게 말문
을 연다.
어린 순덕과 현재의 순덕은 고개를 떨군 채 울 뿐이고, 두
사람의 순임이 어머니를 바라본다.

순임 모   너만 아니었어도, 너가 우리 막둥이 그냥 내불지 안 헷어
          도…….
어린 순임 어무니, 나가 우리 막둥이 죽이지 안 헤수다.
순임   아니우다. 다 나 때문이우다. 어무니.
순임 모   누구 때문도 아니다. 누구 때문도 아닌 게 원통허다. 내 딸
          아 순임아. 순덕아.

두 사람의 순덕도 고개를 들어 어머니를 바라본다.
네 사람, 아니 두 사람의 시선이 나란히 어머니를 향한다.

잔잔한 음악이 다시 흐르기 시작하고 어머니와 어린 날의 순임과 순덕이 사라진다.

다시 현재의 순임과 순덕만 남아 눈물을 삼키고 있다.

순덕 어머니도, 할머니도, 젖도 제대로 못 얻어먹고 죽은 우리 막내도, 모두 다 언니를 용서했을지 몰라도 난 아직 언니에 대한 원망을 못 풀었어. 언니가 그때 어머닐 불러왔더라면 우리가 이렇게 됐겠어?

순임 기여. 다 나 잘못이여. 경 허난 어머니영 아부지영 윗대 조상덜 다 한곳에 모셩 산 때 못 푼 매듭 죽엉이라도 풀곡,[220] 저승에설랑 같이 웃으멍 사시렌 허는 거 아니가.

이때 술에 떡이 된 달군이 승호의 부축을 받으며 등장한다.

달군 (고래고래 소리를 지르며) 어이구, 대통령 각하. 제가 기분이 거시기헨 한잔헤수다. 잘못헷습니다.(90도로 허리를 꺾는다.) 용서허십시요.

승호 아부지, 그만허십써.

달군 그만은 뭘 그만. 아, 나가 우리 집이서 젤로 힘 엇인 종놈이고, 느네 어멍은 대통령 아니가. 너네 외하르방 닮앙 대장질은 최고여! 너네 외하르방이 왜정 때로 시작헹 4·3사태 때까지 독립운동이여, 야학이여, 미군정 반대여, 또 뭣고? 아, 5·10 단독선거 반대까지 꿋꿋허게 대장질허멍 일자무식인

---

220 죽엉이라도 풀곡 : 죽어서라도 풀고.

우리 아방부터 온 동네 사름덜 다 선동혜나시녜.[221] 그 피가 어디 가느니. (껄껄 웃으며) 너도 대장질허고 싶으민 허라. 그 에미에 그 새끼난 녀도 한몫헐 꺼 아니가.

순임 아덜신디 거 무신 말이우꽈?[222]

달군 뭐 나가 못 헐 말 혯어? 이녁 아방도 대장이고 이녁도 대장이난 이놈도 그 피 물려시민 대장질 잘헐 거 아니여. 왜 빨갱이 대장이난 싫어?

순덕 형부, 많이 취하셨어요. 들어가서 주무세요. 승호야. 어서.

달군 처제도 공연헌 짓 혜봤자라.[223] 고향 버령[224] 육지로 떠낫덴 헹 빨갱이 낙인 지와질 거 닮아?[225] 천만의 말씀이여. 대한민국에서 다른 건 다 뒈도 그건 안 뒌단 말이여. 나가 이 모양이 꼴로 사는 것도 다 그거 때문이란 말이여. (순임을 보며) 이 불여시 같은 년한테 홀딱 빠진 나가 병신이주. 야, 승호야. 글라.[226] 너영 나영 한잔 더 허게.

승호 하영 드셔수다.[227] 그만 주무십써.

달군 이놈의 새끼가. 너도 아방이 만만허냐? 좋아. 나만 가커라.

비틀거리며 나가려는 달군을 순임이 붙잡는다.

---

221 선동혜나시녜 : 선동하셨잖니
222 아덜신디 거 무신 말이우꽈? : 아들한테 그게 무슨 말이에요?
223 혜봤자라 : 해봤자야
224 고향 버령 : 고향 버리고
225 지와질 거 닮아? : 지워질 거 같아?
226 글라 : 가자
227 하영 드셔수다 : 많이 드셨어요

순임	차라리 나한테 화풀이헙써. 어딜 가젠 헴수과?[228] 승호 아부지.
달군	어쭈. 잡아? 이거 안 놔? 이런 빨갱이 족속이.

달군이 힘껏 밀치자 순임이 쓰러진다.
흠칫 놀란 순덕과 승호가 순임에게 다가간다.

순임	(부축을 받아 일어서며) 예, 빨갱이우다. 매타작행 죽여붑써.
달군	못 팰 줄 아나. 이런 씨팔년이…….

달군이 손을 높이 들자 승호가 잡아서 뿌리친다.
인사불성이 된 달군은 주저앉는다.

승호	(큰소리로) 무사덜 영 헴수과?[229] 멧십 년도 지난 걸 가정 이제까지 싸울 일 남읍디가? 언제까지 영덜 헐 거우꽈? 어멍, 아방, 이모, 무룡이 삼춘. 전부 다 아직도 4·3사건 때 그대로우다. 이제랑 그 지긋지긋헌 기억덜 다 묻어불던지 지워불던지 끝내야뒐 거 아니꽈? 재산 대신 나신디[230] 그거 물려주젠 헴수과? 나가 이 집구석을 나가쿠다.

승호가 퇴장하자 순덕이 순임을 부축해 승호를 따라 퇴장한다.

228　어딜 가젠 헴수과? : 어디 가려고요?
229　무사덜 영 헴수과? : 왜들 이러세요?
230　나신디 : 나한테

마당판이 천천히 어두워진다.

#넷째 마당

첫째 거리

파도가 밀려온다.
파도를 타고 여명이 스미듯이 마당판이 밝아진다.
순임이 거친 파도의 이랑을 하나둘 세는 듯이 서 있다.
순임 곁에 소주병과 잔 하나가 놓여 있다.

순임 나 넌 팔잔 파도 쎈 바당 한가운디 혼자 솟은 족은 연가.[231] 어떵허민 영 살아지는고. 저 바당이 나 마음을 알 건가. 저 하늘이 나 마음을 알 건가. 차라리 세상 바깥에 나오지나 안 헤시민 좋아실걸.[232] 우리 어멍 아방은 뭘 허젠 날 낳앗는고. 천왕불도 지왕불도 인왕불도 삼신할마님, 어쩌자고 날 점지헤수과? 나가 전생에 무신 죄를 지엇길래 이 꼴이우꽈? 할마님 낳은 자손이걸랑 대답이나 허여줍써. 무사 날 점지헙디가? 오죽허민 이 바당 이 여 끝에 앚앙[233] 팔자타령 신세타령 허쿠과. 큰대 세왕 두 이레 열나흘 굿이라도 허민 이년 가슴 풀어지카예.[234] 대답 좀 허십써. 명천 같은 삼신불도할 마님아.

---

231 족은 연가 : 작은 갯바윈가
232 안 헤시민 좋아실걸 : 안 했으면 좋았을걸
233 앚앙 : 앉아서
234 풀어지카예 : 풀릴까요

242

이때 연물 소리가 나직하게 들려온다.

순임이 소주를 한 잔 따르더니 사방으로 흩뿌린다.

이윽고 순임은 신이라도 들린 듯 천천히 춤을 추기 시작한다.

연물 소리가 점점 커지자 순임은 춤을 추며 노래를 부르기 시
작한다.

순임　　　오널 오널 오널이라

　　　　　　날도 좋아 오널이라

　　　　　　날도~좋~아 오널~이~라

　　　　　　달도~좋~아 오널~이~라

　　　　　　메일장천~ 오널~이~민

　　　　　　성도~언만~ 가실~소~냐

　　　　　　아바님아~ 어머님아

　　　　　　요내 몸천~ 생길 적엔

　　　　　　만화방창~ 춘삼월도

　　　　　　아니외다~ 아니외다

　　　　　　엄동삼철~ 추운 날에

　　　　　　무얼 허젠~ 날 납니가

　　　　　　날 낳거든~ 먹여 주나

　　　　　　날 낳거든~ 입혀 주나

　　　　　　간날 간시~ 막막허게

　　　　　　날 놔두고~ 어딜 가서

　　　　　　에미울이~ 애비울이

　　　　　　홀홀단신~ 만듭디가

순임이 노래를 부르는 사이 젊은 날의 어머니와 아버지가 마당판 양쪽에서 그림자처럼 나타나 순임을 바라본다.

어머니는 젖먹이 아이를 업고 있다.

순임은 그저 신세타령 같은 놀래만 이어갈 뿐이고 부모 역시 애처로운 눈으로 순임을 바라볼 뿐이다.

연물 소리가 잦아들면 순임의 놀래도 끝이 난다.

그러나 회한에서 벗어나지 못하는 순임의 한탄은 계속된다.

순임   (술잔을 채워 사방으로 뿌리며) 아버님아, 어머님아, 이 술 한 잔 받읍써. 이 술은 아버님 어머님 큰딸년 간장 썩은 물이우다. 오장 썩은 물이우다. 아부진 그날 그렇게 붙잡혀 강 언제 어디서 어떵 영결종천혜신지도 모르곡, 서방 잃곡 젖먹이 아덜까지 서천꽃밭에 보낸 어무닌 집이서 쫓겨난 가기 싫은 디 재취허곡, 순덕인 철 드난 빨갱이 소리 듣기 싫던 고향 등지고, (술잔을 채우며) 나도 한 잔 마시쿠다. (술을 연거푸 들이킨다.) 빨갱이 손가락질에 모진 구박 받으멍 몇 번을 죽젠 헤도 죽지도 못허고, 나 닮은 걸 여자렌 좋덴 쫓아뎅기는[235] 서방 만낭 아덜도 낳곡 허난 살아지카부덴 헤신디 것도 아닙디다.[236] 서방도 나 닮은 팔자난 눈에 보이지도 안 허는 빨갱이 낙인이 탁 찍헛던지 허는 일마다 어디서 왔는지 모르주만 염라대왕 저승사자 닮은 놈덜 들이닥청 풍비박산을 내웁디다. 자, 취직이 안 돼난 장사라도 헤보려고 구루마도 끌어보고, 큰

---

235   나 닮은 걸 여자렌 좋덴 쫓아뎅기는 : 나 같은 걸 여자라고 좋다며 쫓아다니는

236   살아지카부덴 헤신디 것도 아닙디다 : 살 수 있을까 했는데 그것도 아니었습니다

마음 먹엉 술 공장도 차려 봐도 뒈는 일이 엇입디다. 경 헤
가난 서방이렌 헌 사름은 이 빨갱이 대장 딸년 허멍 허구헌
날 날 때립디다. 아덜 하나 잇는 거 그거 하나 보멍 이때까
지 살아수다. 그놈 에미울이 맨들민 나가 천벌 받을 거 닮안
마씀. 나 하나 어멍 그리멍 커시민 뒛지[237] 그 아일 경 맨들
수 잇우과. 시국이 그나마 좋아젼 명예회복이여 특별법이
여 만들어젓주만 이제도 아부지 위패 철거허렌 고함치멍
날뛰는 사름덜 많수다. 아부진 산 때나 죽엉 간 때나 세상
에 발붙이고 잇으라는 팔자가 아닌 모양이우다. 나가 무사
아부지 어무니영 조상덜 함께 모시젠 헴수과.[238] 아부지 이
름 석 자 남겨사 세상에 나온 보람 잇인 거 아니꽈. 우리 승
호 이녁 뿌리가 뭔지도 알곡 빨갱이 낙인도 벗어사 뒐 일이
꿰.[239] 술 한 잔 더 받읍써. 이 술은 신세 궂은 우리 팔자 바로
잡는 약술이우다. 빨갱이 낙인도 씻어주는 약술이우다.

다시 연물 소리가 이어지고 술에 취한 순임이 비틀거리며
춤을 추다 쓰러진다.
연물 소리가 잦아드는 사이 괴괴잔잔한 음악이 겹치듯이
새어나온다.

---

237 커시민 뒛지 : 컸으면 됐지
238 모시젠 헴수과 : 모시려고 합니까
239 벗어사 뒐 일이꿰 : 벗어야 되잖습니까

둘째 거리

연기처럼 스며드는 음악 소리가 몸을 부풀리는 동안 순임의
좌우에 서 있던 어머니와 아버지가 움직인다.
아버지는 어머니가 업고 있는 아기를 받아 안아 어른다.
이때 경찰과 군인이 등장해 먼발치에서 사방을 두리번거린
다.
흠칫 놀란 아버지는 잠시 동안 아기를 안았다가 다시 건넨
뒤 벽장 속으로 들어간다.
어머니는 벽장문을 걸어 잠근다.
경찰과 군인은 관객들을 헤집고 다니며 누군가를 찾고 있다.
잠시 후 순임이 들어온다.
어머니는 순임의 입가에 손가락을 대며 다짐을 받은 뒤 아기
를 건네고 퇴장한다.
사방을 수색하던 경찰과 군인도 잠시 후 퇴장한다.
순임은 아기를 엉거주춤 세운 뒤 걸음마를 시키기도 하고,
도리도리 잼잼을 하며 어른다.
갑자기 아기가 자지러지듯이 울음을 터뜨린다.
음악을 뚫고 터지는 울음소리가 요란하다.
아기의 울음소리를 이기지 못한 음악이 도망치듯이 잦아든
다.

어린 순임　어진아. 착허지이. 그만 울어. 누나가 노래 불러주카?[240] 자랑
자랑 윙이자랑 우리 아기 잘도 잔다. 저레 가는 검둥개야. 이

240　불러주카?: 불러줄까?

레 오는 노랑개야. 우리 애기 재워 달라. 너네 애기 재와 주마.

순임의 노래에도 불구하고 아기는 울음을 그치지 않는다.
벽장 속의 아버지가 문틈으로 아기와 순임을 바라본다.
순임은 어떻게든 아기를 달래려고 갖은 애를 쓰고 있다.

어린 순임 배고파? 어무니 방앗간에 가신디. 알아서. 나가 얼른 강 어무니 데려오커메.[241] 쪼끔만 기다렴서이.[242]

아버지는 벽장 손잡이를 잡았다가 놓기를 반복한다.
순임이 퇴장하려는 순간 달군, 무룡과 마주친다.

어린 달군 순임이 누나. 어디 가멘?[243] 우리영 놀게.
어린 순임 우리 동생 울어부난 어무니 데령 와야 돼.
어린 무룡 애긴 울당 지치민 알앙 잔다니깐. 우리 동생도 경 허는디.
어린 순임 진짜?
어린 무룡 진짜.
어린 달군 우리영 같이 놀게.
어린 순임 그럼 쪼끔만 놀카.[244]

세 아이가 어울려 노래와 함께 놀이를 펼친다.
그 사이 아기의 울음소리가 아이들의 노랫소리에 겹치고 벽

---

241 데려오커메 : 데려올 테니까
242 기다렴서이 : 기다리고 있어
243 가멘? : 가니?
244 놀카 : 놀까

247

장 속의 아버지는 벽장문을 두드리며 나가려고 기를 쓴다.

아무리 두드려도 열리지 않자 힘껏 발로 찬다.

부서지듯이 문이 열리자 뛰쳐나온 아버지는 아기를 덥석 안아든다.

이때를 같이 해 경찰과 군인이 등장해 아버지에게 총을 겨눈다.

순간 먼발치에서 어울려 놀던 아이들도 얼음처럼 굳은 채 아버지를 바라본다.

모두들 요지부동인 가운데 아기의 울음소리만 정적을 밀어내고 있다.

뒤늦게 나타난 어머니가 경찰과 군인에게 달려든다.

경찰이 어머니를 밀쳐내자 그대로 나가떨어진다.

군인은 아버지를 포승줄로 묶은 뒤 끌고 나가려고 한다.

어머니는 악다구니를 쓰며 그들에게 매달리지만 손찌검에 속수무책으로 당할 뿐이다.

아버지 또한 몸을 뒤척여도 돌아오는 건 매타작뿐이다.

어린 순임과 아이들은 두려운 나머지 발발 떨며 눈물만 흘린다.

아버지는 그치지 않는 아기의 울음소리를 뒤로 한 채 경찰과 군인에게 개 끌리듯 끌려 나간다.

마당판에 어둠이 깔리기 시작하고 울음소리만 남아 암흑을 뚫을 기세다.

셋째 거리

마당판이 밝아지면 달군, 순덕, 승호가 사방에서 등장한다.

달군 (두리번거리며) 승호 어멍!

순덕 (두리번거리며) 언니!

승호 (두리번거리며) 어무니!

달군 (관객에게) 우리 할망 못 봅디가?

순덕 (관객에게) 여기 쭉 계셨죠? 혹시 언니 못 보셨어요? 아, 왜 말을 안 하세요.

달군 아, 이 할망 이 밤중이 어디레사 가시니게.[245]

순덕 거봐요. 이제 언니 맘 알겠죠? 밤마다 형부 기다리며 애타는 심정.

달군 거참, 처제는…….

순덕 아니, 손찌검이 뭐예요?

달군 그건 나가 전적으로 잘못헤수다. 경 허젠 헹 헌 게 아니라 [246]……. 다신 안 허쿠다.

승호 나도 잘못헤수다.

달군 게나제나 어디레 가신고게?[247] 야, 승호야. 널랑 윗동네에 가보라.

승호 예. 알아수다.

달군 처젠 옆동네 구멍가게에 한번 가봅써. 그 집 할망이영 신세

---

245 이 할망 이 밤중이 어디레사 가시니게 : 이 할멈 이 밤중에 어딜 간 거야

246 경 허젠 헹 헌 게 아니라 : 그러려고 해서 그런 게 아니라

247 게나제나 어디레 가신고게? : 그나저나 어디로 간 걸까?

타령 헴실지도 모르난.[248]

순덕 그래도 걱정은 되나 보죠?

승호 이모, 우리 아부지 어멍 앞이선 투글락투글락헤도에[249] 돌아서민 옆에 사름 질투 날 정도로 생각헙니다.

달군 쓸데엇인 소리. 얼른 강 찾아봅써. 날랑 바당데레나 가보커메.[250]

승호와 순덕이 제각기 퇴장한다.

달군 (사방을 살피며) 어디에나 가민 잇일 건고? (불현듯이) 혹시 그 디 간 거 아닌가? 아닐 거라. 설마 그런 마음을 또 먹어시카.[251] 확 가봐사켜.

달군이 퇴장하는 순간 과거로 역행하듯 파도 소리와 뒤섞인 음악이 흐른다.
젊은 날의 순임이 터벅터벅 힘없이 등장한다.

젊은 순임 아부지, 어무니. 거긴 펜안헌 디우꽈?[252] 펜안헌 데민 나도 데령갑써. 할머닌 노환으로 죽억살악허고,[253] 육지 간 순덕인 다시 안내려오켄 허고. 일가방상 다 죽어불엉 나 혼자우

---

248 헴실지도 모르난 : 하고 있을지 모르니까
249 어멍 앞이선 투글락투글락헤도에 : 어머니 앞에선 무뚜뚝해도
250 날랑 바당데레나 가보커메 : 난 바다 쪽으로 가볼 테니
251 먹어시카 : 먹었을까
252 펜안헌 디우꽈? : 편안한 곳인가요?
253 죽억살악허고 : 죽었다 살았다 하고

다. 조상전 물린 건 소나이 조순이렌 혜영[254] 무룽이가 싹 가져강 날려 먹어부난 조상님네 제사 명절은 고사허고 병든 할머니 약값 마련도 보둣허우다.[255] 영 살앙 뭐헐 거우꽈.[256] 이 깊은 바당물에 빠졍 먹돌베개 베곡 감태이불 덮엉 누우민[257] 어무니도 봐지곡[258] 아부지도 봐질 테주예.[259] 나도 거기 가쿠다. 한 길 두 길 가당 보민 당신네덜 만나질 테주예.

젊은 순임은 물결을 헤치듯이 천천히 걸어간다.
거친 물살에 몸이 기운 듯이 젊은 순임의 몸은 이리저리 흔들리다 끝내 고꾸라진다.
이때 젊은 순임을 부르는 목소리가 들린다.

순임 부   (소리) 순임아. 내 딸 순임아. 일어사라. 일어상 나오라.[260] 아부지 여기 잇져.[261] 거기서 뭐 헴시니게. 얼른 일어상 모른 땅데레[262] 나오라. 그런 마음 먹으민 안 뒌다. 죽을 용기로 살아사 뒌다. 순임아. 아부지 어디 안 강[263] 항시 너 옆에 잇져. 너네 어멍이영 나영 순임이 너 지키젠 너 옆에 바짝 붙엉 뎅겸쪄.[264]

---

254   소나이 조순이렌 혜영 : 사내 자손이라고 해서
255   보둣허우다 : 빠듯해요
256   영 살앙 뭐헐 거우꽈 : 이렇게 산들 뭐 해요
257   덮엉 누우민 : 덮고 누우면
258   봐지곡 : 보게 되고
259   봐질 테주예 : 볼 테죠
260   일어사라. 일어상 나오라 : 일어서라. 일어서서 나와라
261   잇져 : 있다
262   모른 땅데레 : 마른 땅으로
263   안 강 : 안 가고
264   뎅겸쪄 : 다닌다

순임아. 얼른 나오라. 얼른. 순임아!

아버지의 환청이 사라지는 순간 젊은 달군이 등장한다.

화들짝 놀란 젊은 달군이 순임을 향해 뛰어들어 들쳐 안는
다.

젊은 순임을 옮겨 눕힌 젊은 달군이 가슴을 짓누르며 소생
시킨다.

젊은 순임이 가까스로 정신을 차린다.

젊은 달군 지금 뭐 허는 거우꽈?

젊은 순임 아부지…….

젊은 달군 아부진 무신 아부지꽈? 나 달군이라. 달군.

젊은 순임 달군? 이디가[265] 어디니? 용왕국이가? 저승이가?

젊은 달군 누님 어떵허젠 그런 몹쓸 생각을 헙디가?

젊은 순임 죽건 죽으렌 내불주 날 무사 살려시니.[266] 이토록 못 견디게
사느니 어멍 아방 찾아가게 내불주. 밥 굶곡 옷 벗곡 허는
것도 고달픈디다 빨갱이 소리만큼 사무치고 무서운 게 어
딧나. 나 그냥 죽어불켜.

젊은 달군 (순임을 업으며) 누님. 그런 소리 못씁니다. 악착같이 살아
사주. 나도 누님이영 마찬가지꿰.[267] 빨갱인 몬딱 죽으렌 허
는 법 잇우꽈? 누님. 이 앞으론 나가 누님을 직허쿠다.[268] 나

---

265 이디가 : 여기가
266 죽건 죽으렌 내불주 날 무사 살려시니 : 죽으면 죽게 놔두지 날 왜
     살렸니
267 마찬가지꿰 : 마찬가지잖아요
268 직허쿠다 : 지킬게요

영 손심엉 보란 듯이 살아보게 마씀. 가게. 병원에 가게.

젊은 달군이 젊은 순임을 업고 퇴장하는 사이 음악이 잦아
들고 현재의 달군이 순임을 업고 등장한다.

달군   다 늙엉 무신 짓이라?[269] 또 바당데레 뛰어들젠 헤서?

순임   저 어른이 술만 먹으민 날 경 못 견디게 허난 나도 한잔 먹
         어봐수다. 무사 죽어불카부덴 걱정뒙디가?

달군   걱정은 무슨. 나가 무슨 걱정을 헌다 말이여. 아이고, 술 냄
         새. 얼마나 처먹은 거라?

순임   술도 세 가멍 먹읍니까? 취허젠 먹주.

달군   어쭈. 진정헌 술꾼일세.

순임   그러니까 달군이 각시주게.

달군   술은 나만 먹어도 뒈. 저 사름까지 먹엉 주사부리민 동네 사
         름덜 뭐렌 헐 거라. 저 집인 하르방 할망이 경쟁허멍 주정헴
         덴 헐 거 아니. 영 허지 말앙 속상허민 말을 허여. 말을.

순임   참, 언제 나 말을 들어줫고랜.[270]

달군   이녁 맺힌 거 나가 무사 모를로고.[271] 고씨 조상 좌전 그거 하
         나 아니라. 어떵허당 보난 무룽이영 나가 둘도 엇인 친군 게
         문제가 된 거지 난 저 사름 허는 일 전적으로 찬성이라.

순임   나 달래젠 허는 말인 거 다 알암수다.

달군   어허, 이 사름. 나가 무룡이 만낭 담판 짓고 정리 다 허커라.

---

269   다 늙엉 무신 짓이라? : 다 늙어서 무슨 짓이야?
270   들어줫고랜 : 들어줬다고
271   나가 무사 모를로고 : 내가 왜 모르겠어

그놈 나 말은 들으메.[272] 겐디 저 사름 영 업으난 우리 연애 시절 생각남쪄. 이렇게 나 등허리에 업형 노래 불러난 거 생각남서.

순임   이를 말이우꽈. 많이 불러낫주.

달군   한번 헤봐. 듣고 싶은 게.

순임   이놈의 하르방 노망들엇나? 놈덜 보민 웃입니다. 무겁지도 안 허꽈? 나 술도 깨수다. 이제랑 내려놉써.

달군   노래허기 전인 안 내려놓커라. 얼른 불러봐. 나가 먼저 허카. (노래를 부른다.) 헤일 수 없이 수많은 밤을….

달군이 순임을 업은 채 뒤뚱뒤뚱 춤추며 노래를 부르자 순임도 따라 부른다.
노래를 부르며 마당판을 한 바퀴 돈 두 사람이 퇴장한다.

넷째 거리

이장하는 묘소에 달군과 순임, 순덕, 승호가 있다.
장례업체 일꾼이 유골을 싼 칠성판을 나르고 있다.

달군   (일꾼들에게) 어이, 거 파난 자리[273] 방법덜은 잘 헷주이?

일꾼   예. 계란도 잘 묻어수다.

달군   계란에 천평지평 글씬 새기고?

순덕   어련히 알아서 했겠죠. 저 양반들 프로페셔날이잖아요.

---

272   들으메 : 듣는다고
273   파난 자리 : 파낸 자리

달군	경 헤도 확인은 단단허게 헤사 후탈이 엇입니다. 어이, 버드 낭 가지도 묻고, 붉은 팥은 뿌려신가?
일꾼	아따, 그 영감님도 참, 우리가 누게꽈? 무쉐조각까지 잘 묻어뒹 와수다.
순덕	별걸 다 참견이네.
달군	이게 어떵 참견이꽈. 이장 동티엔 약도 엇우다. 경 헌디 처제.
순덕	네?
달군	그 서울말투 제발 그만헙써게.
순덕	내 말투가 어때서요?
달군	육지 사름 흉내 낸덴 헹 다 육지 꺼 뒙니까. 이녁 근본이 어디 간덴 헴써요. 말암써요꽈. 듣는 사름 귓구멍이 근질근질 허영 못 참으쿠다.
순덕	경 헌가 마씀?
달군	허고말곱주.[274]
순덕	나도 형부 말 들어줘시난 형부도 나 말 하나 들어줍써.
달군	뭔디 마씀?
순덕	자, 우리 어멍이영 동생네 어멍 아방 묘도 번듯허게 헷고.
달군	헷고.
순덕	시신 엇인 우리 아방은 저렇게 비석 세왕 모셥고.[275]
달군	모셥고.
순덕	아, 근데 우리 부모님네덜 그 무지막지헌 사태 때문에 장례라도 제대로 지내수과? 꽃상여 둘러메영 행상질은 고사허

---

274 허고말곱주 : 아무렴요
275 비석 세왕 모셥고 : 비석 세워서 모시게 됐고

고 무신 봉분이나 제대로 헤수과?

달군 그때사 엄두도 못 내실 테주 마씀.[276]

순덕 나 말인즉슨 그때 못헌 거 이제라도 허여 보자 이 말입주. 무사 이장은 영장 아니꽈?[277]

달군 캬, 우리 처제 이렇게 딱 부러진 줄 몰라신디, 그 말 백 번 맞수다.

순덕 그니깐 형부가 그 좋은 목청으로 달구소리라도 시원허게 불러봅써. 저 산천이 들썩이고 저 바당이 요동치게예.

달군 좋수다. 자, 이레 툴툴 저레 툴툴 우럭 서방에.

승호 볼그락 돌그락 볼락 아덜에.

순임 큰딸은 살림밑천이난 전복 각시에.

순덕 난 곱디 고우난 인어 처제.

일동 에에,

달군 피짝피짝 쏘아대는 솔치[278] 처제에.

일동 그렇지.

달군 다덜 모다들엉 달구 한번 찧어봅주!

일동 예!

모두들 댓가지를 하나씩 들고 벌려 선다.
달군이 달구소리를 시작하면 달구질을 이어 간다.

달군 한라영주 삼신산이
천하제일 명당이로다

---

276 못 내실 테주 마씀 : 못 냈을 테죠
277 무사 이장은 영장 아니꽈? : 왜 이장은 장례 아닌가요?
278 솔치 : 쏠배감펭. 생선의 일종

상주님네 들어나 보소
천하명당이 여기로다
좌청룡에 우백호는
부귀영화 역력허다
우럭 아방 들어나뵙서
볼락 아덜 골읍써 듣져.[279]

달구소리가 이어지는 동안 경쾌하고 발랄한 음악이 흐른다.

#뒤풀이-5·10 단독선거 반대 소풍

달구소리와 겹쳐진 음악을 타고 5·10 단독선거 반대 소풍 당시의 사람들이 춤추며 등장한다.
달군, 순임, 순덕, 승호는 이들의 존재를 모른 채 신명나게 달구질을 이어 간다.
봇짐과 등짐을 진 마을 사람들, 순임의 부모는 서로 어울려 이야기를 나누기도 정겨운 모습이다.
소를 모는 무룡 부와 지게를 진 달군 부는 여전히 티격태격하다 화해를 하며 껄껄 웃는다.
마치 영화의 플래시백처럼 펼쳐지는 이들의 소풍은 즐거운 환상처럼 보인다.
자기들끼리 소풍을 즐기던 영혼들은 현재의 달군네 가족을 흐뭇한 표정으로 바라보다 손을 흔들며 하나둘 사라진다.
달군네 가족의 달구소리에 순임의 노래가 뒤섞인다.

---

279   볼락 아덜 골읍써 듣져 : 볼락 아들 말하시오 들을 테니.

순임　　　동짓달 한 달 섣달 한 달
　　　　　　정이월 춘삼월 기다린
　　　　　　꽃사월 올 적에
　　　　　　꿈 많던 계집아이 무덤에 간다.

　　　　　　순임의 노래는 잦아들고 달구소리만 점점 고조되며 풍물
　　　　　소리로 이어진다.

　　　　　　-끝-

소재로 삼은 신화와 의례

이 작업에서는 제주의 신화 중 '원천강본풀이'를 활용했다. 원천강은 본래 중국의 점술가로 실존했던 인물이다. 이 신화에서는 상상의 공간과 '원천강화주역(袁天綱畫周易)'이라는 점술서의 두 가지로 등장하는데 이야기를 간추리면 다음과 같다.

어느 날 강님뜰이라는 곳에서 홀연히 여자아이 하나가 나타났다. 어디선가 학 한 마리가 날아와 아이를 보살피며 키웠다. 강님뜰에 사는 사람들은 아이에게 오늘이라는 이름을 붙여줬다. 출생의 비밀을 풀고 싶었던 오늘이에게 백씨 부인이 부모가 누구이며 어디에서 찾을 수 있는지 알려준다. 그 길로 오늘이는 부모를 찾는 여행길에 오른다.

오늘이는 머나먼 여행길에서 자신처럼 풀지 못 하는 존재들을 만나며 그들의 청원을 받는다. 서천강에서는 끝도 없이 글공부를 해야 하는 장상을 만나고, 연화못에서는 꽃을 한 송이밖에 못 피우는 연꽃의 고민을 듣는다. 이 밖에도 야광주를 세 개나 품고 있어도 용이 되지 못하는 이무기, 앞서 만난 장상이처럼 별초당에서 끝없이 글공부를 해야 하는 매일이와 만난다.

마침내 옥황선녀의 물 푸는 일을 도와준 오늘이는 부모와 상봉했다. 부모는 오늘이가 태어난 날 원천강을 지키라는 옥황상제의 명을 받아 헤어질 수밖에 없었다며 일 년 사계절이 동시에 존재하는 별세계의 진풍경을 보여준다. 오늘이는 여행길에서 만났던 장상을 비롯한 존재들의 고민을 부모에게 말하고 모든 답을 얻어낸다. 수많은 존재들의 타고난 운명의 숙제를 풀어준 오늘이는 부모로부터 원천강 화주역을 물려받아, 인간 세상에 사주팔자를 점치는 방법을 알려주는 운명의 신으로 등극한다.

「실명풀이-꽃사월 순임이」에서는 극중의 어린 순임이 토벌대의 눈을 피해 숨어 지내는 아버지로부터 원천강본풀이의 한 대목을 듣는 것으로 그려지고 있다. 정작 눈여겨봐야 할 점은 강남뜰에 버려져 갖은 고초 끝에 부모와 상봉한 오늘이와 빨갱이 낙인이 찍힌 채 평생 아버지를 그리워해야 했던 순임이다. 오늘이의 인생 역정이 순임이의 삶과 고스란히 겹쳐지기도 하거니와 운명의 신이라는 점이 이른바 빨갱이라는 천형과도 잇닿아 있는 것 같다.

숨을 잃은 섬

누구도 알지 못헐 까마득한 그 옛날이랏주.
망망한 바당 위에 거대한 여신이 내리시어
산과 들을 지으시니 만 생명의 싹이 움텃더라.
뭇사람들이 여신을 일러 설문대라 부르며
다른 세상을 잇는 다리를 놓아 달라 비념을 헷주.
설문대할마님께서 굽어보멍 말씀하시기를
나는 이제 물장오리 깊은 못으로 들어가
산이 되고 바당이 될 거여. 바람이 되고 구름이 될 거여.
이 섬은 부족함도 엇고 넘쳐남도 엇인 터전이 될 거여.
나는 바람으로 다른 세상을 잇는 다리를 놓으리로다.
부디부디 나의 육신을 망치지 말라.
제주 섬을 허물지 말라.

숨을 잃은 섬

해설

이 작업은 제주도의 창조신화를 토대로 태초의 시공간과 현재의 제주를 다루는 뮤지컬 형식을 빌린 오디오 드라마다. 2막으로 구성된 이 작업의 1막은 '초감제, 천지왕본풀이, 설문대할망' 등 제주의 창조설화를 재구성한 내용으로 이루어졌다.

언제였을지 모를 먼 옛날 우주가 스스로 태어나고 그 속에서 도수문장, 청의동자반고씨, 하늘옥황천지왕 등 태초의 창조신들이 나타났다. 그들은 천지만물의 질서를 바로잡은 뒤 우주의 심연으로 물러났다. 시간이 흘러 산천초목과 뭇 생명들이 태어나 세상을 가꾸던 어느 날 거대한 여신이 나타나 망망한 바다 한가운데 우뚝 솟은 섬 하나를 만들었다. 사람을 비롯한 만 생명이 섬으로 모여들었다. 수많은 생명들 중에서 사람만이 여신이 창조한 이 섬이 다른 세상과 이어지기를 소망했다. 그들은 끝도 없는 다리를 만들 생각으로 나무를 베고 땅을 파헤쳤다. 바위를 부수고 바다를 메웠다. 그리하여 많은 생명들이 죽음에 이르자 여신이 나타나 사람들의 행적을 송두리째 없앤 뒤 영원한 계시를 남기고 사라졌다. "이 섬은 나의 육신이며 바람은 나의 영혼, 나는 바람으로 다른 세상을 잇는 다리를 놓았으니, 일 년에 열한 달은 다른 세상을 여행할 것이며 마지막 한 달은 육신을 찾아 돌아오리라."

2막은 현재의 제주를 배경으로 삼으며 '임환'이라는 르포

작가가 맞닥뜨린 이상기후 현상을 다룬다. 어느 날 갑자기 바람이 종적을 감춰 제주는 무풍지대가 되고 그로 인해 각종 재난이 속출한다. 임환의 고향마을에서도 해양 오염 사태가 벌어져 해녀들의 물질은 물론 어업 피해가 일어난다. 고향마을을 찾아간 임환은 제주섬의 창조주 '설문대할망'의 전설이 서린 영험한 갯바위 '두럭산'을 찾는다. 마을 사람들은 두럭산을 설문대할망의 빨래 바구니라거나 봄바람을 불러오는 신인 '영등'의 영험이 서린 곳이라 누구도 다가가지 못하는 금단의 영역으로 여기고 있었다. 그곳에서 온 마을 사람들이 합심해 바람을 되살리는 굿을 치를 작정이었다. 임환은 어린 날 남몰래 두럭산에 올랐다 마주쳤던 신비로운 아이를 떠올리며 바람이 되살아나기를 손 모아 기원한다.

때와 곳

1막은 여신 설문대가 제주 섬을 창조해 만 생명의 터전으로 삼게 한 신화시대를 배경으로 하며 2막은 현재의 제주를 토대로 이야기가 전개된다.

나오는 사람들
소리1, 2(도수문장, 반고씨, 천지왕)

이야기 전체를 풀어가는 내레이션의 역할을 함과 동시에 남녀의 목소리로 경우에 따라 대사를 함께 읽어 음과 양이 하나라는 태초의 신성이 지닌 양성구유의 창조성을 담아낸다.

소리1 : 여(설문대)

무당이 공수를 내리듯이 노래도 말도 아닌 레시타티보의
목소리로 신의 뜻을 밝힌다.

환(幻)

세상에 환멸을 느끼는 만큼 사랑할 수밖에 없는 르포작가
다. 어려서 앓던 신병이 잦아든 지 오래되었지만 다시 몽환
의 기억 속으로 들어간다.

어린 환(幻)

여느 아이들처럼 이 세상에 두 발을 딛고 있지만 머릿속은
또 다른 세상을 유영하던 그 아이, 잊힌 환이 오늘의 환을
부르는 것이니 두 사람은 하나이며 둘이고, 둘이면서 하나
인 존재다.

할머니

그저 그렇다. 할머니는 다 그렇지 않은가. 가뜩이나 제주의
할망들은 신의 품에서 살고 신의 숨결 속으로 돌아간다. 할
머니는 그렇게 어린 환에게 보이지 않는 세상을 선물한다.

심방

노래와 말 사이를 오고가며 사연을 쏟아낸다. 필요에 따라
실제 굿판에서 불리는 노래를 재연한다.

코러스들

극적 효과를 높이기 위한 합창을 전 출연진이 겸한다.

그 밖의 사람들

의사, 기자, 노인1·2, 해녀, 마을 청년, NGO, 동네 꼬마들 등등.

#1막

(M) 1. 제주의 무악 삼석연물의 늦인석 장단이 천천히 흐른다.
  2. 초감제의 베포도업침을 부르며 천지창조를 알리는 노래
가 연물 소리와 교차된다.

소리1·2 있는 것도 없는 것도 아닌, 누구도 알지 못했고 누구도 보지
못했던 세상의 처음과 끝이 만나던 날, 소리와 빛이 하나로 뭉
쳤다. 무거운 어둠의 소리는 가라앉고, 가벼운 밝음의 빛은 떠
올랐다. 그리하여, 그리하여 그것은 거대한 날개가 되고, 끝없
이 펼쳐진 깃이 되어 기다란 첫울음을 울었다. 나는 그렇게 태
어났다.

코러스들 천공의 새 머리를 치켜드네. 대지의 새 날개를 펼치네. 생명의
새 끝없이 날아오르네. 세상의 첫새벽이 열리네.

소리1·2 누가 시작을 보았다 하는가. 누가 끝을 보았다 하는가. 나는
시작도 끝도 없는 영원의 존재, 누군가는 나를 하늘과 땅과 생
명의 이슬이라 부르고, 누군가는 태초의 우주를 낳은 새라 부
르고, 또 다른 누군가는 대지와 자연의 어머니라 부른다. 그러
나 누구도 나를 본 적 없으며 누구도 나를 느낀 적 없으니 나
는 누구도 알 수 없는 존재이니 있는 것도 없는 것도 아니다.
그러나 나는 모든 것을 낳았으니 만물이 모두 나이니라. 구하
는 자 누구나 나와 함께하리라.

코러스들 여기 하늘의 끝을 보고 싶은 자 있더이다. 여기 땅의 뿌리를
만지고 싶은 자 있더이다. 여기 생명의 첫 씨앗을 뿌리고 싶은
자 있더이다. 바라건대 당신의 내력을 일러주소서.

소리1·2   나는 혼돈의 알 속에서 스스로 태어났다.

코러스들   당신은 우주의 어머니입니까?

소리1·2   나는 하늘과 땅과 생명의 새이노라.

코러스들   당신께서 빛과 어둠을 갈랐습니까?

소리1·2   빛과 어둠을 가르니 하늘과 땅 또한 스스로 태어났다.

코러스들   당신께서 만드신 하늘과 땅이 아직 하나로 붙어 있나니 부디 열어주소서.

소리1·2   너희에게 나는 무엇이더냐?

코러스들   당신은 우주의 거인 도수문장, 빛이며 어둠이고 남자이며 여자이고 시작이며 끝입니다.

소리1·2   나는 이제 우주의 거인 도수문장으로 다시 태어났으니 하늘과 땅을 갈라놓으리라. 그리하여 나는 다시 두 개의 몸이 되리라. 나의 또 다른 이름은 무엇인가?

코러스들   청의동자 반고씨이옵니다. 도수문장과 반고씨가 모두 당신이옵니다. 하늘과 땅은 이제 제 이름을 가졌나이다. 천지 개벽의 시간이 당도하였나이다.

Ⓔ) 오묘하고 신비한 굉음 작게 흘러나와 점점 커지다 다시 잦아들고.

소리1·2   해가 떴느냐?

코러스들   천공에 해와 달, 별무리가 생겼나이다.

소리1·2   그것은 나의 눈이며 세상 모든 곳을 꿰뚫는 빛이다. 너희의 세상에 빛과 어둠이 함께하리라.

(M) 대자연의 변화를 담은 음악이 흐르고 코러스의 합창이 이어진다.

코러스 합창　　오늘 오늘 오늘이라 날도 좋아 오늘이라
　　　　　　　첫 세상이 열리나니 오늘이 오늘이로세.
　　　　　　　하늘과 대지는 본래 한 덩어리였다네.
　　　　　　　우주를 낳은 태초의 어미새가 그리하였네.
　　　　　　　하늘거인 도수문장 나투시어 세상을 가르셨네.
　　　　　　　청의동자 반고씨 나투시어 해와 달을 만드셨네.
　　　　　　　이제 하늘 나는 새와 땅을 기는 짐승이 태어났네.
　　　　　　　이제 나무와 꽃이 자라고 벌과 나비가 춤추네.
　　　　　　　망망한 바다 넘치는 물살을 가르는 물고기가 생겨났네.
　　　　　　　이제 사람의 땅이 되었네, 이제 사람의 세상이 되었네.

(E) 지축을 흔들며 요동치는 바람과 천둥이 몰아치고.

코러스1　　땅이 하늘을 날고 섬이 바다를 떠다닌다!

코러스2　　새가 말을 하고 나무가 걸어 다닌다!

코러스3　　바람을 탄 해가 둘이다!

코러스4　　구름을 탄 달이 둘이다!

코러스들　　아직은 우리의 세상이 아니야. 아직은 하늘과 대지가 우리의 것이 아니야. 신이 우리로 하여금 세상을 바로잡게 하라는 명을 내린 거야. 우리가 해야 돼.

코러스1　　천 근의 활 만 근의 화살을 만들어 해를 떨어뜨리세!

코러스2　　하늘을 덮고 땅을 감싸는 그물을 만들어 달을 떨어뜨리세!

코러스들 아직은 우리의 세상이 아니야. 아직은 하늘과 대지가 우리의 것이 아니야. 신께서 뜻한 그대로의 세상을 만드세!

(M) 다이내믹한 타악과 사람들의 함성이 뒤섞이며 흘러나온다.

코러스 합창   영치기 영차 힘을 모으세. 세상은 우리의 것.
영치기 영차 나무를 베어 천 근의 활을 만드세.
영치기 영차 쇠를 두드려 만 근의 화살을 만들어
영치기 영차 두 개의 해와 달을 하나로 만드세.
영치기 영차 흙을 파헤쳐 담을 쌓고 벽을 높여
영치기 영차 새와 짐승의 뼈를 바르고 가죽을 벗겨
영치기 영차 지붕을 덮어 사람의 세상을 만드세.
영치기 영차 바다에 말뚝을 박고 둑을 쌓아
영치기 영차 다리를 놓고 닻을 만들어 섬을 붙드세.
어영차 어영차 영치기 영차 우리가 세상의 주인일세.

소리1·2 세상이 완전해졌느냐?

코러스1 당신은 누구인가요?

소리1·2 나는 하늘과 땅을 낳은 영원의 존재.

코러스2 당신이 다시 올 줄 알았어요. 우리는 당신이 뜻한 대로 세상을 바로잡았어요. 당신께선 기뻐하실 거예요.

소리1·2 무엇을 어떻게 했느냐?

코러스1 우리는 말뚝을 박아 땅을 다졌고, 둑을 쌓아 바다와 섬을 가뒀어요.

코러스2   새와 짐승, 나무와 꽃, 바다의 물고기도 우리에게 복종하고 있어요.

코러스3   당신이 원하신 그대로 해와 달조차 우리의 것이 되었어요. 세상이 완전해졌다고요.

소리1·2   내 뜻은 그게 아니다.

코러스들   그게 아니면 뭔데요?

소리1·2   내가 만든 세상에 완전한 것은 없다.

코러스들   그럴 리가 없어요.

소리1·2   세상엔 죽음이란 것이 있다. 나는 너희에게 죽음과 태어남을 가르치기 위해 스스로 죽어 대지와 만물이 되었다.

코러스1   죽음?

코러스2   죽음이 뭐야?

코러스3   죽음이 뭔가요?

소리1·2   죽음은 태어남을 예정한 것, 너희는 죽어 다시 태어나리라.

(E) 굉음과 요란한 음악이 귀를 찢을 듯이 울리다 잦아들고.

코러스1   땅과 바다가 자리를 바꾸고 물과 불이 한 덩어리가 되었어.

코러스2   산이 불을 뿜고 섬이 떠다닌다.

코러스3   우리가 딛고 설 땅은 어디야? 우리의 집과 수레, 배와 둑이 사라졌어.

코러스1   하늘 가운데 해보다 큰 손이 나타났다!

코러스2   바다를 가로지르는 거대한 발이 보인다!

코러스3   손과 발이 하늘과 바다를 휘젓고 있다!

(M) 음악과 함께 여신의 노래가 흘러나오고.

소리1-여 이어~ 이어~ 이어도이어
황황한 하늘에 베틀을 걸고
허허로운 바다 위에 물레를 놓아
바람결 구름결 끌어당겨
덜커덩 덜커덩 세상을 잣는다.
이어~ 이어~ 이어도이어
덜커덩 덜커덩 이어도이어

낮은 곳 높이고 높은 곳 낮춰라.
물 가운데 섬 하나 섬 가운데 산 하나
햇살을 씨줄로 달빛을 날줄로
덜커덩 덜커덩 세상을 잣는다.
이어~ 이어~ 이어도이어
이어라 이어라 이어도이어

여전히 음악이 흐르는 가운데 코러스들의 이야기가 겹쳐지고.

코러스1 누구일까?
코러스2 구름 속의 손, 물결 속의 발.
코러스3 누구일까?
코러스4 무엇이 세상을 다시 만들었을까?
코러스들 거대한 손과 발이 물 가운데 섬 하나, 섬 가운데 산 하나를 만들었네. 누구일까? 우리의 어머닌가요? 당신은 누구신가요?

소리1-여	(자애롭게) 두려워하지 마
	나는 앞서간 모든 신들의 후예
	내 발이 바다를 휘저으니 섬이 생겼고
	내 손이 흙을 일곱 번 지치니 산이 생겼어.
	물 가운데 섬 하나 섬 가운데 산 하나
	온 마음 다해 내 모든 것 다해
	죽어서 다시 태어난 너희에게 내리는 선물
	나는 만물을 낳은 세상의 어머니
	너희가 부르는 모든 것이 나의 이름이야.
	앞서간 신들께선 나를 설문대라 불렀어.
코러스들	설문대여! 우리의 왕이 되어주소서.
	당신의 얼굴을 보여주소서.
	당신이 보이지 않아 우린 너무 두려워요.
	앞서간 신들처럼 당신이 보이지 않아요.
	당신들이 보이지 않았어요.
	무서워서 대지를 흔들었어요.
	두려워서 아흔아홉의 골짜기를 파냈어요.
	사람의 왕을 만들려고 했어요.
소리1-여	나는 모든 것의 왕
	내 몸은 해가 뜨는 곳에서
	달이 지는 곳에 이르니
	너희들의 작은 눈 그것으론
	도저히 볼 수도 느낄 수도 없어.

보이지 않아도 없는 것이 아니야.

세상에 없는 것이 아니야.

코러스4 이 섬이 우리의 새로운 터전인가요?

소리1-여 부족함도 넘쳐남도 없는 섬

이곳은 너희가 영원히 살아갈 땅.

코러스1 이 섬의 밖은 무엇이며 어디로 이어져 있습니까?

소리1-여 섬 밖의 세상 끝은 해가 머물고

달이 기우는 곳까지 이어져 있어.

코러스4 우리는 그곳에 갈 수 없나요?

코러스1 다른 세상을 이을 수는 없나요?

세상을 이어주소서.

바다를 건너고 하늘을 날아

모든 곳을 갈 수 있게

세상을 이어주소서.

소리1-여 모든 신들의 언약은

태어난 그대로의 모습을 간직하는 것

너희 또한 그대로의 모습으로

너희가 진심으로 원한다면

나를 드러낼 옷을 지어줘.

나는 그 옷을 입고

다른 세상을 잇는 다리를 놓겠어.

(M) 음악과 함께 코러스의 합창이 흘러나오고.

코러스 합창 이어~이어~이어도이어

구름으로 너울을 여미고
바람으로 치마를 누비네.
물레를 잣고 베틀을 당기세.
어머니 여신의 옷을 지으세.
베틀의 춤 물레의 노래.
여신의 옷 세상의 옷을 지으세.
이어~이어~이어도이어

이어~이어~이어도이어
해 뜨는 곳 달이 지는 세상 끝
밤과 낮이 세상을 잇는 곳
우리는 또 다른 세상에 가야 해.
여신의 다리 너머 세상 끝.
바다를 건너갈 다리를 원해요.
여신께서 놓으신 다리를 원해요.
이어~이어~이어도이어

음악 소리 여전하고.

코러스들   옷감이 부족해!
코러스1   모든 풀을 뽑아 실을 만들어!
코러스들   옷감이 부족해!
코러스2   모든 나무를 베어 실을 만들어!
코러스들   옷감이 부족해!
코러스3   모든 짐승의 가죽을 벗겨 천을 만들어!

코러스들   옷감이 부족해!

코러스3   모든 새의 깃털을 뜯어 천을 만들어!

코러스들   옷감이 부족해! 옷감이 부족해! 부족해!

ⓔ 여기저기서 부족하다는 아우성이 요란스레 터지다 잦아들고.

소리1-여   나무와 풀은 모두 어디에 있니?

코러스들   다리는 어찌 되었나요?

소리1-여   새와 짐승은 모두 어디로 갔니?

코러스들   다리는 어찌 되었나요?

소리1-여   옷을 다 지었니?

코러스들   다리는 어찌 되었나요?

소리1-여   나와의 약속을 묻는 거야. 옷은 어찌 되었어?

코러스들   다리를 보여주소서. 그리하면 옷을 바치겠나이다.

소리1-여   나무와 풀, 새와 짐승들, 모두가 너희를 대신해 죽었어.

코러스1   당신의 몸을 감쌀 옷감이 되었나이다.

소리1-여   너희들은 또 다른 잘못을 저질렀어.

코러스2   당신과의 약속 때문이었나이다. 저희가 무슨 잘못을 했나요?

소리1-여   내가 바란 건 온 생명이 함께 사는 거야.

코러스3   당신의 모습을 보지 못했나이다. 당신을 알지 못하나이다.

소리1-여   내 앞의 모든 존재 그들은 하늘과 땅이 되었네.

　　　　　　나는 그들로부터 태어나 그들을 따르는 존재

　　　　　　나의 육신은 너희가 딛고 선 섬과 산

너희들을 감싸 도는 바람은 나의 영혼

모르겠어? 대지의 흙이 검붉은 이유를

모르겠어? 바다의 물결이 부서지는 이유를

태초의 언약을 깨뜨리지 말라는 것

태어난 그대로 대자연과 함께 살아가는 것

이 섬은 나의 육신 파도와 바람은 나의 숨결

너희들을 향한 내 마음은 오직 그것뿐 오직

코러스4 이 섬은 당신의 육신, 영혼은 어디에 있나요?

소리1-여 나의 영혼은 대자연의 숨결

너희의 말로는 바람이니

나는 한 해의 열한 달은 세상 모든 곳을 떠돌다

새봄이 움트는 한 달 바람으로 바람으로

나의 육신을 찾아 이 섬으로 올 거야.

내가 육신과 함께 있다하여 기뻐 말고

내가 육신을 떠난다 하여 두려워 마.

나는 영원히 너희의 것이니.

(M) 인트로의 제주 무악 삼석연물 늦인석 장단이 다시 천천히 흐르다 잦아든다.

#2막

(M) 앳된 소녀의 감미로운 흥얼거림이 나직하게 흐른다. 소녀의 목소리를 타고 불안감을 품은 괴괴한 음악이 침입하더니 점점 커진다.

환	안 돼! 저리 가! 안 돼!

격하게 차오른 환의 가쁜 숨소리가 들려온다.

(M) 숨소리는 어느새 사라지고, 잔잔한 음악이 잠시 흐르다 멎는다.

의사	또 커피 드셨나 보네.
환	저…. 그게
의사	안정제 처방을 좀 더 강하게 할 테니까 커피는 최대한 줄이세요. 아셨죠.
환	네, 알겠습니다.
의사	그나저나 지금 이런 증상이 사춘기 이전에 이따금 나타나다가 어느 순간 사라졌는데 최근에 다시 나타났다? 환자분, 이건… 뭔가 과거의 충격적인 체험이 지금의 증상에 영향을 끼치고 있다는 겁니다.
환	그런데, 아무리 생각해봐도 최근에는 이렇게 몸이 힘들 만한 이유가 없었던 것 같은데요….
의사	현대인은 누구나가 정신병을 앓는다잖아요. 요새 세상 돌아가는 거 보면 제정신으로 살 수 있는 사람이 몇이나 되겠어요. 게다가 이젠 바람까지 사라졌으니.
환	네? 바람이 사라져요?
의사	아니 르포작가가 뉴스도 안 봐요? 보름이 훌쩍 넘었어요. 이상기후 때문에 지금 제주도가 난린데….
환	아, 그래요? 선생님께서 당분간 TV나 인터넷 같은 거 자제

하래서….

의사 아무튼 지금 제주도가 난리법석입니다. 지금 음력으로 치면 영등달인 이월인데 바람이 전혀 없어요. 따지고 보면 이게 다 인간들이 만든 재앙이죠. 개발이니 뭐니 해서 자연을 있는 대로 훼손했으니 자업자득이죠.(한숨) 임 작가님, 오늘은 여기까지 합시다. 처방전 받고 가세요.

환 네, 감사합니다.

(E) 자동차 엔진 소리, 경적 소리, 음악 소리, 소란스러운 도시의 소음이 뒤섞이다 잦아들고.

Na-환 어… 아니, 이거 진짜 바람이 안 불잖아… 도대체 어떻게 된 거지… 아… 머리야….(거친 숨을 몰아쉰 뒤) 휴우… 그래… 그래, 일단 기자 모임에 가서 어떻게 돌아가는 건지 알아봐야겠다.

(E) 선술집 안의 풍경을 알리는 소리들이 뒤섞이고.

기자1 여기 소주 한 병 더요. 삭신이 무너지는데도 술은 잘 넘어가네.

환 다들 정신없으시죠?

기자1 양식장의 어패류는 전부 폐사했고, 조만간 농업지대에도 무지막지한 피해가 생길 거래. 이대로 한 달 넘게 바람이 사라진다면 말이야. 이게 말이 돼? 제주도에 바람이 없다면 그게 제주도냐고.

NGO	도청에선 뭐래요?
기자2	뻔하지. 대책이 없으니까 우왕좌왕하면서 말도 안 되는 소리만 지껄이고 있어.
NGO	이건 확실히 인재라고요. 지구 온난화가 어디 하루 이틀이에요. 미세먼지며 황사는 또 어떻고. 오만한 인간이 자연에게 되레 당할 때가 된 거죠. 나 같은 환경운동가들이 죽어라 기를 쓰면서 개발 반대, 환경파괴 반대 외쳐댄 게 언제부턴데.
기자1	바람이 없어지니까 병원에는 환자들이 미어터진단다. 비도 안 내리니까 공기까지 썩을 대로 썩었고. 이건 뭐, SF영화에서나 보던 장면이 현실로 펼쳐졌으니. 에라. 우리는 닥치고 술이나 먹자고. (잔 부딪치는 소리 나고 대화들이 자연스럽게 이어지다가) 대책이 없다… 지방정부나 중앙정부나 하는 짓이 저 모양이니.
기자2	그러게 말입니다.

(E) 전화벨 소리.

환	저 통화 좀….
기자1	애인이냐?
기자2	오~. 임환이 연애를? 야, 어쩐지 요즘 얼굴 보기 힘들더니….
환	아닙니다. 고향 어르신입니다. 잠깐 실례할게요.
기자1	나가는 김에 담배나 한 갑 사와라.

환　네.

(E) 문 여닫는 소리.
도시의 소음이 흐르는 가운데.

환　예, 어르신 오랜만입니다. 내일요? 네, 가겠습니다.
Na-환　고향마을의 노인회장 어르신의 갈린 목소리가 여느 때보
다 거칠었다. 제주의 바람을 죄다 쓸어 마신 것처럼 깊은 숨
을 섞는 것이 안쓰러워 무조건 가겠노라 단단히 약속한 뒤
전화기를 껐다.

(E) 편의점 안. 뉴스의 시그널 음악이 흐르고.

환　담배 한 갑 주세요.
점원　어떤 거요?
손님1　잠깐만요. 저기 아저씨, TV 볼륨 좀 올리면 안 돼요?
점원　네? 아, 뉴스요.
앵커　(목소리가 점점 커진다.) 전례를 찾을 수 없는 이상기후 사
태로 제주도가 엄청난 위기에 직면했습니다. 곳곳에서 피
해가 속출하고 있는데요. 제주도는 물론 중앙정부까지 나
서서 대책 마련에 애쓰고 있습니다.
손님1　정치가 개판이니 하늘이 천벌을 내리는 거지. 경치 좋은 덴
죄다 호텔이며 펜션이니.
손님2　금방 괜찮아질 거야. 무슨 전쟁 난 것도 아니고, 아, 생각해
봐. 비바람 없는 제주, 그거야말로 아열대 관광지랑 똑같잖

	아. 피해는 금방 진정될걸. 그다음엔 말 그대로 낭만적인 휴양도시처럼 바뀔 거야.
손님1	아주 소설을 써라. 이 현실감 없는 인간아. 만에 하나 니 말대로 그렇게 된다고 쳐. 그렇다고 우리 같은 떨거지들이 잘 살게 되냐고?
손님2	니가 돈 버는 감각이 없어서 그런 거지. 이런 환경 변화에 따른 아이템만 제대로 잡으면 대박 난다. 변화에 대응 잘 해서 졸부된 사람 수천이다. 아저씨도 이런 가게 집어치우고 다른 사업 구상하세요. 이거 해서 얼마나 번다고.
점원	그럴까요?
손님1	이 아저씨 완전 팔랑귀시네. 야, 임마. 헛바람 그만 넣어.
손님2	내가 언제?
손님1	됐고. 가자. 아무튼 이 나라는 완전 뒤집어져야 된다니까. 이게 다 인재라고. 인재! 아저씨, 안 그래요?
손님2	야, 가자며.
점원	이러쿵저러쿵 해봤자 다 헛소립니다. 손님, 우리는 이제 인류의 종말을 목전에 두고 있어요. 저만 아는 비밀인데요. 지금 이 사태는 외계인들의 소행이 분명합니다.
환	네?
점원	지구 침공이 시작된 거라고요. 그래서 전 지구에서 가장 안전한 곳으로 피난 갈 겁니다. 전 이런 날이 올 줄 알고 미리 준비하고 있었거든요. 저랑 같이 안전한 곳으로 피난 가실래요?
환	괘… 괜찮습니다. 수고하세요.

(M) 음악이 흐르는 위로 전화 속 노인1의 목소리가 들려오고.

노인1 나가 오죽허민 자네안티 전활 허커라.[1] 바쁜 줄 알주만 꼭 와주심. 기다리커라이.[2]

Na-환 일가의 일이나 아니면 좀체 찾지 않는 고향마을이었다. 이십여 년이 훌쩍 넘었지만 그날의 기억은 고향을 떠올릴 때마다 나를 옥조이는 찐득한 거미줄 같았다. 어르신의 간청 때문이기도 했지만 내 머릿속에 자리를 깔고 앉은 기억의 존재가 나를 부르는 것 같았다.

잠시 동안 흐르던 환의 목소리를 쫓아 음악도 사라진다.

노인1 도청에 청원? 그것사 멧 번을 헤봣주. 겐디[3] 들은 첵도 안 헤. 딴 마을도 똑고뜨난[4] 순서 기다리렌만.[5] 우리끼리 애써도 안 뒈난 자넬 부른 거 아니라. 도청 고위직에 자네 친구덜 많덴 허멍?[6]

환 친구까진 아니고예. 동창들입니다. 그나마도 제가 워낙 정부시책 반대하는 글을 많이 써서 눈총까지 받는데요. 뭐.

노인1 경 헤도 한번 부탁이나 해줘. 저 바당 봐봐. 파도조차 사라져

---

1 자네안티 전활 허커라 : 자네한테 전화를 하겠는가
2 꼭 와주심. 기다리커라이 : 꼭 와주게. 기다리겠네
3 겐디 : 근데
4 똑고뜨난 : 똑같으니까
5 기다리렌만 : 기다리라고만
6 많덴 허멍? : 많다며?

	서. 무슨 연못도 아니고, 죽은 고기덜 둥둥 뜬 거 안 보염서?[7]
환	예, 찾아가볼게요.
노인2	그 문젠 어떵헐 거우꽈?[8]
노인1	그 말도 안 뒈는 소리 또 헐 거라. 해녀덜 멧 명이 원헌덴 헹[9] 일이 아니란 말이여.
노인2	해녀만이 아니우다. 이젠 동네 사름덜 몬딱 경이라도 헤보자 골암수다.[10]
환	무슨 일인데 그러세요?
노인1	아, 마을굿이라도 허자고덜 헴서. 저기 저 두럭산에서.
환	두럭산요?
노인1	무사 경 놀램서?[11]
환	아, 아뇨. 놀라긴요. 필요하면 해야죠.
노인2	거 봅써. 배울 만이 배운 환이도 찬성헴수게.
노인1	어쨋든, 딱 바쁜디 여기까지 와 고맙고.

Na-환   나는 노부부의 입에서 두럭산이란 단어가 나오자마자 얼음 송곳처럼 예리한 격정을 숨기느라 애를 먹었다. 내 인생의 금기어 두럭산. 아니, 두럭산의 그 아이. "네가 결국 나를 이곳으로 불렀구나. 어쩌면 넌 바람의 비밀을 알고 있겠지? 안 그러면 꿈속까지 찾아와서 알 수 없는 노랠 읊조리진 않을 거잖아. 네가 바람을 가져갔지? 말해봐. 왜 대답이 없어?"

---

7   보염서? : 보이는가?
8   어떵헐 거우꽈? : 어쩌실 겁니까?
9   멧 명이 원헌덴 헹 : 몇 명이 원한다고 해서
10   몬딱 경이라도 헤보자 골암수다 : 모두 그렇게라도 해보자 말합니다
11   무사 경 놀램서? : 왜 그리 놀라는가?

(M) 과거로의 시간 여행을 알리듯이 신비로운 선율이 흐르고.

(E) 파도 소리.

해녀1 아따, 오늘 바당 괄았져.[12] 거칠다 거칠어.

해녀2 오늘은 파도가 너무 쎄영 오래 못 허쿠다. 난 어제 찍어놓은 디서만 간단히 허쿠다.[13]

해녀3 어제 찍어놓은 디? 아니 우리가 무신[14] 낚시꾼이꽈? 포인트 찍어가멍 물질허게.

해녀2 야, 경 곳는[15] 년 어제 지가 찍은 전복 나가 따불엇덴 허멍[16] 오죽 악다구니 나.

해녀3 그 전복이야 나가 먼저 발견헤신디 성님이 채간 거 아니꽈.

해녀2 무시거 어떵? 알앗져. 게민[17] 앞으로 전복이나 소라에 몬딱 너 이름 써놓으라. 절대 안 잡으커메.

해녀3 써놓으민 읽긴 헤지쿠가?[18] 글도 못 읽는 사람이.

해녀2 뭐? 너 나 글 모른덴[19] 놀리는 거냐? 경 허는 넌 글 다 아냐?

해녀3 난 나 이름 석 잔 쓸 줄 압니다.

해녀2 아이고, 박사 낫져. 잘도 큰 공부헤신게. 양, 성님. 요년 말곳

---

12 바당 괄았져 : 바다 사납다
13 찍어놓은 디서만 간단히 허쿠다 : 찍어놓은 데서만 간단히 할게요
14 무신 : 무슨
15 경 곳는 : 그런 말하는
16 따불엇덴 허멍 : 따버렸다면서
17 무시거 어떵? 알앗져. 게민 : 뭐가 어쩌고 어째? 알았어. 그럼
18 써놓으민 읽긴 헤지쿠가? : 써놓으면 읽을 순 있나요?
19 모른덴 : 모른다며

	는 거 봅써.[20] 핏대 세우멍 어른신디 대근대근[21] 대드는 거. 야, 경 똑똑헌 주제가 소라영 전복 저울질헐 땐 계산은 맨날 틀럼나. 글은 알민 뭐허나.[22] 더하기 빼기도 못 허는 디.
해녀3	나가 언제 마씸. 그땐 저울이 고장 난 거렌 멧 번을 골아수가.[23]
해녀2	아따가라,[24] 어떵허연 멀쩡헌 저울이 너 손에만 가민 맨날 고장 남신고이.[25]
해녀1	어허, 이 사름덜. 그만덜 허여.[26] 우리가 물질허레 왔지 싸움질허레 와서. 경 허고 어진이 어멍.[27]
해녀3	무사 마씸?[28]
해녀1	너 저번이 고치[29] 두럭산 근처에서 물질허지 말라이.
해녀3	두럭산에 올라가진 안 헤수다.
해녀1	그 산이 어떤 산인디. 올라가고 말고 간에 근처에도 얼씬허지 안허는 디라. 경 허당 동티라도 크게 나민 어떵허젠 헴서?[30] 나 말 단단히 새겨 들어이.
해녀3	예, 멩심허쿠다.[31]

---

20 양, 성님. 요년 말곳는 거 봅써 : 저기, 형님. 요년 말하는 거 보세요
21 어른신디 대근대근 : 어른한테 따박따박
22 맨날 틀럼나. 글은 알민 뭐허나 : 맨날 틀리나. 글은 알면 뭐 해
23 고장 난 거렌 멧 번을 골아수가 : 고장 난 거라고 몇 번을 말했어요
24 아따가라 : 아따
25 고장 남신고이 : 고장이 날까
26 이 사름덜. 그만덜 허여 : 이 사람들. 그만들 해
27 어멍 : 엄마
28 무사 마씸? : 왜요?
29 저번이 고치 : 저번처럼
30 어떵허젠 헴서? : 어쩌려는 거야?
31 멩심허쿠다 : 명심할게요

	아이고, 저기 오는 거 대상군할망 아니꽈? 저 꼬만 누겐고?[32]
해녀1	삼춘, 나오십디가?
할망	물질덜 감서?[33]
해녀1	예, 쟈인 손지꽈?[34]
할망	어, 방학만 뒈민 고향이렌 촟아왐주.[35]
해녀2	요망지쿠다.[36]
할망	오늘 바당 날씨 보난 저 모살덕 벳겻데레랑[37] 나가지 말아. 욕심 내당 큰일 나커라.
해녀1	어련허시쿠가. 김녕바당 대상군 말씀인디.
어린 환	대장군?
해녀1	하하하, 아따 그놈. 대장군이 아니고이. 대상군. 해녀 대장 이란 뜻이여. 너네 할머니 옛날엔 제주도 최고 해녀라낫져.
어린 환	와! 진짜요?
할망	다 옛말이여. 이젠 제대로 걷지도 못허는디. 늦이커라. 빨리 가심.[38]
해녀3	예. 계십써.
할망	아이고, 환아, 이레 오라. 쪼끔 앚앗당 가게.[39]

---

32 대상군할망 아니꽈? 저 꼬만 누겐고 : 대상군할머니 아녜요? 저 꼬
만 누구지. 대상군은 제주 해녀들 중에 물질을 가장 잘 하는 이들을
이르는 말
33 감서? : 가는가?
34 쟈인 손지꽈? : 쟤는 손잔가요?
35 촟아왐주 : 찾아오지
36 요망지쿠다 : 똑똑해 보여요
37 모살덕 벳겻데레랑 : 모살덕 바깥쪽으로는. 모살덕은 주위에 모래
가 많은 물속의 갯바위지대
38 늦이커라. 빨리 가심 : 늦겠네. 빨리 가게
39 이레 오라. 쪼끔 앚앗당 가게 : 이리 온. 좀 앉았다 가자

어린 환	네.
할망	환아, 저 평평한 바위 보염시냐?[40]
어린 환	네.
할망	저 바위가 두럭산이여.
어린 환	에이, 저 조그만 갯바위가 산이라고요? 밀물 때면 물속에 잠길 거 같은데?
할망	평범헌 바위가 아니주. 할머니가 전에 설문대할망 얘기 해줫주이?
어린 환	네, 제주도를 만든 거인 할머니 전설.
할망	설문대할망이 치마폭으로 흙을 퍼당[41] 한라산도 만들고 숲도 만들고 바당도 만들엇덴 헷주이?
어린 환	네.
할망	치마폭이 더러워지난 설문대할망은 그걸 벗엉 빨랠 헷져. 저 두럭산이 그 할마님 빨래판이여.
어린 환	와!
할망	그뿐인 줄 알암시냐.[42] 영등 이월달이면 바람을 타고 제주 섬에 들어왕 바당엔 전복씨, 소라씨 뿌리고 육지엔 보리씨, 메밀씨 뿌리는 영등할망도 저 바위를 타고 들어오고 나간 덴 헌다. 경 허난 작은 바위라도 산이렌 허는 거여.
어린 환	그렇구나.
할망	겐디[43] 환아. 이 바닷가에서 헤엄치고 놀 때라도 절대 저 두럭산엔 올라가민 안 뒌다이. 저긴 설문대할망이영 영등할

---

40 보염시냐?: 보이니?
41 퍼당: 퍼다가
42 알암시냐: 아니
43 겐디: 근데

287

망만 올라가는 신령한 산이난 사름은 절대 가민 안 뒈는
디여. 알아시냐?

어린 환　네.

할망　일어나라. 집에 가게.

어린 환　할머니, 집에 가서 영등할망 이야기 마저 해주세요.

할망　알았져.

(M) 음악이 흐르고 환의 할머니가 노래를 한다.

할망　누구도 알지 못헐 까마득한 그 옛날이랏주.
　　　　망망한 바당 위에 거대한 여신이 내리시어
　　　　산과 들을 지으시니 만 생명의 싹이 움텄더라.
　　　　뭇사람들이 여신을 일러 설문대라 부르며
　　　　다른 세상을 잇는 다리를 놓아 달라 비념을 헷주.
　　　　설문대할마님께서 굽어보멍 말씀하시기를
　　　　나는 이제 물장오리 깊은 못으로 들어가
　　　　산이 되고 바당이 뒐 거여. 바람이 되고 구름이 뒐 거여.
　　　　이 섬은 부족함도 엇고 넘쳐남도 엇인 터전이 뒐 거여.
　　　　나는 바람으로 다른 세상을 잇는 다리를 놓으리로다.
　　　　부디부디 나의 육신을 망치지 말라.
　　　　제주 섬을 허물지 말라.

노래가 사라지면 음악도 잦아든다.

Na-환　설문대의 육신이 제주 섬이라면 여신의 숨결인 영등신은

제주의 바람이라던 할머니의 옛이야기가 떠올랐다. 그사이 내 몸은 귀소본능을 따라 회귀하는 짐승처럼 두럭산이 비치는 바닷가를 마주하고 있었다. "어디 있는 거야? 이제 그 잘난 모습을 드러낼 때도 됐잖아. 내가 왔다고! 애가 타게 날 불렀잖아. 아니야?" 새된 소리로 악다구니를 써도 두럭산의 주인은 사라진 바람처럼 적요한 침묵으로 일관했다.

(M) 다시 시간을 거슬러 과거로 흐르는 음악이 흐르고.
(E) 파도 소리.

꼬마1　야, 쩌놈 누구냐?

꼬마2　아, 저 새끼, 제주시에서 방학 때마다 여기 오는 대상군 할망집 놈.

꼬마1　야, 너 일로 와봐.

어린 환　나. 왜?

꼬마1　너 이름 뭐냐?

어린 환　임환. 넌?

꼬마1　알 거 없고. 너 여기서 누게 허락받앙 보말 잡암나?[44]

어린 환　허락받아야 돼? 누구한테?

꼬마1　누군 누구냐. 나지.

어린 환　이 바다 니 꺼 아니잖아? 우리 할머니가 잡아도 된댔어.

꼬마1　안 돼.

어린 환　싫어. 잡을 거야.

44　허락받앙 보말 잡암나?: 허락받고 보말 잡냐? 보말은 고둥의 일종

꼬마1	좋아. 게문[45] 너 저기까지 헤엄청 갓당 오문[46] 허락헤주께.
어린 환	어디?
꼬마1	저기.
어린 환	저긴 안 돼.
꼬마1	왜? 너 헤엄도 못 치지? 새끼 겁나니까 경 헴지?
어린 환	아니, 저 두럭산은 사람이 가면 안 되는 곳이야. 우리 할머니가 그랬다고.
꼬마1	우리 할머니가 그랬다고. 곤밥 먹은 소리허고는.[47] 겁쟁이 새끼.
어린 환	나 겁쟁이 아냐.
꼬마1	헤엄도 못 치는 겁쟁이. 야, 이 겁쟁이영 놀지 말게. 가자.
꼬마2	어. 겁쟁아, 혼자 잘 놀라이.
Na-환	소금바람을 벗 삼아 자란 탓인지 까무잡잡한 것이 잡도리도 여간내기가 아니었던 녀석들과의 실랑이를 뒤로 하고 할머니의 밥상을 받아 앉았지만 영판 맛을 느낄 수 없었다. 몇 숟가락 뜨는 둥 마는 둥 하고는 어스름이 넘어가기 전에 감행하리라는 각오로 내처 달렸다. 어찌나 골이 났던지 옷가지를 찢다시피 벗어던지고는 두럭산을 향해 물살을 갈랐다.

(E) 파도 소리.

---

45 게문 : 그럼
46 헤엄청 갓당 오문 : 헤엄쳐서 갔다 오면
47 곤밥 먹은 소리허고는 : 쌀밥 먹은 소리하고는. 표준어를 쓴다는 비
   유적 표현

어린 환	짜식들. 내가 이깟 두럭산까지 헤엄을 못 친다고? 근데 여긴 보말이 엄청 많네. 잡아 갈까.

(E) 파도 소리에 알 수 없는 음악이 뒤섞인다.

Na-환	할머니의 당부는 까마득히 잊은 채 고동을 줍던 그때였다. 물그림자로 수면에서 참방거리는 내 얼굴 너머에 또 다른 얼굴이 보였다. 앳된 소녀, 연반물치마에 색동저고리를 입은 그 아이는 바닷속에서 나를 올려다보고 있었다. 바닷속에 사람이 있다니. 소스라치게 놀란 나는 냅다 바다로 뛰어내려 뭍을 향해 허우적거렸다. 들숨보다 많은 물을 들이켜며 팔다리를 내젓는 내내 그 소녀가 내 몸을 물속으로 끌어당기면 어쩌나 하는 생각뿐이었다. 집으로 돌아오자마자 냅다 할머니 품속으로 뛰어들었다.
할망	아이고, 환아. 너 무사 영 헴시니?[48] 아이고 나 새끼. 무사?
Na-환	영문을 모르는 할머니가 아무리 캐물어도 모르쇠로 버팅기며 울먹이다 잠이 들었다. 꿈속까지 찾아와 나와 함께 놀고 싶다며 다가서는 그 소녀에게 꽁무니를 잡히지 않으려고 헛발길질을 얼마나 했는지 모른다. 그것이 끝이 아니었다. 내가 악몽과 싸우던 사이 김녕마을에는 때 아닌 폭풍우가 일었고, 나와 드잡이를 했던 까만 사내아이의 아버지가 크게 다쳐 영영 걷지 못하는 신세가 되고 말았다.

(M) 음악이 잠시 흐르고.

---

48 너 무사 영 헴시니?: 너 왜 이러는 거니?

노인1 어이, 환이. 여기 잇어나서.[49]

환 어르신은 어쩐 일로?

노인1 아, 동네 사람덜이 두럭산 앞에서 용왕굿을 허켄 허니[50] 폐사된 물고기영 바다 쓰레기라도 치우젠 와서.[51]

환 저도 도와드릴까요?

노인1 나사 고찌 헤주민 고맙주. 쪼끔 잇이민[52] 동네 청년덜 멧 명 올 거라.

환 근데 어르신, 굿을 하면 효험이 있을까요?

노인1 게메이.[53] 알 수 없주. 겐디 굿이라는 건 꼭 바라는 만큼 뒈고 안 뒈고를 떠낭 잘못을 빌려고 허는 거주.

환 잘못요?

노인1 아, 제주 섬에 이런 재난이 닥친 이유야 과학자들이나 정치가들이 알앙 풀어낼 문제고. 우린 사람덜이 무슨 잘못을 헤도 크게 헤시난 천지신명이 진노허영 동티가 낫다고 보는 거주. 게난[54] 바라는 건 둘째 치고 잘못을 먼저 빌어야 뒐 거 아니라.

환 듣고 보니 그러네요.

청년1 어르신! 저희 와수다.

노인1 일찍 왔네.

청년2 오렌 허난 오긴 헤신디 꼭 굿을 헤야 뒙니까? 때가 어느 땐

---

49 잇어나서 : 있었구나

50 허켄 허니 : 한다고 하니

51 치우젠 와서 : 치우려고 왔네

52 나사 고찌 헤주민 고맙주. 쪼끔 잇이민 : 나야 같이 해주면 고맙지. 좀 있으면

53 게메이 : 글쎄다

54 게난 : 그러니

디 굿이꽈.

청년1 야, 거 어르신 앞에서 무신 말을 경 헴나.

청년2 아니, 굿헌다고 뭐가 달라집니까. 이럴 땐 도청에 쳐들어강 대책을 내놓으렌 항일 헤야지 굿이 뭐꽈. 굿이. 그 말 같지도 안헌 두럭산 전설을 믿는 거 좀 이상헌 거 아니꽈?

노인1 도청에 강 따지는 건 그거대로 허고, 굿은 굿대로 허자는 거여. 경허고 믿고 안 믿고를 떠낭 자연에 재앙이 생긴 건 사람덜 잘못이 큰 거난 반성허는 기회를 갖자는 거주. 싫으면 넌 가도 된다.

청년2 싫다는 게 아니고예. 답답헹 그거우다. 에이, 확 청소나 허게 마씀. 환이 형님도 오랜만에 와신디 막걸리라도 한잔 헤야뒐 거 아니우꽈.

노인1 기여. 혼저덜 허게.[55]

Na-환 노인회장 일행은 막걸리 한잔하자며 나를 붙들었지만 극구 사양한 뒤 돌아섰다. 이태 전에 돌아가신 할머니의 밭은 기침이 환청처럼 남아 있는 집으로 돌아온 나는 깊은 회상에 잠겼다. 우연이라기에는 너무나 절묘하다. 가지 말라던 두럭산에 올랐고 물속의 소녀를 만났다. 폭풍우의 원인이 나라는 사실을 누구에게도 토설하지 못한 채 고향마을을 등졌던 나, 그러나 이따금씩 꿈속에 나타났던 물속의 소녀, "그때 난 네가 누군지 전혀 몰랐어. 물론 지금은 네가 누군지 짐작이 가지만. 그런데 왜 하필이면 난 거야? 네가 날 선택한 이유가 뭐야? 바람의 실종은 네가 일으킨 거잖아. 그 잘못을 왜 나한테 뒤집어씌우려는 거야? 난 특별한 사람이

---

55 기여. 혼저덜 허게 : 그래. 얼른 하자

아니라니까. 그러니 제발 모든 것을 제자리로 돌려줘."

(M) 굿판이 벌어져 요란스런 음악이 흐르고.
　　심방이 간절한 비념을 노랫가락처럼 읊조린다.

해녀2　　아이고, 요 굿에랑 제발 실바람이라도 한 점 불어오고, 가랑
　　　　　빗발 세빗발[56]이라도 내리게 헤주십써.

해녀3　　우리가 어리석고 미혹헤서 벌인 일이우다. 할마님전에서랑
　　　　　제발 노여움 푸시엉[57] 너그럽게 용서헤 주십써. 제주절섬 만
　　　　　민백성 모두가 할마님 자손덜 아니우꽈.

노인1　　큰 욕심내영 바라는 기원 아니우다. 그저 이 동티 이 난리만
　　　　　거두워 주십써.

(M) 심방의 노랫가락이 점점 커지다 잦아들고.

Na-환　　어린 날 나의 잘못으로 일어난 사고는 세월이 흘러 사람들
　　　　　이 자연을 홀대하고 망가뜨린 죗값을 갚으라며 온 세상을
　　　　　뒤집어놓을 기세로 되돌아왔다. 멀리 환영처럼 두럭산을 타
　　　　　고 앉은 색동저고리의 소녀가 보인다. 소녀의 노래가 들려
　　　　　온다. 다시금 나를 부르며 바람을 일으키자는 속삭임일까.

(M) 음악과 함께 소녀의 노래가 들려온다.

56　가랑빗발 세빗발 : 가랑비와 이슬비
57　푸시엉 : 푸시고

소녀 이어~ 이어~ 이어도이어

     황황한 하늘에 베틀을 걸고

     허허로운 바다 위에 물레를 놓아

     바람결 구름결 끌어당겨

     덜커덩 덜커덩 세상을 잣는다.

     이어~ 이어~ 이어도이어

     덜커덩 덜커덩 이어도이어

     낮은 델랑 돋우고 높은 델랑 즈려밟아

     물 가운데 섬 하나 섬 가운데 산 하나

     햇살로 씨줄 엮고 달빛으로 날줄 삼아라.

     덜커덩 덜커덩 세상을 잣는다.

     이어~ 이어~ 이어도이어

     덜커덩 덜커덩 이어도이어

   -끝-

소재로 삼은 신화와 의례

이 작업에서는 설문대할망 전설 등 제주의 창조설화들을 두루 활용했다. 제주의 창조설화 속에는 우주 창조 이야기, 자연 창조 이야기, 지형 창조 이야기가 두루 존재한다. 이 작업에서는 우주 창조와 지형 창조를 소재로 삼았다. 먼저 우주 창조는 제주도굿의 필수적인 제차(祭次) 중 하나인 '초 감제'다. 초감제의 내용은 여러 가지가 전하는데 종합해서 간추리면 다음과 같다.

태초에 혼돈 상태였던 세상에 이슬이 내리며 하늘과 땅으로 나누어지기 시작했다. 천황닭, 지황닭, 인황닭이 나타나 홰를 치니 뭇별들이 생겨났다. 도수문장이 하늘과 땅 사이를 멀리 벌려놓고 청의동자 반고씨의 네 눈을 뽑아 해와 달을 두 개씩 만들었다. 갑자년 갑자월 갑자일 갑자시에 하늘이 열리고, 을축년 을축월 을축일 을축시에 땅이 생겨났다. 사람은 병인년 병인월 병인일 병인시에 생겨났다.

만물이 화생하며 산과 물이 생겨났고, 삼황오제가 차례로 나타나 집 짓는 법, 농사짓는 법, 화식(火食)하는 법, 점치는 법을 마련한 뒤 사람과 귀신을 구분지어 사람이 죽으면 하늘로 보내는 법을 마련했다. 하늘옥황천지왕이 아들들에게 명해 각각 두 개씩인 해와 달을 조정하라고 명했다. 이에 대별왕과 소별왕이 활을 쏘아 해 하나 달 하나를 떨어뜨려 지금의 모습에 이르렀다.

설문대할망전설은 제주 섬을 창조한 거대한 여신의 이야기를 담은 지형 창조설화다. 설문대할망이 치마폭으로 흙을 날라 바다 한가운데 쌓아올린 것이 제주 섬이 되었고, 곳곳에 비경이 생겨났다. 설문대할망은 섬을 만든 뒤에 한라산에 걸터앉아 망망한 바닷물로 옷가지를 빨기도 했고, 거대한 바위로 아궁이를 만들거나 공깃돌 삼아 놀이를 즐기기도 했다고 전한다. 제주 사람들이 뭍까지 다리를 놓아 달라고 한 청원에는 명주 100필을 모아 치마를 만들어주면 들어주겠노라 약속을 했다. 그러나 끝내 명주 100필이 마련되지 못해서 다리는 만들어지지 않았다.

이렇게 제주의 자연과 만물을 탄생시킨 설문대할망은 큰 키를 자랑삼아 깊다고 소문난 물에 발을 담그곤 했는데 한라산 중턱의 물장오리오름의 산정호수에 몸이 잠겼다가 영영 사라지고 말았다. 이 밖에도 설문대할망을 둘러싼 이야기는 수없이 많은데 의례와 맞물린 신화의 영역에 포함되지 않는다. 제주도의 무속신앙에서 신성으로 모시지 않는다는 말이다. 세상 모든 곳의 창조신화 속의 신들이 후세대의 신들에게 자리를 양보한 것처럼 설문대할망은 이제 전설 속의 여신으로 남아 자연 속에 잠재한 신성을 일깨운다.

사라지는 섬을 위한 비념

김동현(문학평론가)

1. 좌충우돌, 종횡무진의 딴따라

한진오는 제주 문화판의 유명 인사다. 광대이자, 작가이자, 제주 굿 연구자로, 다큐멘터리 감독으로 그는 늘 종횡무진이다. 연극판에 있는가 싶더니 어느새 뮤직비디오에 출연해 랩으로 제주 개발의 문제를 고발하기도 한다. '야매 심방'으로 굿판에 있는가 하면 라디오 드라마 대본을 써내려 간다. 시위 현장의 앞에서 힘찬 풍물 소리로 군중들을 격려하고는 무참히 잘려버린 비자림로에서의 퍼포먼스도 척척이다. 스스로를 '제주가 낳고 세계가 버린 딴따라'라고 규정하는 그는 늘 좌충우돌의 현장을 지킨다. 어디로 튈지 모를 정도로 변화무쌍하지만 그의 작업에서 변하지 않는 것이 하나 있다. 그의 작업의 뿌리는 늘 제주 굿의 토양에서 비롯된다는 것.

제주 굿을 떠나 그의 작업을 설명하는 일은 불가능에 가깝다. 굿이 좋았고 굿에 미쳐 살았다. 20년 넘게 굿에 빠져 지냈다. '심방이 될 팔자'라는 말도 들었다. 신내림을 받지 않기 위해 굿도 두 번이나 했다. 반은 심방이고 반은 '딴따라'로 좌충우돌, 종횡무진이지만 무엇보다 그는 작가다. 제주 민중들의 입말을 그 누구보다도 맛깔나게 드러내는 영락없는 만담꾼이다. 표준어의 세계로 포착되지 않는 로컬의 언어로 그는 신명의 작두를 탄다.

지방 발령을 아직도 '좌천'이라고 읽는 강고한 서울 중심의 사회에서 로컬의 언어는 버려진 언어다. 영화나 드라마에서 경상도와 전라도의 언어가 자주 등장한다고는 하지만 매스미디어에서 선택되는 지역의 언어란 사실 다양한 지역의 언어를 지워버리는 또 다른 왜곡이다. 부산과 마산과 대구가 다르고, 광주와 해남이, 보령과 제천이 다르듯, 지역의 언어는 수많은 차이로 존재한다. (제주만 하더라도 서귀포시와 제주시가 다르고, 대정과 토평의 언어가 다르다.) 수많은 차이의 거리야말로 개별의 세계를 만드는 힘이다. 그것은 평소에는 서울이라는 불야성 때문에 보이지 않았던 별들이다. 무심하게 쳐다보던 밤하늘에서 불현듯 수십억 광년을 지나 도착한 별빛을 보듯 로컬의 언어를 마주하는 순간, 우리는 잊고 있었던 존재들의 아우성과 만난다.

한진오의 작품을 읽는 사람들이라면 각주를 읽는 수고를 감수해야만 한다. 표준어에 익숙한 독자들에게 한진오의 작품들은 난공불락일 수도 있다. 한진오는 지역의 언어로 단단하게 성을 쌓고 표준어의 세계와 한바탕 공성전(攻城戰)을 벌이기 때문이다. 그것은 모든 것을 표준어로 사유할 수 있고 사유해야만 한다는 (무)의식에 대한 단호한 도전이다. 낯선 진입로에서 독자들은 때로 길을 헤맬 수도 있다. 하지만 그가 만들어낸 성 안으로 들어오는 순간, 그의 세계에 매료될 수밖에 없다. 모든 것을 이해할 수는 없지만 충분히 매혹될 수 있는 세계. 그것이 한진오가 만들어낸 세상이다. 이제, 좌충우돌, 종횡무진의 세상으로 떠날 시간이다.

2. 물신(物神)의 바벨탑을 향해 던지는 영성(靈性)의 투창

이 희곡집에는「이제 와서」,「광해-빛의 바다로 가다」,「사라진 것들의 미래」, 「실명풀이-꽃사월 순임이」, 「숨을 잃은 섬」 등 모두 5편의 작품이 실려 있다. 그의 작품은 제주라는 지리적 공간을 전면에 내세운다. 한진오의 작품을 제주라는 공간에서 나고 자란 사람들이 제주의 언어로 말하는 삶의 이야기라고 규정할 수도 있다. 하지만 그의 작품은 제주라는 시공간에만 갇히지 않는다. 우리는 표준어의 세계 속에서 살아간다고 '상상'하지만 실제 우리가 살아가는 세계란 이질적인 언어들로 가득한 세계다. 거기에는 부산과 마산, 대전과 보령, 완도와 제천, 청양과 울진, 언양 등 수많은 삶들의 아우성이 가득하다.(중국 동포와 이주노동자들의 언어까지 포함한다면 이미 우리는 차이의 언어 안에서 살고 있다.) 매스미디어가 지역을 호명하는 수준이 <6시 내 고향>과 <세상에 이런 일이>, 혹은 <나는 자연인이다>에 머물고 있는 현실에서 한진오의 작업은 예외적일 수밖에 없다. 하지만 이런 작업이 예외적으로 치부되는 것 자체가 우리의 언어가 얼마나 균질화되어 가고 있는지를 보여준다. 언어가 같아진다는 것은 사유가 같아진다는 의미일 터. 똑같은 사유 속에서 새로운 상상은 불가능하다. 상상의 힘이 사라지는 자리에서 언어는 소비되고 휘발된다.

한진오는 우리의 몸이 대지에 뿌리를 두고 있다는 사실을 외면하는 언어들의 홍수 속에서 뿌리의 언어를 잊지 않는다. 「사라진 것들의 미래」와 「숨을 잃은 섬」은 한진오가 지닌 뿌리의 힘이 어떻게 작동하고 있는가를 잘 보여준다. 다른 작품들과 마찬가지로 이 작품에서도 굿의 사유가 밑바닥에 깔려 있다. 그가 바라보는 굿은 민속학적 탐구의 대상이 아니다. 기복(祈福)의 수단도 더더욱 아니다. 그의 표현을 빌리자면 "굿이라는 건 꼭 바라는 만큼 돼고 안 돼고를 떠낭 잘못을 빌"기 위한 성찰의 몸짓(「숨을 잃은 섬」 중에서)이다. 그의 언어를 이해하기 위해서는 제주 굿의 세계, 그 영성을 경유하지 않으면 안 된다. 그의 언어는 제주 굿의 삼투압으로 빚어진 비념[1]들이다. 이번 작품집에 실린 다섯 편을 관통하는 것 역시 굿의 영성(靈性)이다. 영성이 사라진 시대, 그의 언어는 물신(物神)의 바벨탑을 향해 던지는 투창이다.

비념의 주술이 만들어낸 투창은 근대에 대한 맹신을 정면으로 겨눈다. 근대성에 대한 비판은 많은 사람들이 이야기한 바 있다. 아르투로 에스코바르, 엔리케 두셀 등은 근대성이 결국 식민성의 또 다른 이름이라고 규정한 바 있다. 근대성에 대해 강도 높게 비판하는 이들의 견해를 단지 라틴아메리카의 상황에만 국한된다고 볼 수 없다. 근대에 대한 맹목적인 지지와 열광은 지역을 지우는 폭력으로 귀결되었다. 재개발과 도시 재생이라는 이름으로 이뤄진 성장의 결과는 무엇이었는가. 60년대 이후 계속된 성장주의에 대한 맹신은 지역의 이름을 지우고 서울을 이식하는 이른바 서울 '복붙'(복사+붙여넣기)이었다.

「사라진 것들의 미래」와 「숨을 잃은 섬」은 2000년대 이후 제주에 불어닥친 개발 광풍을 정면으로 다루고 있다. 「숨을 잃은 섬」은 신성이 깃들지 못하는 섬의 현재를 신화적 상상력으로 말하고 있다. 물장오리에 빠져 죽은 설문대할망 설화를 이 작품에서는 사체화생(死體化生)으로 해석한다. 설문대할망은 죽어 육신은 제주 섬이 되었고 영혼의 숨결은 바람의 신으로 화했다. 제주 섬에 가해진 개발의 생채기들은 설문대할망의 육신을 파괴하는 일이자 여신의 생명을 죽이는 일들이었다. 망가진 육신에 숨결이 깃들 리 만무하다. 작품은 도수문장과 반고씨, 천지왕 등 제주 신화 속에 등장하는 영적인 존재를 다성적인 소리로 등장시키면서 막을 연다. 소리는 하늘과 땅을 갈라놓은 우주의 거인 도수문장이 되었다가 설문대할망이 되기도 한다. 작품은 명주 100필을 바치면 육지와 연결하는 다리를 놓아 준다는 설문대할망

---

1 제주에서, 무당 한 사람이 요령만 흔들며 기원하는 작은 규모의 굿.

의 이야기를 새롭게 해석한다. 명주 100필로 옷감을 지어 달라는 설문 대할망의 요구의 핵심은, 온 생명이 다 함께 사는 세상을 만들라는 것이었다. 다리를 놓겠다는 설문대할망의 약속은 뭍과의 연결이 중요한 게 아니라, 제주 섬의 생명성으로 온 세상이 공생공존하는 세상을 만들어 달라는 것이었는데 인간의 탐욕이 그것을 잘못 해석해버린 것이다.

소리1-여   나무와 풀은 모두 어디에 있니?

코러스들   다리는 어찌 되었나요?

소리1-여   새와 짐승은 모두 어디로 갔니?

코러스들   다리는 어찌 되었나요?

소리1-여   옷을 다 지었니?

코러스들   다리는 어찌 되었나요?

소리1-여   나와의 약속을 묻는 거야. 옷은 어찌 되었어?

코러스들   다리를 보여주소서. 그리하면 옷을 바치겠나이다.

소리1-여   나무와 풀, 새와 짐승들, 모두가 너희를 대신해 죽었어.

코러스1   당신의 몸을 감쌀 옷감이 되었나이다.

소리1-여   너희들은 또 다른 잘못을 저질렀어.

코러스2   당신과의 약속 때문이었나이다. 저희가 무슨 잘못을 했나요?

소리1-여   내가 바란 건 온 생명이 함께 사는 거야.

물신(物神)에 대한 탐욕으로 제주 섬에 바람이 사라져 버린다. 음력 2월 영등달이 되면 마땅히 불어야 할 바람이 불지 않는다. 바람이 불지 않는 건 단순한 자연 현상이 아니다. 바람은 설문대할망의 영혼의 숨결이기 때문이다. 신이 깃들지 않는 섬, 영혼이 머물 수 없는 물성(物性)의 섬은 이상기후로 몸살을 앓는다. 2막에서 환(幻)을 등장시켜 바람이 불지 않는 이유가 두럭산의 금기를 깨버렸기 때문이었음이 드러난다. "설문대의 육신이 제주섬이라면 여신의 숨결인 영등신은 제주의 바람"이라는 잊힌 전설을 각성하게 되는 2막의 문제의식에서 볼 수 있듯이 이 작품은 물성의 탐욕을 성찰하는 영성의 힘을 말하고 있다.

환	어르신은 어쩐 일로?
노인1	아, 동네 사람덜이 두럭산 앞에서 용왕굿을 허켄 허니 폐사된 물고기영 바다 쓰레기라도 치우젠 와서.
환	저도 도와드릴까요?
노인1	나사 고찌 헤주민 고맙주. 쪼끔 잇이민 동네 청년덜 멧 명 올 거라.
환	근데 어르신, 굿을 하면 효험이 있을까요?
노인1	게메이. 알 수 없주. 겐디 굿이라는 건 꼭 바라는 만큼 뒈고 안 뒈고를 떠낭 잘못을 빌려고 허는 거주.
환	잘못요?
노인1	아, 제주 섬에 이런 재난이 닥친 이유야 과학자들이나 정치가들이 알앙 풀어낼 문제고. 우린 사람덜이 무슨 잘못을 혜도 크게 헤시난 천지신명이 진노허영 동티가 낫다고 보는 거주. 게난 바라는 건 둘째 치고 잘못을 먼저 빌어야뒐 거 아니라.

환　　들고 보니 그러네요.

환과 노인의 대화에서 알 수 있듯이 과학적 해결이 먼저가 아니다. 바람이 왜 불지 않는지, 기후 변화가 어디에서 비롯되었는지, 과학적 데이터를 수집하고 분석하는 일은 본질이 아니다. 인간의 행위로 인해 동티난 세상에 대한 반성과 성찰이 우선이다. 굿은 그 성찰을 가능케 하는 제의의 양식이다. 그래서 바라는 대로 되고 안 되고를 떠나서 잘못을 빌기 위해서라도 굿이 필요하다. "부디부디 나의 육신을 망치지 말라, 제주 섬을 허물지 말라"는 설문대할망의 당부를 지키지 못했다는 치열한 성찰의 굿. 그 한바탕 푸닥거리를 경유해야만 새로운 세계가 가능하다. 이것은 21세기 황량한 디스토피아에서 쓰는 천지왕본풀이이자 새로운 창세기다.

「사라진 것들의 미래」 또한 디스토피아의 세계를 그려내고 있다. 그의 표현대로 이 작품은 극심한 난개발과 거대 자본의 유입으로 몸살을 앓고 있는 제주의 현실을 신화적 문법으로 그려내고 있다. 모든 것이 파괴되어버린 21세기의 어느 시간을 무대로 '스타시드'를 캐기 위해 무인도로 향하는 '물음표'와 거기에서 만나게 되는 '노인'과 '소녀'의 이야기를 통해 성장주의의 폐해를 지적하고 있다. 한때 모든 것을 다 가졌지만 이제는 알거지가 된 '물음표'는 아버지의 유품인 연구 노트 속 무인도를 찾아 나선다. 아버지가 남긴 기록에 의하면 무인도에는 우주 운석이 지구로 떨어지면서 만들어내는 보석인 별들의 씨앗, 스타시드가 묻혀 있었다. '물음표'는 스타시드만 캘 수 있다면 단번에 재기할 수 있다는 기대를 품고 무인도로 향한다. 무인도에서 '물음표'는 정체를 알 수 없는 '노인'을 만난다. '물음표'는 '노인'에게서 섬의 역사를 듣는다. '노인'은 군인들이 '섬의 심장' 근처에 철조망을 치고 사람들을 내쫓았고, 과학자들이 섬을 실험장으로 만들어버렸다고 말한다. 두 사람 간의 소극(笑劇)이 끝날 때쯤 새로운 인물인 '소녀'가 등장한다. 섬에서 '제일 높은 곳'에서 왔다는 소녀는 "기다란 술이 치렁치렁 매달린 칼"을 지니고 있다. 맹두, 신칼을 지닌 '소녀'는 영적인 존재다. '소녀'는 바위들이 "모든 생명을 낳은 뼈"들이라면서 "생명의 씨앗"을 뿌린 여신의 존재를 이야기한다. 과학을 맹신하는 '물음표'에게 소녀의 이야기는 이해 불가능한 요설일 뿐이다. 하지만 소녀가 스스로 절벽에서 떨어져 섬의 심장 속으로 들어가는 마지막 장면을 통해 영성(靈性)은 '물음표'에게 이어진다.

> 암벽의 수많은 그림 한가운데 알 수 없는 빛이 서리며 소녀의 형상이 그림처럼 나타난다.
> 소녀의 손에는 빛나는 돌이 있다.

노인   저분이 섬의 심장이며 여신일세. 비바람 속에서 내게 말씀하시더군. 섬의 심장께선 세상이 생겨날 때부터 이곳에 계셨대. 많은 생명들을 낳고 품었다는군. 그러나 우리 인간들만 달랐다는군. 인간들은 욕망의 끝을 모르는 존재들이래.

> 노인이 잠시 밭은기침을 하는 사이에 섬의 심장 맥박 소리가 울리고 땅이 흔들린다.
> 맥박 소리는 점점 빨라지고 있다.
> 맥박 소리를 따라 암벽이 금 가기 시작한다.
> 놀라는 물음표를 노인이 다독인다.

| 노인 | 그리 놀라지 말게나. 섬의 심장께선 몸소 보여주시려는 것일세. 사라진 것들의 미래를 말이네. 다시 밑바닥이 없는 호수 속으로 사라지실 걸세. 나 또한 저분과 함께 하고 싶네. |

그사이 섬의 심장 맥박 소리는 점점 빨라지고, 소녀의 그림도 점점 빛을 잃어 간다.

노인	마지막으로 자네에게 한 가지 선물을 주신다는군.
물음표	선물?
노인	자네가 그토록 갖고 싶어 했던 별의 씨앗, 저 돌 말일세.
물음표	내가 그걸 받아서 어쩌라고요?
노인	그건 자네 몫이지. 어떤 선택을 하건 전적으로 자네의 길일세. 저 돌을 팔아 많은 값을 받건 아니면 가슴에 품고 섬의 심장처럼 세상을 여행하며 사라진 것들을 되살리건 다 자네 몫이지. 잠이 오는구먼. 난 꿈을 꿀 걸세. 아주 평화로운….

'물음표'가 찾으려던 스타시드가 '섬의 심장'이라는 설정에서 알 수 있듯 섬의 영성이 섬을 살리는 유일한 길이다. 마지막 에필로그에서 '물음표'가 소녀의 옷을 입고 거룻배를 타고 바다로 나아가는 장면은 영성의 계승을 통한 섬−생명의 연속성에 대한 염원이자 비념이다.

3. 번개처럼 새겨진 삶의 찬란

앞의 두 작품이 영성을 잃어버린 시대에 바치는 비념이라면 「실명풀이-꽃사월 순임이」와 「이제 와서」는 제주의 역사를 신화적 문법으로 다루고 있다. 그의 언어가 제주 굿에 깊이 뿌리 박혀 있다는 점은 제주의 역사를 만나게 하는 필연으로 작용한다. 제주 4·3항쟁의 역사가 오랫동안 금기가 되어버렸던 시대에도 굿은 그 기막힌 비극의 사연을 풀어놓았다. 굿마저 못 하게 했던 시절도 있었지만 제주 사람들의 일상에 깊이 각인된 굿을 없엘 수는 없었다. 문화인류학자 김성례도 이미 지적한 바대로 침묵의 시대에도 굿의 언어는 개별의 슬픔을 말했다. 그 슬픔의 기원이 대부분 제주 4·3에서 비롯되었음은 물론이다.

「실명풀이-꽃사월 순임이」는 조천읍 북촌리를 무대로 하고 있다. 북촌리는 현기영의 「순이 삼촌」의 배경으로 유명하다. 익숙한 장소를 희곡으로 다룬다는 것은 다소간의 모험이 필요하다. 「순이 삼촌」의 클리셰를 벗어나지 않는다면 동어 반복이 될 가능성이 있기 때문이다. 「실명풀이-꽃사월 순임이」는 이런 우려를 단번에 불식시킨다. 이 작품은 제주 4·3의 현재적 의미를 묻기 위해 불량위패로 공격받는 위패 논란을 등장시킨다. '불량위패'란 이명박, 박근혜 정부 시절에 극우 단체들이 제주 4·3을 공격하기 위해 만든 단골 메뉴였다. 희생자로 선정된 사람들 중에 '공산주의자'들은 제외되어야 한다는 게 공격의 요지였다. 작품에서는 달군과 무룡이라는 인물을 등장시켜 '불량위패' 논란을 형상화한다. 달군과 무룡은 친구 사이로 4·3 때 부모를 잃었다. 달군은 연좌제로 고통을 겪었고 무룡은 아버지가 공산주의자의 꼬임 때문에 억울하게 죽임을 당했다고 믿고 있다. 등장인물을 통해 알 수 있듯이 제주 4·3이 여전히 현재적 일상을 지배하고 있는 상황을 이 작품은 잘 그려내고 있다.

> **대표**   좋습니다. 여러분들의 뜻이 그렇다면 이 자리에서 이 불량위패들을 박살내는 의식을 거행하겠습니다. (관객들을 보며) 자유민주주의와 국가의 질서를 수호하는 60만 제주도민 여러분! 지금부터 4·3폭동 주범들의 불량위패 박살식을 거행하겠습니다.
>
> **달군**   대표님. 불량위패가 뭐꽈?
>
> **대표**   그걸 질문이라고 하십니까? 불량위패를 모른다니 통탄하지 않을 수 없습니다. 지금으로부터 66년 전 우리 제주도에서 무슨 일이 일어났습니까?
>
> **무룡**   (큰소리로) 4·3폭동이우다!
>
> **대표**   예, 맞습니다. 유사 이래 가장 악랄하고 무자비했던 폭동이지요. 그럼 누가 일으켰습니까?
>
> **무룡**   그거야 당연히 북한괴뢰도당의 지령을 받은 남로당 폭도덜이 벌린 거 아니꽈게.
>
> **대표**   딩동댕! 고무룡 어르신. 역시 반공용사답습니다. 그런데 이게 웬일입니까. 폭동을 미화하고 왜곡시켜 말도 안되는 4·3특별법을 제정한 것도 모자라 국가 추념일까지 제정하는 망국적 사태가 벌어졌다 이 말입니다. 이게 말이 됩니까?
>
> **달군**   정부에서 허는 것도 잘못된 거우꽈? 대표님이 존경 헤 마지않는 대통령님께서 정헌 거 아니꽈?
>
> **대표**   저분 누굽니까? 뭘 그렇게 따져요. 여기가 애국대회

장이지 토론장입니까? 묻지도 따지지도 말고 4·3폭
동 바로잡자 이겁니다.

무룡 맞수다. 야당부터 시작혜서 시민단체다 뭐다 허는
빨갱이덜을 전부 때려 잡아뒙니다게.

대표 맞습니다. 그런데 말입니다. 더욱 분통 터지는 일은
저 4·3평화공원 위령실에 안치된 희생자들의 위패
속에 남로당 빨갱이들의 위패가 버젓이 걸려 있다
는 사실입니다. 이걸 그냥 놔둬서야 되겠습니까?

'불량위패' 논란을 통해 한진오는 오늘날에도 여전히 금기가 존재하
고 있음을 보여준다. 다른 것은 다 되어도 빨갱이만은 안 되는 세상, 사
회주의자에 대한 금기가 여전히 현재를 규정하고 있다는 사실을 그려
낸다. 사회적 금기 이외에도 이 작품은 '희생자'라는 호명의 문제점을
4·3 이후 공동체 내부에서 경제적 자산의 격차가 벌어지는 과정을 통
해 그려내고 있다. 4·3 이후 토지 상속 문제에서 여성이 배제되는 가부
장적 상황과 여성의 목소리가 공동체 내부에서 억압당하는 상황을 보
여줌으로써 '희생자'라는 획일적 규정의 문제점을 여실히 드러내고
있다. 모두를 '희생자'라고 부르는 순간 공동체 내부의 책임은 사라지
고 가해와 피해라는 거친 이분법만 존재한다는 것을 이 작품은 예리
하게 간파하고 있다. 순임이라는 인물을 통한 제주 4·3의 형상화가 여
성수난사라는 클리셰를 피할 수 있는 것도 바로 이 때문이다. 다만 극
중반까지 진행되었던 갈등의 양상이 마지막 장면에 급격하게 해소되
는 점은 다소 아쉽다. 미진한 해결이 아니라 풀리지 않는 긴장의 연속
을 통해 제주 4·3의 현재적 의미를 더 천착했다면 어땠을까 하는 생각
이다. 하지만 「실명풀이-꽃사월 순임이」가 지닌 미덕은 이런 아쉬움

을 충분히 상쇄할 만하다.

「이제 와서」는 역사에서 배제되었던 여성의 목소리를 전면에 내세우고 있다는 점에서 새로운 여성 서사의 가능성을 보여준다. 이 작품에서는 50대의 떡집 사장이 주인공으로 등장한다. 이른바 86세대로 대학 시절에는 학생운동도 했다. 경찰서에 연행되어서도 정보과 형사와 맞짱을 떴던 당찬 여성이 바로 그이였다. 남편도 시위 현장에서 만났다. 하지만 결혼은 그이의 인생을 바꿔놓았다. 남편은 IMF 외환위기 때 다단계에 빠져 쫄딱 망해버렸다. 「이제 와서」에서는 남편을 대신해 가장 노릇을 해야 했던 그이의 기막힌 인생 역정이 펼쳐진다. 그 기막힌 사연을 풍성하게 해주는 것은 바로 입말의 향연이다.

> **떡집** 아이고, 시리떡 다 뒷져. 찜기 김빠지는 소리만큼 시원헌 것도 엇어예. 삼춘, 경 안 허꽈? 나 인생도 저렇게 시원허게 뚫려시문 좋으켜만은. 예? 복에 겨운 소리? 삼춘이야말로 사름 속 모른 소리 허지 맙써. 이 추석 대목에 삼춘네영 알바 불러가멍 눈코 뜰 새 엇이 바쁜디 코빼기도 안 비치는 서방 생각만 허민 터져분 송편 속만큼이나 복통 터점수다. 요 대목에 솔짝 도망가게. 나가 맨날 웃으멍 일허난 살만헌 거 닮지예? 말도 맙써. 놈덜은 꿀떡같이 사는디 나 인생은 완전 개떡이우다. 개떡.(뒤돌아보며) 야, 김군아. 송편 담을 박스에 채울 솔잎 시치라. 시리떡은 나가 꺼내켜.

명절을 앞두고 분주한 떡집의 일상을 보여주는 이 대목은 마치 프리스타일 랩처럼 빠르다. '놈덜은 꿀떡같이 사는디 나 인생은 완전 개떡이우다'라는 표현처럼 입에 착착 감기는 입말이 구성지다. 여고 시절 꿈 많던 소녀가 결혼을 하고 한 집안의 가장으로 살아야 했던 인생 역정이 1인 다역으로 빠르게 펼쳐진다. 웃지 않고는 넘길 수 없는 장면들의 연속이지만 평생을 떡집에서 일하다가 난생 처음 스스로에게 선물을 주는 그이의 결단에 이르면 비장하면서도 결연한 여성-주체의 의지가 드러난다. 여성의 주체적 자각에 이르는 과정을 한바탕 해학으로 풀어내면서도 제주 신화 중 하나인 원천강본풀이를 곁들이면서 다성적인 호흡을 보여 준다. 미래의 그이가 오늘의 그이와 만나면서 서로의 공책을 건네주는 마지막 장면은 삶과 죽음이 마치 뫼비우스의 띠처럼 겹쳐 있음을 보여준다. 이 장면에 이어지는 노래는 제주어로 풀어헤치는 한풀이이자, 비념이다.

누덕누덕 누더기가 이내 인생이로다
철을 몰라 어릴 땐 아방 품 그리멍
눈물수건 마를 날 단 하루 엇고
젊디젊어 청춘날도 늘상 붉은 단풍이라
어멍 잃고 캄캄헌 이 밤과 저 밤 사이엔
이불 섶 베갯잇이 마를 날 없엇주
서천에 꽃밭 생불꽃이 잇거들랑
날 닮은 인생에도 만발허게 피련만은
마른 땅 거친 돌 위에 핀 검뉴울꽃인가
신세 타령 팔자 타령에 긴 한숨만 쉬엇주
살암시민 살아진다 살암시민 살아진다
야속헌 그 말이 덧없고 허망허네
눈물수건 땀 든 의장일랑 홀홀 버려놓고

나비 나비 네 날개 활짝 펼친 꽃나비
청나비로 나빌레라 백나비로 노닐러라
나비 몸에 마음 싣고 훨훨 날아오르리
나비 나비 훨훨 나비 나비 훨훨

할망의 노래가 끝나도 음악은 여전히 흐른다.
떡집과 할망이 천천히 서로에게 다가온다.
두 사람은 각자가 지닌 공책을 서로에게 건넨다.

'살암시민 살아진다'는 '살고 있으면 살아진다'는 의미이다. 이 말은
체념이 아니다. 살아 있음으로 생을 이어 가는 긍정이며, 살아 있음으
로 현실을 극복하는 힘이다. 살아 있기에 살아 있을 수 있고 살아야 하
기에 생을 살아낼 수 있었다. 떡집과 할망이 서로가 지닌 공책을 건네
는 이 대목은 미래의 내가 오늘의 나에게 주는 생(生)이며, 오늘의 내가
미래의 나에게 건네는 삶이다. 그렇기에 삶과 죽음은 다르지 않다. 삶
과 죽음이 하나라는 사실은 그것이 선후의 문제가 아니라는 점을 보
여준다. 삶과 죽음은 삶을 살아가는 순간, 동시에 다가오는 시간들이
다. 그 시간의 동시성과 연속성 안에서 제주 사람들은 삶을 살았고 죽
음을 살았다. '살암시민 살아진다'는 결국 삶과 죽음의 힘으로 생(生)을
만드는 긍정과 생산의 미학이다. 그 미학의 찰나가 번개처럼 새겨진
비석, 그것이 바로 제주의 신화이며 제주의 이야기이다. 한진오는 그
비석에 새겨진 비문을 읽고 그것을 저잣거리에서 한바탕 만담으로 풀
어낸다. 울고 웃기는 심방[2]의 몸짓으로 만들어낸 비념의 순간들, 그것
이 한진오가 보여주는 제주의 굿이다.

---

2 무당의 방언(제주).

사라진 것들의 미래

2020년 1월 31일 1판 1쇄 펴냄

지은이	한진오
펴낸이	김성규
편집	김은경
디자인	김동선
펴낸곳	걷는사람
주소	서울특별시 마포구 월드컵로 16길 51 서교자이빌 304호
전화	02 323 2602
팩스	02 323 2603
등록	2016년 11월 18일 제25100-2016-000083호
ISBN	979-11-89128-44-9
	979-11-89128-30-2 [04810] 세트

* 이 도서는 한국출판문화산업진흥원의 '2019년 출판콘텐츠 창작 지원 사업'의 일환으로
  국민체육진흥기금을 지원받아 제작되었습니다.

* 이 책 내용의 전부 또는 일부를 재사용하려면 반드시
  지은이와 출판사의 동의를 얻어야 합니다.

* 잘못된 책은 교환해 드립니다.

* 이 책의 국립중앙도서관 출판시도서목록(CIP)은 서지정보유통지원시스템 홈페이지
  (http://www.seoji.nl.go.kr)와 국가자료공동목록시스템 홈페이지
  (http://www. nl.go.kr/kolisnet)에서 이용할 수 있습니다. (CIP제어번호:2020002857)